醉美诗书

美得令人心醉的宋词

西楼月◎著

石油工业出版社

图书在版编目（CIP）数据

醉美诗书 . 美得令人心醉的宋词 / 西楼月著 . —北京：石油工业出版社，2023.6
ISBN 978-7-5183-5916-5

Ⅰ . ①醉… Ⅱ . ①西… Ⅲ . ①宋词–诗歌欣赏 Ⅳ . ① I207.2

中国国家版本馆 CIP 数据核字（2023）第 037643 号

醉美诗书：美得令人心醉的宋词
西楼月　著

出版发行：石油工业出版社
（北京市朝阳区安华里二区 1 号楼　100011）
网　　址：www. petropub. com
编 辑 部：（010）64523689
图书营销中心：（010）64523633
经　　销：全国新华书店
印　　刷：三河市祥达印刷包装有限公司

2023 年 6 月第 1 版　　2023 年 6 月第 1 次印刷
710 毫米 ×1000 毫米　　开本：1/16　　印张：12
字数：130 千字

定价：39.80 元

（如发现印装质量问题，我社图书营销中心负责调换）

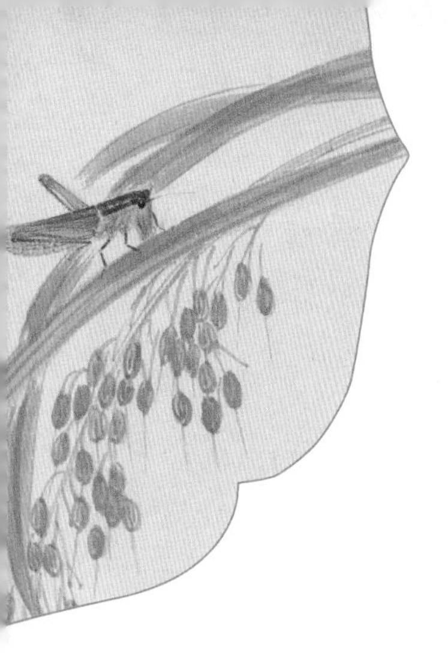

序

只愿以词换情

“我最向往的朝代，就是宋朝。”这是余秋雨对宋朝遥远的渴望。确实，唐朝雍容华贵的姿态还未开至荼蘼，宋朝便以开阔的胸襟将那份繁盛与耀眼承接了过来，再添上自身的一份妩媚与柔情，她简直不费吹灰之力，便让人们心甘情愿拜倒在自己的石榴裙下。若说盛唐是四季中明媚的春日，宋朝则好似晚春的一场细雨，仍有春的亮丽底色，但又带着一丝悲伤与凄苦，半推半就地渗进了人们的心里。

宋朝的汴京，实在是一个富庶华美的烟火人间，雕车驰于天街，宝马奔于御路，物质繁盛，人情和美，节物风流，处处尽是道不尽的金翠耀目。这样的时代，孕育了这样一座梦境般的城市。而生活于其中的文人，又在这样富足的环境中，恣意地挥洒着风流，在亭台楼阁中，酿出一杯优质甘甜的文坛美酒。

有人说，这是一个自由且任性、开阔且禁锢、舒适且离乱

的朝代。也正由于此，繁盛与衰亡在此处交汇，高雅与低俗在此处碰撞，红尘俗世的幻想与超越凡尘的欲念在此处纠缠。人们看得见她的绝美，也望得到她的丑态；看得见她的大雅，也可窥得她的大俗。如此她才敢毫无避讳地展现着自身的妖娆。

若要在宋朝的花园中，采撷一朵倾倒众生的幽花，想必人们会毫不犹豫地将手伸向那朵凝霜含露的宋词。假使没有旖旎缠绵的宋词，宋朝则好似一座徒有光鲜外表的城堡，金碧辉煌的外壳包裹着驱赶不走的空空荡荡的落寞。宋词中那细腻隐忍的情感与干净清婉的景致，不用过分渲染，便可占尽整个花园的风情。汴京城内的车水马龙，烟火俗世的浮名，皆在词中一一上演。徜徉在其中的人，伟大与卑微皆有，旷达与懦弱兼具，欢愉与痛楚同存，显露着千姿百态的众生万象，畅谈着世间悲欢离合的爱恨痴憎。

宋词就这样以参差不齐之姿，以谨守格律之态，烘托着整个宋朝，使之由瘦骨嶙峋变得丰腴饱满。

宋朝的繁艳与光彩，尽情地晕染在了宋词中。汴京城里的锦瑟时光，宝马香车里的倜傥之士，勾栏瓦肆里的明丽佳人，宽阔街衢里的市井烟火，被风流才子用或浓或淡，或粗劲或纤细的笔墨，定格在一阕阕有着宽窄韵脚的宋词中。

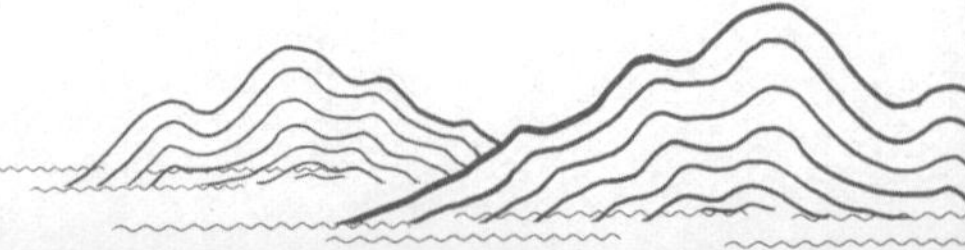

在这个华丽的文字世界中，宋词可以婉约：柳永有千种风情，却不知诉与谁听；晏殊为爱痴绝，却只叹水流花谢；李清照遇见照亮心房之人，却遭逢国破家亡，凄凄惨惨戚戚。宋词也可以豪放：苏轼叹大江东去，辛弃疾挑灯看剑，岳飞怒发冲冠，文天祥对山河百二落泪。无论是哪一种姿态，哪一种样式，宋词都这样让人心旌摇荡，久久无法释怀。

在宋词中，歌辞与乐曲不分。婉转摄人的曲调，犹如一只扇动着翅膀的彩蝶，不经意间就落在了歌辞上，使之有了动感，有了生命。这曲调有时是清扬缠绵的，像是缓缓流过心坎的溪水，荡起层层叠叠涟漪；有时是激昂的，犹如金戈铁马的战场，雷声鼓动，将士挥着刀剑慷慨厮杀。因而，几千年过去，宋词仍然是宋朝最为贴切恰当的标志，虽在纸上泛黄，却越来越有韵味，越来越有情致，从未有过丝毫风化与褪色。

将宋词唤作一朵摇曳千年的情花，再合适不过。只是，这朵情花温柔而残忍地让人们中毒，却从不给解药。她的绝色容颜，是最好的招牌，也是最致命的魅惑，以致人们都争相渴望回到宋朝，用一首华美之词，换一段蚀骨之情；用一段花样年华，换一段锦瑟流年。

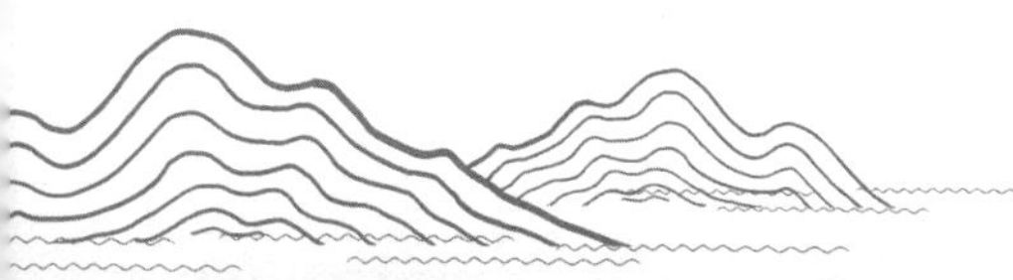

目录

卷一　帝王草莽二三事

卷二　爱在微醺的时光

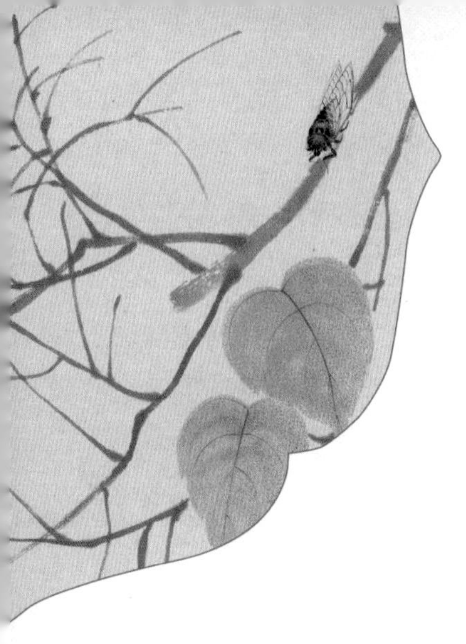

卷三　犹恐青楼是红楼

卷四　人间自是有情痴

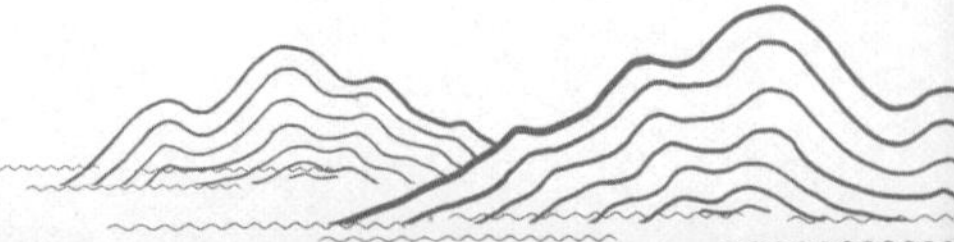

卷五　朝堂上的水墨山河

卷六　英雄过剩的时代

卷一　帝王草莽二三事

居庙堂之高，不忧民；处江湖之远，不念君。生在一个安宁与动荡、战争与和平并存的时代，为君、为官、为民，都是一样的深情，一样的浪漫。

李煜：悲伤与华丽的谢幕

“作个才人真绝代，可怜薄命作君王。”清代袁枚曾援引《南唐杂咏》中的诗句如此评价李煜。若只读过李煜的《虞美人》《相见欢》等寥寥数阕词，袁枚的这段评价倒是精准。

那年一枚浸润着江南烟雨的男子，长身玉立，圣贤面相，唯有文人弱质，却不见帝王威仪，开口便是千古幽怨和泣血之殇。声声泣，声声哀，愁更深，怨更甚。不加掩饰的故国之思，触怒了宋太宗，于是，沉醉在统一天下的荣耀里的高傲统治者赐一壶毒酒，葬送了这位昔日的南唐国主。

对于我们而言，心痛的是李煜的英才早逝，心动的却是他一千年不腐朽的词情。他的生命短短四十二载春秋，他的情在时空里却似有永久停留的打算。如果不是早逝，或许后来他便成了芸芸文人中名不见经传的沧海一粟了。所以李煜似对自己的命运已有所悟，才有了“天教心愿与身违”的话语，一语成谶。

李煜出生在兵荒马乱、群雄逐鹿的时代，一朝坐拥南唐盛景，安享江南风雅，有美人相伴，一朝又在赵氏染指江山的中途成为牺牲品，被迫投降献出国土，沦为亡国之君。身份的遽变，令曾经花天酒地、醉生梦死的皇帝性情大变、大彻大悟，以对国破山河的深沉哀悼成就了自己一代“词帝”的美誉。

可是，悖谬之处在于：亡国之前的李煜是否真的那么不济，是否真的窝囊，而亡国之后的李煜是否又真如人们所说的那么穷困潦倒、我见犹怜，而他的词是否真的就此通达彻悟、千秋彪炳了呢？怕不是如此简单。

史书中载录宋词，并不以宋朝词人为伊始，而是以五代词人为开篇。南唐作为中国历史上一个弹丸之国，为宋词贡献了三颗璀璨明珠——李璟、李煜和冯延巳。他们秀美精致的词风，影响了宋词的发展和繁荣。在这三颗明珠中，最为耀眼、对后世影响最深的当属李煜。

李煜虽为南唐人，可后半生寄身宋廷，承蒙赵氏“皇恩浩荡”，做了几年宋朝的“侯爷”。所以后人提及宋词，必会从李煜开始说起。当然，也有人以徐昌图或王禹偁为宋词词史开端，前者为赵匡胤第一个赏识并重用的五代人，后者为宋朝文学史上的先驱。可是若论及词美词情，当以李煜为首。就好比“开谈不说《红楼梦》，读尽诗书皆枉然”，开始说宋词不谈李煜，便有

些本末倒置了。

一个人的才情会因身份的骤变而变调，却不会因此而陡然生出或陡然消失。南朝的江淹六岁能文，十三岁文章华著，仕途不郁的时候才满天下，待到发达富贵之后落得江郎才尽。不过其政绩做得尚佳，仔细想来，怕不是真的江郎才尽，而是用心不再孤诣辞藻，工于文字。至于李煜，在当皇帝的时候，才情也必是极好的，只不过生活太优越，以至于让人忽视了他曾经的卓著罢了。

在南唐未亡之前，李煜传世可考并可证的为数不多的词中，《一斛珠》算是别具一格：

晓妆初过，沉檀轻注些儿个。向人微露丁香颗。一曲清歌，暂引樱桃破。

罗袖裛残殷色可，杯深旋被香醪涴。绣床斜凭娇无那。烂嚼红茸，笑向檀郎唾。

画面定格在美人梳妆的刹那：年轻貌美的女子，带着熹微的晨光，细心地打理起自己的妆容。沉檀是唐宋时期女子修容的颜料，也可拿来轻轻地抹在唇上。“些儿个”三字本是方言，一丁点的意思，用在此处，不但突出了词人写作时轻快的心情，也将小女子的娇羞写得活灵活现。接着，便是看到那樱桃口破、丁香舌歌，歌一曲销魂的清歌，唱得人人欢愉。

下阕已然是欢歌艳舞后的场景。舞衣的香气已经开始消散，觥筹交错中不知打翻了多少酒，连舞裙的颜色都被污染了，而斜倚在绣床上的女子依然娇媚无限。此处不免让人想起白居易的

《琵琶行》，“钿头银篦击节碎，血色罗裙翻酒污”。李煜当年写下这样的场景，应该只是心为所动吧。

当时的李煜正贵为一国之君，妻爱他是敬，妾爱他是怕；而歌女之爱，却是一场不用彩排的“逢场作戏”，所以才有歌女敢做出“烂嚼红茸，笑向檀郎唾”的举动——将那嚼在嘴里的红线，娇嗔地唾向情郎。因为画在唇上的些儿个胭脂，也因为深满杯中的豪爽海量，还因为天不怕地不怕敢向爱郎轻唾的红丝线，这个女子的形象便潇洒地确立起来了。

与传统意义上中国女子的形象截然不同，不是李清照式“和羞走，倚门回首，却把青梅嗅”般大家闺秀的娇羞，反而让人想起“晴雯撕扇子”时宝玉叫好的情景，简单地说：娇憨、顽皮。如此放荡又会撒娇的女人，就是能够对男人“惹而不怒”。

这样放肆的瑰丽词作，很难让人把它和李煜后期的作品联系到一起，于是有人把此词作为李煜的亡国之音。一国之主本该正襟危坐、日理万机，才能四海归心、天下咸服；而他，却兀自沉溺在温柔乡，不知今夕是何夕。待到国家气数已尽，李煜的运气用光了，便开始了尝尽悲欢离合、春秋苦度的岁月。这一切，深深地扎疼了他的心：

林花谢了春红，太匆匆，无奈朝来寒雨晚来风。

胭脂泪，相留醉，几时重？自是人生长恨水长东。

——《相见欢》

花开花谢，时光匆匆，人世间最无常的就是自然的更迭，恰如晨起的寒雨，晚来的冷风，人生难度的生离死别。忆起娇妻的泪水点点滴落，可惜连这样伤感的时光都不知几时还能再有，人生的遗憾犹如东流之水绵绵不休。

读李煜的词，不应该只是体味其中落魄的悲凉，悲凉固然是李煜独特的人生体验，但如果没有之前的娴雅、香艳和旖旎，后来的亡国之痛也便没有那么深挚了。恰如一朵并蒂莲，双开双落，有了前面的缱绻迤逦，对比后来的哀痛伤怀，这首《相见欢》才显纯挚。

初读词，字字写景，细品却句句言情。岁月匆匆，不仅有红花掉落的凄美，也有国破山河碎的悲凉。“朝来寒雨晚来风”，简简单单的七个字，既写出了晨昏的景致，也写出了处境的凄苦。

李煜被软禁期间，虽然名为侯，实则与外界几乎隔绝，恐怕除了自然的风雨，真的再也没有什么来客了。后来，终于有一位旧臣徐铉来探望，李煜拉着徐铉的手悲切地哭了起来，感慨当初听信谗言错杀忠臣，抚今追昔，悔恨难平。不料，徐铉是宋太宗派来的“眼线”。贰臣终究是贰臣，被宋太宗一逼问，吓得什么都说了，当然吞吞吐吐透露出的还有李煜对近况的哭诉。

“一山难容二虎”，虽然李煜已经“虎落平阳”，但他还在回忆自己称王称霸的生活，这是宋太宗无法忍受的。于是在李煜四十二岁生日的时候，在国人认为最浪漫的七夕之夜，李煜正轻唤“雕栏玉砌应犹在，只是朱颜改。问君能有几多愁，恰似一江春水向东流”，推杯换盏之际竟然忘了寄人篱下需要低头的道理，酒入愁肠，一时兴起，国仇家恨喷薄而出。一首《虞美人》，成就了李煜个人词史上的辉煌，也葬送了他宝贵的生命。太宗被

“小楼昨夜又东风”激怒，赐牵机一杯。

牵机，就是中药中的马钱子，剧毒无比，服后状极痛苦。相传五代后蜀降王孟昶也是死于此药，可见赐此毒是太宗惯用的手段。李煜死后被追为吴王，小周后悲痛欲绝，不久也随之而死。美人香消玉殒随爱仙逝，空留一段《虞美人》孤独遗世，千古传唱。李煜被毒死了，追随着先他而亡的国家，终于还是烟消云散了。而不散的只有李煜的词风和冤死的孤魂。

李煜是一个典型被历史“玩弄”的人。本来无心当皇帝，身为第六子，帝位无论如何也轮他不着。结果历史跟他开了一个莫大的玩笑，他的叔叔哥哥们全都死光了，偌大的江山就剩下他独自支撑，他只好硬着头皮当了皇帝。假如落在手里的是一个盛世王朝，想来李煜不去励精图治，也有名臣文治武功。可惜，南唐到了他的手里已是强弩之末，所以被灭也是迟早之事。

末代皇帝的历史抉择通常都别有意味，自杀和投降都没有什么好结果，“胜者王侯败者寇”，作为一个国家的代言人，历史可以解散，人生却不能。所以，李煜终于还是决定活下来，哪怕没有尊严，苟延残喘。可即便是这样，也未能逃脱权力斗争的桎梏，沦为牺牲品。

所幸，他没有就此湮没于史书。

有道是：“国家不幸诗家幸，赋到沧桑句便工。”或许正是因为残酷的权力斗争毁掉了他的南唐，李煜的词才能由前期的艳科转为后期对人生的彻悟，成为“词中帝王”。尽管在李煜身后，这美誉姗姗来迟，又或许这种虚名并不足以治愈他的伤痛，权当安慰了为他伤心的后人吧。

相比于他的词一无争议，他的人生未能如其词一样，获得压

倒性的颂扬和赞赏，后人对他的评价甚至有很多矛盾之处。最受人非议的，莫过于他治国的无能，以及向宋朝步步妥协的懦弱，但懦弱如他，又在囚徒生涯不顾声闻于外而高呼故国之思。关于他和大周后、小周后之间的纷乱纠缠，也常常令人难辨其情真情假：他与大周后情深意笃，娥皇亡故后，他不顾帝王身份自称“鳏夫”而写悼文；但在妻子病重时，他又与妻妹偷情于画堂南畔，其香艳旖旎，使人心醉又令人心凉。

人的情感，本来就不是清水一潭，或许正是其中点滴混浊不清，才更让人按捺不住窥探的欲望。关于李煜的种种，细节多有散失，又有千年风霜相隔，真实面目实难还原，唯有从他的诗词与幸存史册中寻找蛛丝马迹，试着读懂他，读懂他的文字。

宋徽宗：为两世画上句点

庄生迷梦，不知自己是蝴蝶，蝴蝶是自己。古人历来对梦有着难以捉摸的痴迷和笃信。尤其是帝王之家，对梦更是深信不疑。宋朝帝王的身世，也是离奇得让人惊叹，降生之说更是奇特。诸如太祖出生时奇香满室，被叫香孩儿；又如仁宗为赤脚大仙托生，有文武曲星辅佐；到了宋徽宗赵佶这里，便有投胎转世、两世因果的说法。

传说宋神宗曾经去观赏南唐后主的画像，见李煜清俊儒雅，再三感叹。不久，他的儿子赵佶出生了。据闻赵佶降生那一刻，神宗梦到李后主前来拜访。也不知是否因此，赵佶天资聪慧，能文擅画，十六七岁已经成长为著名的艺术家了。巧合的是，后来赵佶初当皇帝，骑马巡视皇宫，有一个库房没有名称，一问才知是宫中藏毒药的仓库。听闻里面毒药非常厉害，先祖曾用鸩毒、牵机等毒死过开国期间的降王，心中不忍，便亲笔写下诏书："此皆前代杀不庭之臣，藉使臣果有不赦之罪，当明正典刑，岂宜用此？"遂下令停了毒药的进贡，将以往府库内的药物焚烧殆尽。

似冥冥中注定，李煜死于牵机，而徽宗将之禁绝焚毁，其中千丝万缕的因果，是极为有意思的。

赵佶少年得志，如果按着正常的剧情，花前月下，琴棋书画，大概可以依靠艺术水平流芳百世，但历史常常是不能预料的。哲宗驾崩后，因为没有子嗣，只好在兄弟中间选择。论长应该是赵佖，论嫡庶应该是赵似。可是向太后不顾众论，力挺赵佶。于是，

中国历史上又一个在政治路上臭名昭著的皇帝就此诞生，这就是赫赫有名的宋徽宗。

宋徽宗并非向太后所生，可能是太后见他聪明灵秀、乖巧孝顺，比较容易驾驭，才助他登上皇位。事实上，赵佶本身大概对这个皇位并没有那么执着，被推至万万人之上，谁料得到将来会跌得那么惨。

当皇帝或许不太出色，但从个人角度来说，赵佶是个全才，史称“能书擅画，名重当朝”。他不仅创作了大量的书画精品，还经常亲临画院指导工作，一时兴起，还亲自以古诗文命题，如“嫩绿枝头一点红”“竹锁桥边卖酒家”。

宋徽宗不仅会画画还擅长书法，开创的“瘦金体”挺拔俊美，

修长匀称，婉转秀丽，他的瘦金体《千字文》是中国书法史上的赫赫名迹，堪称中国书法史上的一颗明珠。北宋末年，金人攻陷汴京后，掳走珠宝、嫔妃无数，但他都未动声色，当殃及他的书画时，听而叹之。可见，宋徽宗最看重的就是书画，在他的心里，至高的宝贝唯有艺术。假如徽宗有幸知道他的书画作品如此受后世推崇，不知道他会做何感想。

说宋徽宗是一个全才，当然不仅是指他的艺术成就，还有他绝妙高超的生活“品性”与情调。徽宗登基前，就有人说他“轻佻，不可以君天下”；但机缘巧合，他还是做了皇帝。可是做皇帝之后，他不但不收敛心性，还依然故我甚至变本加厉地享乐，把所有对生活的热爱都放在了个人兴趣和爱好上。除了书画，他还和京城名妓李师师暗自约会，还爆出了与周邦彦嫖妓“撞车”的丑闻。他喜欢蹴鞠，所以很宠爱“足球明星”高俅，经常公然对高俅一双“臭脚”赞不绝口，有失王者之风，堪称历史上最无所忌惮的皇帝之一。

所以，史书评价他：“宋徽宗诸事皆能，独不能为君耳！”好端端的大宋江山就败落在他的手里了。四库全书《宋史》里甚至写道：“宋不立徽宗，金虽强，何衅以伐宋哉。”若非赵佶登位，北宋可再保五十年国祚。

当然，这种说法未免夸张，宋徽宗即位时北宋已经日薄西山。就像《红楼梦》中的宁荣二府，未及抄家，已经只剩下一副空架子了。仁宗、神宗，甚至连徽宗，都曾经想要一振国威，却由于自身和时代的种种限制，均不可为。正如陈寅恪先生的评价：“宋朝的皇帝太荒唐。除太祖、太宗算是开国皇帝比较圣明外，其他的似乎一开始都想振作朝纲，但干着干着便走样了。”宋徽宗正

是典型。

他曾经也欲图收复“燕云十六州”，打算联金抗辽，可终于还是失败了。他的荒淫无耻屡遭诟病，中国几千年来那些昏君有的毛病，他差不多都有。大敌当前，临阵脱逃传位给儿子，自称太上皇，万事撒手不管，实在可恨。但有一点是值得肯定的：国破家亡之日，他没有逃跑。

宋国的疆土虽然不及大唐辽阔，但总算还有半壁山河，足可周旋一阵。本来宋徽宗已经从开封跑了，结果众臣一时劝阻，又决定回来。不料居然和儿子一起被掠走，给宋朝留下了永世难忘的“靖康之耻”。宋徽宗可以当文人、画家，和李师师吟风弄月，和蔡京沉溺琴棋书画，甚至可以和高俅组织国家足球队，但就是不适合当皇帝。他以为茹毛饮血的夷狄最卑贱，结果却令自己备受羞辱和折磨。

自赵匡胤开国以来，宋朝始终未能强大起来，先辽，后金，最后是元，这些彪悍的民族尚武力、好骑射，喜欢靠攻城略地来扩张。而宋朝，不但重文轻武，且愿意为苟安低头，称兄道弟，纳税称臣。然而，野蛮是野蛮者的通行证，文明是文明者的墓志铭。一个高度文明的宋朝就这样葬送在了金人的铁蹄之下。可怜的皇帝诗人，在解送的途中写下这首《眼儿媚》：

玉京曾忆昔繁华，万里帝王家。琼林玉殿，朝喧弦管，暮列笙琶。

花城人去今萧索，春梦绕胡沙。家山何处，忍听羌笛，吹彻梅花。

汴京的繁华从此只能在回忆中重现，远处的羌笛之声缥缈而来，哀怨，悲发。后主李煜当年也作过“四十年来家国，三千里地山河”的词句。可毕竟，南唐历史短暂且疆域有限，怎比得上大宋当年的风光与繁华。据说同行的赵桓也和了一首，吟罢，父子二人抱头痛哭。神宗当年梦见后主造访，后果有徽宗降生。诗词书画之才，徽宗与后主并驾齐驱；治国理朝之能，二人更是不分伯仲。

而宋徽宗似乎比李煜还要凄惨，他的妻子女儿都被金人掠去，惨遭蹂躏，不得善终。几番凄风苦雨，都化作一首首词作，遗留在北上的途中，也遗落在宋朝的文学史上。其中的一首《燕山亭·北行见杏花》也是宋徽宗的佳作，被王国维先生看作是一封“血书”。

裁剪冰绡，轻叠数重，淡著胭脂匀注。新样靓妆，艳溢香融，羞杀蕊珠宫女。易得凋零，更多少无情风雨。愁苦。问院落凄凉，几番春暮。

凭寄离恨重重，这双燕，何曾会人言语。天遥地远，万水千山，知他故宫何处。怎不思量，除梦里有时曾去。无据。和梦也新来不做。

徽宗与其子钦宗赵桓被金兵掳往北方五国的途中，看到路上满目的杏花零落，一想自己的身世，悲从中来。上阕是他笔下的一幅大好的杏花图，杏瓣似叠叠冰清玉洁的缣绸，经过巧手裁剪出重重络纹，淡淡地晕染着胭脂般的色调。柳永在《木兰花慢》中云：“正艳杏烧林，缃桃绣野，芳景如屏。”画面如出一辙，若是落于宣纸之上，将是又一名作问世。

就是这样匀施粉黛美人般的杏花，却遭受了风雨摧残，暗淡无光。料峭春寒、无情风雨，是折煞一切美的利刃。徽宗借此自拟，昔日帝王之尊，今朝阶下之囚，期望，失望，再到绝望，他无法不苦。

“问君能有几多愁，恰似一江春水向东流”，与李煜的时空相隔百年，命运却那么相似。天遥地远，万水千山，再回首，已不见汴京故宫，正是“别时容易见时难”。

这首词即便不是赵佶的绝笔，也恰似绝笔，王国维先生的“血书”二字，一语中的。徽宗写下这首词不久之后便离世。一代悲情的帝王，化作孤灯里的残油，燃尽了的生命映照着南宋的前程。前生种种，今生何样，问他到底悔不悔，可一个“悔”字，又如何道得清这一世的悲凉。

不管怎样，中原的气象、汴京的繁荣、江南的柔美、临安的旖旎，都与他无缘了。他永远被冰封在白雪覆盖的黑土之下，除了魂归故里，再无他途。

林逋：谁能读懂隐士的孤独

宋朝文人的生存环境是无比宽松的，即便犯了错，至多是被贬谪或流放，很少处以重罚，更谈不上死罪。后人从苏轼的生平中可窥见一二，他遭遇的“乌台诗案”相当于清朝因文字获罪的情况，若换了几百年后，恐怕只有死路一条。但苏轼只是被贬黄州，后来东山再起，随着司马光的上台而被调回京城。当时出名的文官大抵都有类似的遭遇，随着政治动向的变化而起落，以至于有很多人屡跌屡起、越挫越勇，前赴后继地拥戴软弱的朝廷。

北宋初年，江山稍固。江山一统的局面令无数读书人心向往之，“学而优则仕”的美好前途，似乎也为年轻人铺就了一条星光大道。可是，在文人们决定一展宏图大志、入世经营的时候，出现了一股与众不同的潮流，便是出世隐居，这一潮流也引来不少的非议和揣测。

自古名士隐居的因由有很多种。黄庭坚、苏轼等属于“以官为隐”，宦海沉浮，但心里羡慕闲云野鹤，已然“上朝为官，下朝是仙”。第二类属于“以隐为官”，这种人多半胸怀大志，天下事了然于心，但苦于时机不成熟，所以只好隐居，以期踏上终南捷径，一朝升天。诸葛亮、卢藏、王安石等皆属此类。还有一类就是“以隐为隐”，例如和靖先生林逋，任你千呼万唤，誓不入官场。

据《宋史》载，宋真宗听闻他的声名，便赐给他精粟良帛，并命府县的官吏抚恤他、优待他。林逋虽然感念皇恩，但并不以

此自傲。劝他出仕的人数不胜数，而自守一格的林逋从不动心，一一婉言谢绝。林逋曾自谓：“然吾志之所适，非室家也，非功名富贵也，只觉青山绿水与我情相宜。”他久寓杭州，“结庐西湖之孤山，二十年足不及城市”，因而世人亦以“孤山”称他，他亦称得上这个别名，像一座巍峨的孤山独立于世。

《易经》曰：“天地闭，贤人隐。”又曰：“遁世无闷。”又曰：“高尚其事。”以上之言都指向唯有贤者才选择隐居。《南史·隐逸》更有这样的记录：“皆用宇宙而成心，借风云以为气。”隐者身上多带有些仙气，几乎可以呼风唤雨。虽然此言有些夸大，但林逋确实是众多隐者中比较特别的。

林逋一直隐居在西湖边的孤山，植梅养鹤，人称梅妻鹤子。以梅为爱人，以鹤为亲人，若说他没有沾染几分仙气，实难让人相信。他曾写有一首小诗：“众芳摇落独暄妍，占尽风情向小园。疏影横斜水清浅，暗香浮动月黄昏……”田园之乐，暗夜之情，跃然纸上；满溢的遐思在后人的心头层层荡漾，隐居的清雅和高逸，也如夜半歌声，缥缈而至。同时期的文人徐再思更是于小词《天净沙》中写道：“水香冰晕，唤回逋老诗魂。”可见林逋对后世的影响。

由于这首《山园小梅》实在声名太响，以致人们忽略了林逋的词。他一生存词三首，实在不多，很可能是宋末元初散佚消失的缘故，也可能是他隐居太久。

吴山青，越山青。两岸青山相送迎，谁知离别情？

君泪盈，妾泪盈。罗带同心结未成，江头潮已平。

——《长相思》

林逋的这首词很有韵味。它虽然写的是离愁别绪，但笔调清新流美。上阕写景，“吴山青，越山青”一句，既有民歌复沓的形式，又有雅士笔墨，写出江南的青色美景。

“谁知离别情”，似乎是对亘古青山的怨尤，也像是对情人的嗔怪，以景衬情，别有韵味。下阕由景入情，“君泪盈，妾泪盈”，忽将离别之痛转到眼前，泪眼婆娑，哽咽无言。同心未成潮已平，自是人生长恨水长东。

吴、越为春秋时期古国之名，在今江浙一带。这里素来以明山秀水出名，风光无限；而锦山秀水，也阅尽了人世悲欢。

林逋长期隐居西湖湖畔，他孤傲的情怀，向来为人称道。人们一直以为和靖先生妻梅子鹤，清心寡欲，不食人间烟火，一定是爱情的绝缘体。不曾料想，原来他对人间真爱也如此拳拳。后人无数次揣测，是不是因为受了什么外力的干扰，林逋的爱情不能如愿，才隐居孤山，与梅鹤为伴？无论如何解读，历史只有一个结

局，他是清高的隐士，无子，未婚。

中国古代的隐士似乎总是很难真正归隐，即便退守深山，也还是会结交各类文人名士，甚至官员。名士梅尧臣就曾经踏雪寻山，拜访林逋。而北宋名臣范仲淹也是林逋的好友。可见，林逋虽隐，但对于庙堂与江湖之事，也是了然于心。二三旧友，于风雪之日围炉煮酒，江山如此多娇，才情如此俊秀，饮酒取暖，谈笑风生，纵然隐避孤山，亦不乏生活情趣。由这一点可以看出，林逋的隐居不因厌世，而是避世。

避世，乃避红尘琐事；厌世，多为心灰意懒。陶渊明说，“羁鸟恋旧林，池鱼思故渊”。而王维一生前后隐居四次，有人说他“亦官亦隐”，有人说他“弃官而隐”，后事尽可由人评说，但他终究没有林逋快活。宋初之际江山甫定，书生们意气风发，正是指点江山、豪情万丈之时，加上宋代对文人的宽厚和尊重，再者经常有几个朋友互相走动，可见林逋的隐居生活还是比较滋润的。所以，古人隐居者虽多，但能丝毫不被政治风波所牵扯，隐得如此功德圆满、自在洒脱的并不多见。

也正是因为这份优雅和从容，林逋的才华得到了充分发挥。除了《长相思》，还有一首《点绛唇》，写得也是气韵生动：

金谷年年，乱生春色谁为主？余花落处，满地和烟雨。

又是离歌，一阕长亭暮。王孙去。萋萋无数，南北东西路。

中国常有“萋萋芳草喻离愁”的文学传统，如“青青河畔草，绵绵思远道”“又送王孙去，萋萋满别情”，无处不生的春草，犹如人们无处不在的深情，别意缠绵，难舍难分。然而林逋

的这首《点绛唇》于众多咏物诗词中脱颖而出。残园、乱春、烟雨、落花、离情、日暮，在阡陌交通的小路上蔓延开来，全词无一“草”字，却字字令人联想到芳草萋萋，写景抒情浑然一体，被奉为咏物词的佳作。

古人咏春咏草多为感怀伤世，以屈原为首的文人骚客，也多以香草美人自喻，含蓄地表达自己对君主的忠贞、迷恋，以及愿意为江山社稷肝脑涂地的决心。所以，咏物常常是托物言志，鲜有真诚、纯粹的咏物之作。唯此，林逋的词写尽了自己的离愁别恨，又无关时局的波澜，在眼界和境界上自然与别家不同。故而，历来颇得盛赞。

从林逋的隐居情况来看，宋初虽偶有征战，但生活还算安逸，用现在的话来说，就是比较悠闲。假如生逢乱世，逃命尚且来不及，哪里还有闲情逸致来隐居。于美丽的西湖边，看梅花怒放，听野鹤长鸣，林逋过上了传统文人最向往的隐居生活。

作为名士的隐士，林逋从内在气质到外在生活方式，都流露出对个性的自觉追求。而这追求也慢慢内化为一种精神，植根在宋代词人的心中，影响了一批清高孤傲、卓尔不群的词人。林逋存词仅三首，《点绛唇》为咏物一绝，《山园小梅》为田园之趣，而隐居生活又为后人提供了精神支撑和现实范本。故而，谈及宋词，始终越他不过。

贺铸：少年侠客爱绮梦

金庸曾借郭靖之口对“侠”字做了深刻的总结：“侠之大者，为国为民。”古人对侠客的印象，从盗跖到李白，均是“十步杀一人，千里不留行”。然则真正的侠者，为苍生社稷而挺身，才叫真英雄。宋代以文为尚，武功建设沦为下流，因此关于“侠气”精神，已是风中残烛。但有一人比较特别，尽管人微言轻，却有一身豪爽义气，自诩“北宗狂客”，此人便是贺铸。

宋代词人叶梦得为贺铸立传时写道：“喜剧谈天下事，可否不略少假借；虽贵要权倾一时，小不中意，极口诋无遗词，故人以为近侠。”可见他对贺铸的为人是极为欣赏的。尽管贺铸一度做的是文官，骨子里行的却是豪侠，悖谬的两种性格集中在他的身上，怪不得惹人喜欢。

贺铸活在北宋中期，一个在改革中挣扎的时代。当时正值王安石熙宁变法失败之际，旧党上台，司马光等人向西夏李元昊举手投降，国内卑躬屈膝的氛围再次甚嚣尘上。贺铸还在地方当个人微言轻的小官，根本没有在朝堂上指手画脚的机会。但是面对大宋朝醉生梦死、歌舞升平的景象，面对自己空白的人生，以他的性格是忍无可忍的，他不得不尖锐地去刺破北宋温软的喉咙，发出振聋发聩的声音。

少年侠气，交结五都雄。肝胆洞，毛发耸。立谈中，死生同。一诺千金重。推翘勇，矜豪纵。轻盖拥，联飞鞚，斗

城东。轰饮酒垆，春色浮寒瓮，吸海垂虹。间呼鹰嗾犬，白羽摘雕弓，狡穴俄空。乐匆匆。

似黄粱梦。辞丹凤，明月共，漾孤篷。官冗从，怀倥偬，落尘笼。簿书丛，鹖弁如云众，供粗用，忽奇功。笳鼓动，渔阳弄，思悲翁。不请长缨，击取天骄种，剑吼西风。恨登山临水，手寄七弦桐，目送归鸿。

——《六州歌头》

这首词一直被作为《东山词》的压卷之作。上阕以“少年侠气，交结五都雄”开篇，一“侠”一“雄”奠定了全词的基调，充满了大气磅礴的豪情。接着，贺铸详细描述了自己与伙伴们的品性：肝胆相照、生死与共、豪放不羁、英勇盖世。带着鹰犬狩猎，踏平狡兔之巢；围聚豪饮，可吸干海水，气魄如虹。其雄姿英发，自成不可一世的气势。铿锵言辞里，结交豪雄之情，吞吐山河之势，令人无限神往。然而，以“乐匆匆”三字收尾，就流露了转折之意。

下阕的基调陡然变得深沉，匆匆美梦，朝气蓬勃的生活原来只是黄粱一梦。赏心乐事的青春一掷如梭，沉沦困厄的官宦生活逐渐取代了少年侠客的快乐。“明月共，漾孤篷。官冗从，怀倥偬，落尘笼。”“供粗用，忽奇功。笳鼓动，渔阳弄，思悲翁。”这是词人对自己十几年生活的回顾，也是对胸中愤懑的一种抒发。

原本是行侠仗义、豪情满怀的少侠，立志报国，却误入牢笼般的官场，在地方打杂，案牍中劳形，不能驰骋沙场、建功立业。一腔抑郁，化为满肚子的牢骚。三字一顿犹如层层巨浪，直

指苍天埋没才华的不公。长歌当哭，英雄泪，洒满襟。“剑吼西风”，把所有的悲愤与激越推向了狂怒的高峰。结尾三句峰回路转，“恨”字一出，怒吼变成了悲凉。凌云之志无处施展，只能抚琴诵词，看山水孤鸿。

由于词牌所限，宋词题材多有趋同。大部分为依红偎翠之作，而绝少直言家国大事。及至靖康之后，才有了岳飞、张孝祥、陆游、辛弃疾等人的爱国作品。然而，能够写得如此义薄云天、侠情万丈的，非贺铸莫属。

贺铸本为宋太祖贺皇后的族孙，所娶的妻子也是宗室之女，是一标准的皇亲国戚。然而，他却始终不得志，初为武职，位低事烦；后改为文职，亦不能实现理想与抱负，终于请辞，定居苏州。贺铸与北宋其他词人不同，他生于“军人”世家，也从武职

开始做起，从小就希望能够为江山社稷效力。只可惜，大宋朝重文轻武，他空有为国之志，却难寻报国之门，唯有一腔热血付诸词阕。

宋朝自建立伊始便不断受到北方少数民族的军事威胁，但放眼宋词，爱国、抗战主题的诗词作品少之又少，今仅存十余首。以戎马报国为主题的，只有苏轼词《江城子·密州出猎》可与贺词一时伯仲。贺铸的这首《六州歌头》笔力雄浑苍健，上承苏轼，下启南宋辛派，在词史上有着不容忽视的地位。身为侠客，贺铸渴望建功立业、披荆斩棘；而身为词人，他多情敏感，豪气干云，还有一份温柔的深情。

由于人长得丑，甚至有着“贺鬼头”的外号，贺铸并不十分得意自己的容貌。但他有一份难得的情缘，可能正因这段爱情，让他的侠骨里有了柔情，在词作方面，不只有飒爽，还有浓丽，兼豪放、婉约二派之长。

贺铸一生几乎都是屈居下僚，经济上并不宽裕。但他的妻子赵氏是个难得的好女人，赵氏出身千金之府，嫁给贺铸后勤俭持家、不惧劳苦，对丈夫非常体贴，两人可谓伉俪情深。后来，妻子不幸离世，贺铸想起曾经相濡以沫的时光，悲从中来，挥笔写下一首《鹧鸪天·半死桐》，以悼亡词寄托自己的哀思：

重过阊门万事非，同来何事不同归？梧桐半死清霜后，头白鸳鸯失伴飞。

原上草，露初晞，旧栖新垅两依依。空床卧听南窗雨，谁复挑灯夜补衣！

宋代悼亡爱人的诗词，人人皆以苏轼的“十年生死两茫茫”为美，余自以为梅尧臣却是更深挚。梅氏《怀悲》的最后一句“此生今虽存，竟当共为土”，是别人的悼妻诗词所不能比拟的。别人用一时的思念写出的文字，怎及梅氏用半生写下的诗行。

回过头来再看贺铸的这首词，竟有些梅氏的深情意味。本篇词作从“物是人非”的感叹入手，不禁问道“为什么同来却不同归”。这种责问，看似无理取闹，实则情到深处。有人说，爱情的最高境界，就是“敬他如父，尊他如兄，亲他如弟，爱他如子，视他如友”。贺铸的追问，既有不合常理的撒娇与嗔怪，也暗含了不忍诀别的撕心裂肺。秋霜过后梧桐半死，词人以白头鸳鸯自喻，垂垂老矣，却无人相伴，孤独和凄凉呼之欲出。

词作最后两句尤其伤感，夜雨敲窗，想起妻子从前“挑灯夜补衣”的形象。凄怨哀婉的情感，缓缓打开读者的心扉，令人不

免潸然泪下。这首贫贱夫妻患难与共的真情之言，荡气回肠，比之苏轼的“小轩窗，正梳妆”，贺词的“挑灯补衣”反衬生活的艰辛，同甘共苦之情，比简单的爱恋更加深切动人。

“平生只流两行泪，半为苍生半美人”，这句话在贺铸身上得到了印证。《六州歌头》里的英雄气、《鹧鸪天》中的儿女情，就是贺铸侠者之风的体现。豪情是“侠”的骨骼，柔情是“侠”的血肉，刚柔并济才不失为大侠风范。江湖风波，宋江的山寨和包公的衙门，是否真的有飞檐走壁的英雄，我们不得而知，但贺铸的侠骨柔情在宋词中清晰可辨。

不过，在贺铸的人生里，我们似乎忘记一段他最为人所乐道的故事，讲的是他退居苏州时，碰到了一位妙龄女郎，心花怒放之际，写下的千古名篇《青玉案》：

凌波不过横塘路，但目送、芳尘去。锦瑟华年谁与度？月桥花院，琐窗朱户，只有春知处。

飞云冉冉蘅皋暮，彩笔新题断肠句。试问闲愁都几许？一川烟草，满城风絮，梅子黄时雨。

姑苏水乡，横塘梦境，美人已去，却爱慕难忘。古人的“闲愁”相当于我们今天的“爱情”，青草、柳絮、飞雨，铺天盖地，难以计算其多少，正如可遇而不可求的爱情。贺铸也因这首小词得名“贺梅子”。

有剑吼西风的潇洒，有伉俪情深的爱情，似乎还曾有过美妙的艳遇。上天对贺梅子如此偏爱，恐怕正是安慰他无处施展豪情的落寞吧！

宋江：江湖草莽的小心事儿

宋江，字公明，北宋末年的刀笔小吏，后起义，得众人拥戴，成为“带头大哥”。作为《水浒传》中的头号人物，他无疑是最为引人注目的，也是历来评论家的“必争之人”。宋江有三个绰号：黑宋江、孝义三郎、及时雨。这些绰号基本可以概括他的特征。首先是黑，身形矮胖，没有林冲挺拔，更不如吴用儒雅，“人不可貌相，海水不可斗量”说的就是他这种人。

宋江的另外两个绰号，都是和人品相关，这也是他能够“威震江湖”的撒手锏。孝义黑三郎说的是宋江的孝道。中国古代思想中，忠孝往往不分家，所以现代人批判古人的时候常常捆绑式评论为“愚忠愚孝”。“忠孝”二字，贯穿了宋江的整个人生。

第三个能够展现宋江风采的绰号莫过于“及时雨”。古人说，一生四大喜事，“久旱逢甘霖，他乡遇故知，洞房花烛夜，金榜题名时”。宋江是一个小押司，官虽然不大，却能够为江湖送去及时雨，扶危济困、仗义疏财，急人之所急，说他是很多人的“甘霖”并不为过。正因为他“该出手时就出手”，才能够笼络人心，在弟兄们中间享有威望。“有钱能使鬼推磨”，一旦机缘成熟，不用拉票，也可以顺利“上位”。

宋江的性格跟他的出身有关，原本是一介小官，八面玲珑的手段不算太差。而他上梁山，实属无奈。他做官吏时，正巧赶上了晁盖抢蔡京生辰纲的事情，因宋江和晁盖认识，便私通消息让后者跑路。生辰纲事件爆发之后，宋江被牵连进去，晁盖一方面

为了报恩，一方面想笼络宋江，便将宋江圈进了自己的圈子。没人料想，最后宋江会成为梁山泊的最高领导者。

早年落草为寇时，宋江曾愤愤不平过，写了一首词《西江月·自幼曾攻经史》，其中郁闷、愤慨、无奈的情绪显而易见。

自幼曾攻经史，长成亦有权谋。恰如猛虎卧荒丘，潜伏爪牙忍受。

不幸刺文双颊，那堪配在江州。他年若得报冤仇，血染浔阳江口。

这首词写得直白，将他沦落的遭际写得很清楚，郁郁不得志和誓言报仇的情绪刻印在字字句句，到最后“血染浔阳江口”，

更是有拼得头破血流的架势。不怪他能领导梁山好汉一路逼近京城，俨然一副不要命的姿态。

《宋史》记载："宋徽宗宣和三年（1122 年），淮南盗宋江等犯淮阳军，遣将讨捕，又犯京东（今山东），江北，入楚海州界，命知州张叔夜招降之。"朝廷对梁山泊毫无对策，唯有采取招安，以缓和矛盾。《东都事略》中提到官员侯蒙，曾上书皇帝建议利用宋江来平息方腊的叛乱。"宋江寇京东，蒙上书，言宋江以三十六人横行齐魏，官军数万，无敢抗者，不若赦江，使讨方腊以自赎，或足以平东南之乱"。

虽说某种程度上，历史也是一本"小说"，记载并加入了后人的许多文学想象，但透过这些浮出历史地表的言论，还是可以再现当年的画面：宋江反了，声势浩大地反了；不幸的是，后来还是被朝廷利用，间接被灭亡。

宋代自赵匡胤开国以来，便奉行"攘外必先安内"的政策，政权、兵权、财权高度集中，对外屈辱求和，对内管理异常严格。到了北宋末年，土地兼并更加严重，"官逼民反"之事更是层出不穷。宋徽宗时期尤以宋江、方腊起义为最，正是"一年多似一年，一伙强似一伙"。

宋江率三十六人在黄河北部起义，立起"替天行道"的大旗，专门劫富济贫、打击贪官污吏，和社会不良现象做斗争。由于宋江卓越的领导才能，加之手下弟兄们都是"杀人如切西瓜"的主儿，不说百战百胜，至少也算是百战不殆。徽宗非常害怕，赶紧派人来"围剿"起义分子。但宋朝军队总是养兵，很少练兵，所以注定打不过梁山这些天天健身的好汉。围剿失败后，宋江等人的名声更加响亮。而后世对于宋江的异议也就由此而来。

部分学者认为，宋江成名以后，因为讲究“愚忠愚孝”，总觉得兄弟这样打家劫舍实在不是长久之计，正好国家有意招安，如果他能戴罪立功，就能转成“国家正式公务员”了。一时心动的宋江就被招安了。招安之后，他被派去打方腊，方腊的叛乱虽然被平息，自己却折损了不少元气。朝廷看他也没什么用，就赐毒酒把他给灭了。还有一说，宋江根本没有被招安，在方腊被朝廷出兵灭了之后，仍然奋起反抗，只是后来寡不敌众，起义之火还是被朝廷扑灭。两者比较起来，似乎前者“招安平方腊”的说法更容易获得认同。

从宋代话本开始，到民间故事的口口相传，到最终《水浒传》的定型，人们似乎更愿意相信宋江的确曾经投靠过朝廷，只不过是不幸被政府“过河拆桥”，狡兔死，走狗烹了一番。宋江的失败在于，他只反贪官污吏，不反皇帝统治，终究只能算是个修正主义投降分子。

实际上，“久居幽兰之室，而不闻其香。久居鲍鱼之肆，而不闻其臭”。宋江在梁山好汉的熏陶下，也开始学着变得忠肝义胆，从他的词作《念奴娇》中就可以看出来：

天南地北。问乾坤何处，可容狂客。借得山东烟水寨，来买凤城春色。翠袖围香，鲛绡笼玉，一笑千金值。神仙体态，薄幸如何销得。

回想芦叶滩头，蓼花汀畔，皓月空凝碧。六六雁行连八九，只待金鸡消息。义胆包天，忠肝盖地，四海无人识。闲愁万种，醉乡一夜头白。

“每个人的心里都有一个江湖。”宋江当年冲冠一怒上了梁山，从此开始了大块吃肉、大碗喝酒、大分官银的日子，盖世豪侠的生活不知令他多么开心。占山为王的快感，令人欲罢不能。供他作威作福的江湖，如同山寨版的皇宫。“义胆包天，忠肝盖地”也不是普通山贼草寇说得出的豪言壮语。

再来看这首词的下阕，“义胆包天，忠肝盖地，四海无人识”。能够写出如此气势恢宏的词句，可以断定宋江是个英雄人物，至少胸怀大侠之风。“闲愁万种，醉乡一夜白头”，既有宋公明哥哥豪饮的潇洒，也有兄弟们敲着桌子、大声吆喝的雄壮。如此江湖，让人仰羡。

然而，“有人的地方就有江湖，有江湖就有风波”。是非成败，转眼成空，笑骂由人，只留后代评说。我们无法亲历宋江振

臂一呼应者云集的豪迈，也无法参透宋江最终的结局为什么那般窝囊。可能是“侠之大者，为国为民”在作祟，让他最终选择和朝廷在同一战线；又或许是现实所迫，为了令兄弟们过上更好的日子，他才选择了被招安；又或许，是被当年做官未得志的不满心气儿冲昏了头脑，一股“我志未酬人亦苦，东南到处有啼痕”（石达开语）的郁郁在鼓动，想要重回官路。

这一切的一切，跟随千古江山的变迁，成了不可捉摸的云烟。唯一剩下的，且庆幸的，是宋朝这个尚算开放的时代，对文字的记录能够尽量还原真实的历史，为我们记载下山贼草寇的年代，把一个占山为王的寨主描绘得如此风雅，荡气回肠……

卷二 爱在微醺的时光

幸运的女人总是相似的，有才华、有情趣、有品位，懂得浪漫，会享受生活。不幸的女人却各有各的不幸，家道中落，婚姻不睦，又或生逢乱世，四海漂泊。能够生在宋朝，才女们常常会忽略自己的幸与不幸，而更看重这样的时光能否留住自己那微醺的爱与春华……

李清照：爱是爱了，岂止是爱

有人说，李清照（号易安居士）的一生只写了两本书，一本叫作《漱玉词》，一本叫作爱情。这个评价浓情满满，又很浪漫，赞了她的绝代才华，又说了她的人生重心。惊艳之后，却又觉得浅薄了。在那个男权的社会里，能够为才女争得一席之地，且光芒万丈，千古不朽，巍然屹立于词坛乃至整个中国文学史而毫不逊色的，除了李清照，恐怕找不出第二个人了。区区爱情，加之一段段词，又如何能参透李清照的风骨？

没错，李清照爱是爱了，但这又岂止是爱。

历来有颇多关于李清照词学的研究，人们把她的词作大体上分为前、后两个时期。早期词作风格柔美、活泼，既有闺中女儿的自由，也有新婚宴尔的快乐。其中最为人所称道的当属两首《如梦令》：

常记溪亭日暮，沉醉不知归路。兴尽晚回舟，误入藕花深处。争渡，争渡，惊起一滩鸥鹭。

昨夜雨疏风骤，浓睡不消残酒。试问卷帘人，却道海棠依旧。知否，知否？应是绿肥红瘦！

两首词放在一起对照，可以看出诸多相似之处。出游、吃酒、泛舟，第二天睡醒了，伸个懒腰，似乎没能散尽昨夜的浓酒，闲

来无事，和丫鬟“斗嘴”，轻松快乐，饶有情趣。

第一首小令中说“溪亭日暮，沉醉不知归路”，没有点明是和哪一个亲友出去游玩。但可以从词作中推测，她的郊游无比快乐，尽兴而归，恐怕惊起鸥鹭的时候，也同样换来了她欢愉的笑声。不用上班，不必担心迟到，高兴了还可以喝两杯小酒。以今天的眼光来看，能够随意支配自己的时间，呼朋引伴休闲度假，睡觉睡到自然醒，实在是“乐活”一族。由此看来，李清照既有旷世奇才，也拥有当之无愧的小资情调。

李清照能够在北宋词坛声名鹊起，不仅仅是其个人才华的积累，也有历史的机缘。她生于北宋官宦之家，是标准的大家闺秀。资质聪慧，再经过艺术的熏陶和洗练，自然萃取出钟灵毓秀的神采。就如同《红楼梦》中的小姐们一样，个个都是舞文弄墨的行家里手。

李清照生在士大夫之家，十八岁时嫁给宰相之子赵明诚。夫妻二人志同道合，常常一起勘校诗文，收集古董，既是同舟共济的伴侣，也是志同道合的朋友。有故事说，他们常常于日暮黄昏，饮茶逗趣。由一人讲出典故，另外一人说出在某书某卷某页某行，胜者可先饮茶。

据说有一次，赵明诚说错了，李清照饮茶时扑哧一笑，弄得茶没喝到嘴里，却泼了自己一身茶水，夫妻乐翻天。由此，也留下了“饮茶助学”的美谈。当年二人的生活，全在情趣之上，辞赋唱和，互相欣赏、爱慕，简直是神仙美眷。即便夫妻小别，也是相思无尽，那份孤独和寂寞只是一个幸福的少妇对爱情的依恋，所谓“愁绪”寄给赵明诚之后，也都化作了屡屡甘甜。

薄雾浓云愁永昼，瑞脑销金兽。佳节又重阳，玉枕纱厨，半夜凉初透。

东篱把酒黄昏后，有暗香盈袖。莫道不消魂，帘卷西风，人比黄花瘦。

——《醉花阴·薄雾浓云愁永昼》

据说这首《醉花阴》寄到赵明诚手里后，赵明诚自叹弗如，但是男人的自尊激起了他的好胜之心。他闭门不出，谢绝见客，废寝忘食大写特写了三天三夜，作出了五十阕词。然后把李清照的这首混杂其中，请朋友陆德夫鉴赏。陆兄再三玩味，认为只三句绝佳，老赵抬眼一看，均为易安之作——“莫道不消魂，帘卷西风，人比黄花瘦”。这虽然只是元代《琅嬛记》中的一个故事，而且人们并不知道赵明诚听了之后做何感想，但是，以老赵过往的行为，以及与易安的感情来看，恐怕明诚君不会如一般男人那样大为不悦，而是会非常高兴娶了这么厉害的媳妇。

封建社会里男尊女卑，正因为这种观念的横行，所以柳永愿意歌咏青楼女子，并大胆剖白自己的心声，不但遭到了皇帝的鄙薄，也令自己陷于尴尬的境地。幸好明诚清照二人均为望族，又是名正言顺的夫妻，而李清照的确才华盖世，深得同辈人的赞赏，所以赵明诚对妻子的欣赏被引为佳话而非笑谈。作为一代才女，李清照能够生长在宋代，的确是一种福气。

北宋虽然没有大唐的富贵和丰腴，但总算还有自己的特色和风采。宋太祖赵匡胤登基后，曾有一条不成文的规定——“不杀诤臣，不杀读书种子”。文化的宽松加上经济的繁荣，北宋休闲娱乐业十分兴盛，能够生在这种土壤里，多少都有点自由奔放的情怀。所以

在赵明诚、李清照身上，人们很容易发现“平等、自由、尊重”等封建社会不常看到的夫妻关系。这当然一方面得益于李赵二人的才华和气度，另一方面也与北宋的文化环境有关。假如理学的禁锢已然吃紧，即便他们愿意互敬互爱也会招来嘲笑。

没有史料记载，李清照是如何爱上赵明诚的。李清照的词写得青涩、矜持，不似卓文君那般激烈。少女时期的李清照曾写过一首《点绛唇》来描绘当年的初恋：

蹴罢秋千，起来慵整纤纤手。露浓花瘦，薄汗沾衣透。

见客入来，袜刬金钗溜，和羞走。倚门回首，却把青梅嗅。

秋千荡后，乍见来客，来不及穿鞋，松散着头发出来，害羞，欲走；又不舍得离去，倚门回首，青梅偷嗅。一个天真、浪漫、纯洁又略带羞涩的初恋少女就这样生动地跃然纸上。我们无法推测是怎样的相见拨动了李清照的心弦，只约略可见少女的自由，倾心相许似乎暗示了她婚后的幸福。

李清照生活在宋代，就像是21世纪的白领小资，她们安逸、优雅，举手投足间都透露出时代的妩媚与细腻；即便称不上青年人的精神领袖，但至少也是一部分人所乐于效仿的典型。那种闲情雅致，犹如在漂亮的咖啡馆里品味人生，透过雪亮的落地玻璃窗，看街上的熙来攘往，也偶尔观照一下自己是否需要补妆。这就是小资，有大把的时光来慰藉心灵，只要她愿意，任何情趣都可以栽倒在自己的脚旁。富裕的生活加上满腹的才情，李清照的青年时代就是这样有滋有味地走过来的。

作为一代词人，李清照能够有如此浪漫的生活，既有自身才

华横溢，懂得生活情调的原因，也有社会历史提供的契机。在历史的螺丝松动的那一刻，宋代的繁华与自由滋养了她的秀美与温柔，给了她怦然心动的爱情、琴瑟和谐的婚姻。然而，历史似乎是一柄双刃剑，它赐予了李清照中国女子所没有的光环，也给了她无尽的磨难，来考验她的倔强与坚贞。

李清照：纵有婉骨胜男儿

当个人渺小的命运与庞大的时代联系在一起后，最平淡的愿望，终归也是神话。李清照有幸见证了盛世北宋最后的狂欢，曾沉溺于得到的快乐，即便偶有对丈夫的相思苦楚，生命的底色依然温暖明媚，她的一卷《漱玉词》，便颇有北宋风流最后回响的意味。

若是换了别的时代，她大概会成为卓文君那样的奇女子，跟丈夫过着小资的幸福生活。可偏偏她是不幸的，昔年的闲情逸致在历史螺丝松动的那一刻，走向了倾塌。在北宋覆亡、丈夫暴卒的双重打击之下，“易安”的美梦终成碎片，她像多数南渡文人一样，尝尽颠沛之苦、黍离之悲，再多诗情画意也平添了凄怆和悲壮。

不过，恰恰是这样的经历，让她的词情发生了巨大的变化，造就了柔情与风骨相杂糅的奇妙境界，将一幅两宋交替兴衰的画面泼墨而出。

早期的易安词，爱情委实占了较大的篇幅，《漱玉词》里十之七八都有情的影子。从情窦初开的懵懂怀春，到与子偕老的新婚祈愿，再到深闺梦里的刻骨相思，又至对丈夫抛弃自己的怨情难诉，岁月一寸一缕地爬上她的眼角眉梢，至深至重的爱情与时光和文字一同疯长。

李家有女初长成，正是人生花季，不知多少少年为她倾心，历史选来选去，最后把绣球抛给了赵明诚。两人的婚姻像多数夫妻那样有喜有忧，虽然后来聚少离多，甚至十数年后赵明诚有了姬妾，以致夫妻感情疏懒，但当初相遇相守的日子，是李清照一生中最好的年华。

只能说，爱情来了，莫问是劫是缘。

那时的少年夫妻，缠绵流连自不必言说。经年后因家庭因素，夫妇二人在青州屏居十年，过着相濡以沫的清苦生活。后来赵明诚终结束了隐居生活，再次踏上仕途，但并没有偕李清照同去赴任。其间原委无从考证，但从李清照的一首《凤凰台上忆吹箫》中可见一斑。

“生怕离怀别苦，多少事、欲说还休。”“凝眸处，从今又添，一段新愁。”字里行间，全是离愁，多少离别苦，欲言又止，欲说还休。在青州陪伴丈夫十年，等到丈夫终于重踏仕途，自己却不能随行，心里总是会涌起很深的“被遗弃”感。这一切，能够说与谁听？只有门前流水，能够见证她的凝眸远眺，从今以后，又添新愁。

这样的李清照，脆弱得可怜。历史把绣球抛给了他，何尝不是她的选择。

关于赵明诚这段时间是否因出轨变心而放下李清照，史家仍

有争议，但不管怎么说，李清照的旷古才华与性情，仍是挡不住她被遗弃的命运。也许，在爱情里，永远也没有平等可言。若想伤害少一点，就要爱得比对方浅一些。可李清照那样一个至情至性的女人，如何能要求她不去爱？这要求的本身，对她也是残忍的伤害吧。

暖雨晴风初破冻。柳眼梅腮，已觉春心动。酒意诗情谁与共，泪融残粉花钿重。

乍试夹衫金缕缝。山枕斜欹，枕损钗头凤。独抱浓愁无好梦，夜阑犹剪灯花弄。

——《蝶恋花·暖雨晴风初破冻》

最喜欢“独抱浓愁无好梦，夜阑犹剪灯花弄”，颇像辛弃疾的“醉里挑灯看剑”。男人报国无门的时候，只能在夜里挑灯摩挲自己的宝剑，那些驰骋疆场的雄壮激烈地在心头翻滚，却只能在无奈中夜夜彷徨。而李清照，抱着对丈夫的思念和孤独的浓愁，实在没什么好梦可做，夜深人静，只好翻身起来弄“灯花”。

此时的李清照，上无父亲可依，下无子嗣可靠，受冷落是在所难免的。但少年夫妻，老来做伴，总归是个依靠。于是，几年之后，她便收拾东西去莱州找丈夫团聚了。

有情饮水饱，算是李清照前半生的写照，她的文字三言两语，总也是不离情的。当然，那个时代还未曾骤变，她的世界也还算安定。

时空斗转，靖康二年（1127 年），金兵攻破汴梁，宋徽宗、宋钦宗被俘，北宋灭亡。“花自飘零水自流”，李清照犹如自己的词作所说，开始了漂泊的后半生。如果只是人生旅途的鞍马劳顿，其实对志存高远、淡泊宁静的她影响不大，赵明诚的爱情足以为她遮风挡雨，撑起生活的保护伞。可惜“屋漏偏逢连夜雨”，国破之后，她很快又惨遭丧夫之痛。一时间，国败家亡的悲伤和愤懑，扭转了她的词风，当年的小儿情态，成了后来的寡妇孤独。

所谓“寡妇门前是非多”，赵明诚刚刚过世，她就经历了世俗舆论的第一轮洗礼。事情的起因是有人诬陷赵明诚生前曾将珍贵文物献给了金人，有通敌叛国的嫌疑。有人说李清照听到这个消息之后，非常惶恐，结果急急忙忙把宝物献给南宋小朝廷。但是，李清照如此急于得到政府的承认和信任，绝不是因为害怕，而是为了证明丈夫的清白。对于大多数中国文人来说，“清白”二字比生命还珍贵。

于是，为了洗刷丈夫的冤屈，她一路南下，带着他们夫妇全部的家当追赶远去的朝廷。她遭遇过抢掠、偷盗，金石古玩一路颠簸，一路流失；然而，令她更加痛心疾首的是，无论怎样努力，政府的军队逃跑的速度比她还要快。对一个弱质女流来说，这在

烽烟中奔波的日子实在难以承受，加上赵明诚死后，她一直心力交瘁，终于病倒了。就在亲人们准备为重病不起的李清照准备后事期间，一个叫张汝舟的人巧舌如簧地说服了李清照的家人，趁李清照昏迷不醒时与她缔结了婚约。

如果李清照就此安眠，也许她就可以免受后来的诟病了，但也可能中国词史上将不再有“易安体”。历史不容想象，李清照醒过来了，逃过了一道生死关，却不幸落入了人生的又一个樊笼。张汝舟实在不是什么正人君子，更甚者说，简直就是个人渣。婚后，他发现不能占有李清照的文物，恼羞成怒，常常对李清照拳脚相加。作为一个才情并重，享受过琴瑟和谐、举案齐眉的女子，李清照无论如何都难以和这种强盗生活在一起。很快，她把他告了，要求摆脱家庭暴力，和张汝舟离婚。

按当时的法律，张汝舟受到严惩，而李清照也必须服刑两年。所幸的是，李清照在一位亲戚的营救下很快被释放。出狱后，她马上写信给亲戚，“清照敢不省过知惭，扪心识愧。责全责智，已难逃万事之讥；败德败名，何以见中朝之士”。今天读此信，字字沉重，依然可以感觉到李清照对自己名誉的忧虑。她的担忧果然应验，“改嫁”一事令她再次陷入舆论的旋涡。

北宋时期改嫁之风并未式微，此为唐代遗留下来的俗律。但到了南宋，随着程朱理学的日渐昌盛，“守节”观念被大力提倡。一个王朝的精气神无法在对外扩张的方面消耗，只好转为内部消化，开始努力钳制意识形态，在道德方面蹂躏臣民。可叹李清照生在北宋，所有关于青春和爱情的成长都在自由的北宋完成了。到了南宋时期，她尝遍了人世间的离合悲欢，还要为一段不该有的感情而消耗余生。

人生的后半段，李清照是苦闷不堪的。有对人生的绝望，身世的慨叹，也有对国家风雨飘摇的担忧。晚年隐居杭州时，她的许多词作透露出生活的凄苦和悲凉。正因对当年生活的无比眷恋，才对如今愁云惨淡的日子体会更深。

寻寻觅觅，冷冷清清，凄凄惨惨戚戚。乍暖还寒时候，最难将息。三杯两盏淡酒，怎敌他、晚来风急？雁过也，正伤心，却是旧时相识。

满地黄花堆积，憔悴损，如今有谁堪摘？守着窗儿，独自怎生得黑？梧桐更兼细雨，到黄昏、点点滴滴。这次第，怎一个愁字了得！

——《声声慢》

忽寒忽暖的天气、淡薄的酒味、入夜忽起的秋风、天上的大雁、满地的黄花、窗外的梧桐和黄昏的细雨，无一不是生愁、助愁、牵愁，处处成愁，却无法用“愁”来开解心中的抑郁。这恐是李清照笔下愁的最高境界。别致的是，这首《声声慢》并非

只有辗转难言的苦涩，而是有着豪迈的笔触，书写浓浓的悲怆，在词史上堪称一绝。也因此，后世把李清照的词尊为“易安体”。

如此遗世独立的女人，到最后也是要强的吧。尽管经历了人生中罕见的波折，仍旧是不肯弯腰的。对国家的不争气，她敢叫“生当作人杰，死亦为鬼雄”；对感情的不平顺，她宁可亲手掐灭那摇摇欲灭的火烛，选择离异作为收场。在以偏安一隅、守节盛行的南宋，她实为“女中之豪杰”。

每个人的生命都充满了岁月的酸甜苦辣，端看你如何去应对。在那个遥远的年代，一个透明的青色世界，桂花落尽青梅未黄，李清照接受了风雨的吹沐，在现实的生活里和纸上的间隙里，守住了她的柔情，也守住了她的风骨。剩下的，是留给宋朝的一抹叹息，为它的萎靡结局，先写下了浓重的一笔。

朱淑真：烟锁重楼，难锁心忧

朱淑真生于南宋初，具体生卒年及事迹均不详，官宦世家，号幽栖居士。从朱淑真和李清照的自号上就可以推见两人生活的差别。虽同样是官宦小姐，且都才情并茂，但李清照是“易安”，而朱淑真只能“幽栖”。

关于朱淑真的婚姻，历来就有种种不同的猜测：有人说她嫁给了市井小民，也有人说嫁给了官宦。虽有很多种不同的说法，但有一个共识：那便是朱淑真不幸福。“男怕入错行，女怕嫁错郎。”在一个男权世界里，婚姻的不幸将注定女人一生的凄凉。

独行独坐，独唱独酬还独卧。伫立伤神，无奈轻寒著摸人。此情谁见，泪洗残妆无一半。愁病相仍，剔尽寒灯梦不成。

——《减字木兰花·春怨》

这首词似乎是朱淑真感情生活的写照。独行独坐独唱独愁独卧，一连五个“独”字，道出了她的孤独和寂寞。黯然神伤处，料峭春寒竟然也来“招惹”我。下片“此情谁见”，既映衬了上面提到的孤独，也引出了泪洗残妆没人在乎的哀伤。因愁生病，因病添愁，愁愁病病，无穷无尽，寒灯里面的灯芯已经剪尽，东方即白，却又是一夜难眠。这种愁苦的情绪在朱淑真的很多词作里面都有体现：

山亭水榭秋方半，凤帏寂寞无人伴。愁闷一番新，双蛾只旧颦。

起来临绣户，时有疏萤度。多谢月相怜，今宵不忍圆。

——《菩萨蛮》

从山水自然写到闺中愁怨，起来在窗前等待心上人，却没有等到。“多谢”两句，写得十分巧妙，既把月亮比拟得十分富有人情味，也深刻地暗示“人有悲欢离合，月有阴晴圆缺”的意味，含义隽永，深婉动人。朱淑真是一位多愁善感的女词人，多情而又敏感，情思细密又包含哲理。从月亮的残缺中得到理解和安慰，令人不禁感叹女词人的善解人意，也不免更加怜爱这份含泪的笑容。

世人总喜欢拿朱淑真和李清照相比，李清照的词写得温婉细腻，如娇俏的小女儿当窗理云鬓，巧笑倩兮，美目盼兮。在那种春闺愁绪中人们品咂的是小女儿娇憨之态。但是，在朱淑真的词里，人们几乎看不到“争渡”的快乐，有的只是闷闷的愁苦、落落的寡欢。只有一首《清平乐·夏日游湖》，似乎是朱淑真词作中较为明快的一首。

恼烟撩露，留我须臾住。携手藕花湖上路，一霎黄梅细雨。

娇痴不怕人猜，和衣睡倒人怀。最是分携时候，归来懒傍妆台。

男女相约在夏日，灿烂的阳光铺洒在湖面上，水波和眼波

一起荡漾，两个人携手在藕花湖上约会，黄梅细雨温润地洒落在脸上。在这样的时光里，人影晃动，心驰神往，不自觉便忘怀其中了。“娇痴不怕人猜，和衣睡倒人怀”两句表现了女词人的襟怀。

在那个男女授受不亲，尤其是清规戒律的理学已经开始束缚人的时代，能够不为外界所动，率性而为，也不枉自己年轻了一回。易安“眼波才动被人猜”，惟妙惟肖，恰到好处；而朱淑真却“娇痴不怕人猜”，其敢于直面人生的勇气似乎比李清照更胜一筹。

有了这一次美丽的相遇，有了这样梅雨天气中的相许，爱情在她的心里便扎下了根，也为后来婚姻的不幸埋下了一颗炸弹。但凡出类拔萃喜好文学的女子，多为才华横溢、心思细腻之人，

大抵只有源源不断的爱情，才能够令她们的心灵如沐春风，始终荡漾在激情中。

可能是放怀得失、不计荣辱的关系，朱淑真在自我解放中找到了自由，也因为这人生宝贵的经历，让她在后来的婚姻岁月中，常常找不到幸福感。朱淑真的丈夫曾经是官宦，但只是一介小官吏。而朱淑真在诗《秋夜》中写道："夜久无眠秋气清，烛花频剪欲三更。铺床凉满梧桐月，月在梧桐缺处明。"每句话均透露出她对婚姻生活的不满和无奈。

不怪她的怨恨多——他的世界她不愿张望，她的内心他难去读懂。一向以"弄花香满衣"的姿态憧憬生活的女子，和一个不解风情的小吏在一起，怎么能互相理解、互为知音呢？她宁愿一个人回乡独守空房。

后来，有人说她离婚了，因女子失德，父母竟然不许她入土为安，索性一把火烧了，一同焚烧的还有她曾经十分珍爱的书稿。对待一个才华横溢的女子，人们居然比对敌寇还要狠心。即便在重文的宋朝，这一点似乎也不例外。千古流芳与万世流言，不知道哪一个更让朱淑真心寒！更不知道她会不会和父母一样幽怨地感叹："读书毁了女人的一生！"

但是，一切终究都过去了，那些曾经追逐柳暗花明的理想，那些曾经卧在情人枕边的甜香，那些曾经独倚栏杆的寂寞，所有的岁月都在一场大火中付之一炬。在灰烬落下后，那些醒目的诗行则显得更加耀眼。

迟迟春日弄轻柔，花径暗香流。清明过了，不堪回首，云锁朱楼。

午窗睡起莺声巧，何处唤春愁？绿杨影里，海棠亭畔，红杏梢头。

——《眼儿媚》

烟锁重楼，云锁朱楼！啼春声中，竟有一人，塞耳厌听，如坐愁城。身为才女，回忆青春年华，却不堪回首。这一点，当真羞辱了南宋的风流！

徐君宝妻：逆风如解意，容易莫摧残

翻开史书的扉页，在芸芸人物的目录中，徐君宝不过是被宋朝历史一笔带过的人，却因为沾了妻子的光，而被后世屡屡提及。当然，人们口耳相传的并非徐君宝本人，而是他的妻子，这个在历史上没有名字，只能被称为“徐君宝妻”的女人却留下了关于那个时代的不平之声，铿锵有力。

在史料当中，我们可以查到徐君宝妻是岳州（今湖南岳阳）人，被长驱直入的元兵掳到了杭州，被安排在韩蕲王（韩世忠）的府里。

“自岳至杭，相从数千里，其主者数欲犯之，而终以巧计脱。”也就是说，在从岳州到杭州几千里的路上，元兵主帅曾三番四次地骚扰她，但徐君宝妻每每以巧计脱身，想方设法保全自己的名节。书载：“盖某氏有令姿，主者弗忍杀之也。”毕竟绝色英姿，若是平常姿色，主帅早就将她发配到军中充妓去了，何苦跟她在这里兜圈子。几百年的宋代江山已被他们收于囊中，谁还会在乎一个被俘女人无力的反抗。

于是，在经历了三番四次的虚与委蛇后，元兵主帅终于发怒，他要强行施暴，侮辱徐君宝妻。徐君宝妻知道难逃一劫，略一沉吟，心生一计，以顺水推舟之势，再一次蒙蔽了敌人。《南村辍耕录》载，徐君宝妻知道无法推脱搪塞的时候，便对元军言，“俟妾祭谢先夫，然后乃为君妇不迟也。君奚用怒哉？”意思是，请您给妾身一点时间，等我拜祭完先夫之后再做你的女人也不迟啊，您又何须动怒呢？

估计是徐君宝妻自从被俘后就没有温言软语的时候，所以今时今日的点头应允，竟让那个男人高兴得有些手足无措。“主者喜诺。”高兴地答应了她的要求。

随后，徐君宝妻沐浴更衣，焚香默拜。事罢，她独自向南而泣，并在墙上写下一首《满庭芳》，趁人不备便投池而死。

汉上繁华，江南人物，尚遗宣政风流。绿窗朱户，十里烂银钩。一旦刀兵齐举，旌旗拥、百万貔貅。长驱入，歌楼

舞榭，风卷落花愁。

清平三百载，典章文物，扫地俱休。幸此身未北，犹客南州。破鉴徐郎何在？空惆怅、相见无由。从今后，断魂千里，夜夜岳阳楼。

——《满庭芳》

这就是徐君宝妻留给后人最后的笔墨，字字看来皆是血，如残阳如晚霞，在宋末词坛绽放出幽冷的光芒。开篇起笔从“汉上繁华，江南人物”开始追溯，遥想都会繁华、风流人物，仍有北宋遗风。十里长街，绿窗朱户间，银光闪闪，数不尽的城与人，满世界写着风雅、富庶与文明。然而，一旦刀兵齐举，旌旗狂涌，几百万元兵南下，势如洪水猛兽。雄兵长驱直入时，那绝色旖旎的南宋，竟如暴风骤雨中的落花，被打得七零八落，花堆成冢。

自古，“落花”里便藏着女儿家最大的心事。或感怀独守空闺的寂寞，或慨叹青春易逝的无奈。落花虽落于土中，心事却着实落在了姑娘们的心里。不同的是，此时的徐君宝妻，眼里、心里的落花，每一瓣都写满国仇家难，沉痛到令人窒息。而那国破家亡和被掳千里的双重悲剧与苦难，都沉甸甸地压在她的心头。

在这亡国的时刻，多少人想的是举家逃命、忍辱偷生；可在徐君宝妻的眼中，蒙古铁蹄既伤害了宋人的心灵，也踏碎了大宋文明。那些碎片像一把把锋利的匕首，深深地刺痛了她的心。

就在这哀伤至绝的时候，笔锋一转，从国家的命运联系到自己的人生：如此辗转千里中她还能保全清白之身，总算是不幸中的万幸了。而“破鉴徐郎”一句指的是南北朝时江南才子徐德言与乐昌公主破镜重圆的典故。

遥看当年，隋朝大将杨素因辅佐杨坚统一天下而立得大功，于是得隋文帝赐婚，将亡国的陈后主妹妹乐昌公主许给他为妻。相传，乐昌公主“才色冠绝”，自嫁给杨素后更是深得宠爱。但乐昌公主仍终日闷闷不乐。经打探，杨素方知原来乐昌公主与丈夫徐德言情深义重，两人曾相约正月十五时在都会相聚。可是，国家破败后二人不幸中道分散。颠沛流离、九死一生并再度重逢时，公主已嫁为人妇，真是造化弄人。杨素听到这些曲折后，便动了恻隐之心，将徐德言招至府内，让他们夫妻得以团聚。此后，这一故事便与“破镜重圆”一词一并流传了下来。

今次提及，徐君宝妻欲以他人的“徐郎”来叩问自己的“徐郎何处”，一语双关，既含亡国颠沛流离之苦，又暗含已无破镜重圆之机，其冰雪聪明，可见一斑。此时的她不禁喟然长叹，“空惆怅、相见无由”。从今后，不管今夕何夕，只求魂归故里，得遇情郎，夜夜梦断岳阳楼。最后一句，情至哀婉，大有“生为宋朝人，死为

宋朝鬼”的深意。读后，令人唏嘘不已。

当年女真灭北宋时，宋徽宗、宋钦宗宫内嫔妃女眷几千人被俘北上，一路上受尽折磨，舟车劳顿、身心俱疲。行至金国时，一行中的女人已经死了大半。金人还将活下来的人发往“浣衣院”，充当军妓。曾经庄严高贵代表“国体”的后宫嫔妃们，很多都不堪其辱，饮恨自尽，其惨烈程度难以想象。

1276 年，元兵攻入杭州，南宋就此灭亡。宫中后妃再次被俘北上。行至汴京某驿站时，嫔妃中的昭仪才女王清惠，在墙上题词《满江红》，“……龙虎散，风云灭。千古恨，凭谁说？对山河百二，泪盈襟血……”和血蘸泪，将亡国之痛抒发得淋漓尽致，与徐君宝妻的《满庭芳》并称为亡国词中的杰作。

其实，对于王昭仪、徐君宝妻这样的女人来说，最大的痛苦并不是死在乱世。她们最深刻的悲剧是：即便她们能死里逃生，等待她们的也不是劫后重生的喜悦，而是更为艰难的抉择——她们的生命与贞洁永远无法兼得，万一不幸失身，即便死了恐怕也要受尽千夫所指。对她们来说，死亡有时候反倒是一种解脱。

徐君宝妻虽然死了，却将自己的才华和胸襟都洒在了三百年的宋代历史上。她以自己的生命为宋代画了一朵娇艳无比的血梅花，永远哀婉地开在她所钟情并舍命的宋代文化掌纹里，永远绚烂地绣在宋代的《清明上河图》里。任由千百年的熙来攘往，她始终活在那个汴京的美梦中。

卷三　犹恐青楼是红楼

青楼文化，是宋朝文化中浓墨重彩的一笔。无论是帝王、达官显贵、落拓文人、江湖大盗、市井小民，都可以将这里视为自己灵魂的客栈。这里是高雅文化与市井文化的交接点，是诗词歌赋与柔肠百转相结合的归宿。仅仅是一方小小的楼宇，便藏匿了无数才俊的深情、女子的期盼，还有诉不尽的衷肠。

柳永：梅花千弄，各有风姿

薄衾小枕凉天气，乍觉别离滋味。展转数寒更，起了还重睡。毕竟不成眠，一夜长如岁。

也拟待、却回征辔。又争奈、已成行计。万种思量，多方开解，只恁寂寞厌厌地。系我一生心，负你千行泪。

——《忆帝京》

柳永笔下的情词，多为女子的思恋，然而这一首《忆帝京》以男子的口吻和立场写出了相思无限，当真是别具一格。诗词自楚辞起至清词的崛起，但凡写到思念情人的地方，皆借女性的口吻，鲜少出现男子的角度。此处柳永的大胆尝试，别出新意。

细看这首词，薄衾天凉秋意渐浓，深夜独卧，辗转反侧，相思袭来难入眠，醒来还想睡，希望在梦里重逢。一句“毕竟不成眠”蕴含无比的想念和孤单，“夜长如岁”更让人心惊。这里巧妙地化用了《诗经·王风·采葛》中“一日不见，如三岁兮”，但语句更为凝练，感情更为深沉，将别离的滋味推进一步，浓郁隽永。

下阕里，再次深入地描写离情。相思无尽，只想回头找你；可是已赴征程，为功名也为生计。于是寂寞天地，只能在万种无奈中开解自己。所谓“青青河畔草，绵绵思远道。远道不可思，宿昔梦见之”。男子已经走远，天地寂寥，他心心念念不忍离开，开解愁思的机会，怕是唯有在梦中实现了。

通篇明白晓畅，平和浅易，寥寥数字勾勒出一个离开心爱之人的男子度日如年的愁苦。如果全词至此结束，顶多不过为“淫词艳曲”中流行一时的诗句。可柳永毕竟不是普通人，他对艺妓的感情也非同一般。结尾处“系我一生心，负你千行泪”，如繁花落地，砸下一枚沉甸甸的相思果。落拓曲折处，委婉动情，九曲回肠之意，深切动人。

自古，人们太熟悉女子的倾诉，“山无陵，江水为竭，冬雷震震，夏雨雪，天地合，乃敢与君绝”。或言“枕前发尽千般愿，要休且待青山烂。水面上秤锤浮，直待黄河彻底枯”。可是，对于男子们的誓言往往不放在心上。正因如此，在一个男权世界里，能够听到才华横溢的才子深深的表白，才更觉意义非凡。

想那柳永，虽在花街柳巷中消遣，但内心深处未必可以放下对世俗的一腔热忱。多年苦读，一心想建功立业，不料满腹诗书没能令自己驰骋官场，却献给了一个个如花似玉的美娇娘。“春风拂槛露华浓”，想那李

白虽屡有沉浮，但得幸为贵妃作诗也算体面，无论如何浪荡，总会有盛世英名。可歌咏这青楼曼妙，却无论如何也难进庙堂。地位，自然比文人不上。只好游走在城市的边缘，做一个另类文化人。

风流，放荡；诗成行，泪成双，酒入愁肠。且去填词，皇恩浩荡。醉生梦死在温柔乡，一个个俏姑娘消磨那寂寞苦时光。杨柳岸的晓风残月，离别时的怀古多情，秋意渐起，无限思量；美丽的姑娘，你拿我的词曲去欣赏还是去卖唱？柳永同情青楼女子，同情那曲意逢迎的心酸笑脸，同情那任人践踏的卑贱魂灵，所以，他可以不吝啬爱情，直到她们厌倦了旧日时光。

是处小街斜巷，烂游花馆，连醉瑶卮。选得芳容端丽，冠绝吴姬。绛唇轻、笑歌尽雅，莲步稳、举措皆奇。出屏帏。倚风情态，约素腰肢。

当时。绮罗丛里，知名虽久，识面何迟。见了千花万柳，比并不如伊。未同欢、寸心暗许，欲话别、纤手重携。结前期。美人才子，合是相知。

——《玉蝴蝶》

这是一场在苏州的艳遇。遇山遇水，都不及邂逅一场情事更令人铭心刻骨。沿汴河而行，他离开杭州抵达苏州，眼前是相仿的山水风物，还有不一样的百媚千红。他在偏巷斜街里穿行，两侧尽是飘荡着浓郁脂粉香气的烟花馆。玉杯盛满美酒，令人沉迷，而万千佳丽中那冠绝众人的吴地美姬，更如酒中玉液金波，颠倒人的神魂。

绛唇、莲步、纤腰，种种美好的举止形容已足够将人的视线定格，但更让才子留恋的，则是“美人才子，合是相知”的珍贵。柳七理想中的情爱，是才子佳人的相合相知——除了郎才女貌的般配，还需要两心相契。他或许早已听说过吴姬在绮罗丛中的不俗美名，可惜闻名虽久，相见却迟，以致有恨晚之意。

世上有很多慕名邀见的故事，大抵有两种结局，或“不过如此”的一声嗤笑，或是相见恨晚的加倍倾慕。倘若这恨晚之心又不是一厢情愿，那又当是怎样盛大的喜悦！在柳七眼中，他昔日所见的“千花万柳”都不及她，而这位从未同欢共乐的佳人，竟然也早就暗许芳心。他欣赏她的“笑歌尽雅”“举措皆奇”，她爱慕他的才华横溢、翩翩风采，这种两心相知、情投意合的爱情，相较于只重门第的传统观念，无疑是昏睡百年后的一次苏醒，显得格外隆重。

千百年，来烟花柳巷不仅仅有皮肉生意的妓女，也有无数悦目赏心的良才。“梅花三弄”，朵朵不一样。烟波深处，自然有万种的风情。柳永每一次遭际的倾城一顾，都叫他沉沦不已，觅得知音。

这些如花似玉的妓女，并不如我们想象的一样，实际有很多或出自名门，自小吟诗作对，家道中落才堕入青楼；或有少时家贫入行受老鸨栽培，琴棋书画样样精通，早已可挑起才女的大梁。感谢漫长文明的历史让众多女子可以依才华、品行、容貌早早分为三六九等。虽有的栖身寒窑却可以才情并茂，于是，这些无处容身的才子，在青崖间行走不稳的文人，可以在民间找到精神的流放地和集聚村，相偎相契。在歌伎的轻盈和落魄文人的沉重间，他们彼此试探和抚慰，获得灵魂的安宁和平静。

宋朝的青楼能够上演柳永这种千古奇观，应该说得益于歌伎文化的发达。据不完全统计，宋代著名词人，如苏轼、秦观、欧阳修、晏殊、姜夔、张先等都和歌伎事业发生了千丝万缕的微妙联系。我们都知道，宋朝正是程朱理学“存天理，灭人欲”对人的欲望加以压制的年代，结果却适得其反，大大地助长了歌伎事业的发达。真不知道，这是历史对虚伪道学的一种嘲讽，还是和朱子开的一个玩笑。

发达的经济，闲适的生活，把宋代妓女事业推向了繁荣，汴京简直成了市妓的世界。正如柳永在《望海潮》中写到“东南形胜，三吴都会。钱塘自古繁华”，恰恰又是文人的一笔，惹得一百年后的完颜兄弟对中原的富丽垂涎三尺。可以说，宋朝的天空和士人的心田都飘扬着无尽的风花雪月。然而，为官之风流又岂能和柳永之风流同日而语？

读柳永词，虽然可以读出他的沉沦，也同样可以看到一种别样的韵味。柳永，一个深入市井的落魄文人，一个青楼女子的蓝颜知己，一个烟花柳巷的四时常客，一个在潦倒中走出异样轨迹的词人。他的生活像北宋这场大戏里的一个亮点，照亮了当时的人生百态，折射出了时代为人所耻、歌舞升平而又道德冰冷的角落。

所幸的是，他的词作没有和生活一样浪迹酒色，而是时刻从笔端散发出人性的悲悯。他的身后注定留下争议，因为他的人生轨迹是一个特例，他注定不会像李白、杜甫一样被供奉在云端，但也因其特立独行，注定不会被历史淹没在世俗的风流中。

那个时代的诸多不得意都撒泼在“怡红院”“春宵馆”里，那里可以闻到北宋社会的纸醉金迷，触及众多士子文人的伤痛的内心。但又是谁来抚慰铜臭味背后的荒凉人心？妓女的轻贱承载了无数文人深重的良知与沉沦，这轻与重到底该如何区分？或许只有柳永才能读懂妓女们的悲苦和辛酸，分得出“低贱者的高贵和高贵者的低贱”。于是他可以雨落长亭，深夜难眠；可以在心里对一个歌伎托出自己最深挚的爱，“系我一生心，负你千行泪”。

所幸的是柳永生在一个浪漫的时代，可以令他任由身体堕落、灵魂憔悴，换来了几百年后依旧温暖的墨香，倾诉衷肠。

晏几道：犹恐相逢是梦中

春三月，花蝶烂漫，莺啼燕语。这样的旖旎春光，最容易牵惹起人心底的春情。韦庄在《思帝乡》里写女子春情萌动，写得绚烂美好：“春日游，杏花吹满头。陌上谁家年少，足风流。”风流少年与旖旎春光，向来最是契合。少年儿郎，意气风发，正如春日的草长莺飞，万物蓬勃。这段如朝霞一般明媚的青春年华，正是纵马游乐的大好时光。

冶游之风，唐代时已然兴盛。到了宋代真宗年间，享乐的生活更是风行。据说，有臣子就此事向真宗谏言，真宗却笑说，人们纵情享乐，倾情歌酒，不正显我大宋富贵繁华、盛世气象？

勾栏酒肆、烟花巷陌里，绿衣红袖与白衣文士相携，尽数风流。这便是大宋。张择端的一幅《清明上河图》让后世人对北宋汴京的繁华叹为观止。发达的商业经济和旖旎的都市风情，催生了随处可见的秦楼楚馆、勾栏酒肆。如此风月满楼，又有什么能够按捺得住宋代官员文士狎妓冶游的勃勃兴致？

作为一代名相，晏殊就是个中的白衣客，十四岁起见识了京城满目繁华和脂粉香气，目瞪口呆之余，不免流连。常言道，子承父业，晏殊这样风流的性情，也传递给了他的儿子晏几道，而晏几道在脂粉堆里，同样混出了别样的风流。

晏几道是宰相晏殊第七子，字叔原，号小山，疏狂磊落，不慕荣利，称得上是豪门中的异数。他虽生于相府，却和贾宝玉一样，视功名利禄如牛毛粪土，倒是把姐姐妹妹们看得比生命都珍贵。在他的词集《小山词》中，词风顿挫，哀婉缠绵：

梦后楼台高锁，酒醒帘幕低垂。去年春恨却来时。落花人独立，微雨燕双飞。

记得小蘋初见，两重心字罗衣。琵琶弦上说相思。当时明月在，曾照彩云归。

这首《临江仙》是小山久负盛名的佳作，也是婉约词中的绝唱。午夜梦回，烟锁重楼；残梦醒来，见帘幕低垂，不禁悲从中来。去年的闲愁旧恨又纷至沓来，这恼春的情绪已非一日之功。想起当年初遇美女小蘋的时候，她穿着绣有双重“心”字的罗衫，仿佛也在期待日后的心心相印。娇柔的手指奏出美妙的琵琶乐，“低眉信手续续弹，说尽心中无限事”。明月当空，小蘋如彩云

般飘然而归……良辰美景，才子佳人，真赏心乐事。

词作从“楼台”“酒醒”开始写起，词境时空交错，由眼前实景写入心中真情，由相思无尽想到前尘旧事。结尾处，以虚景结束，有孤单之意，却无愁凉之叹，朗月当空，顿挫曲折之情油然而生。其中“落花人独立，微雨燕双飞”虽化用了前人诗句，但与词情十分贴切，情景交融的神韵不仅让小词光彩丛生，也令这两句蕴藉深远，千古流芳。“当时明月在，曾照彩云归”两句，化用了李白《宫中行乐词》：“只愁歌舞散，化作彩云飞。”皓月当空，风景如画，现在似乎还留下小蘋归去时依依惜别的身影。词中每一个镜头，皆透露了词人内心的痛苦。

醉拍春衫惜旧香。天将离恨恼疏狂。年年陌上生秋草，日日楼中到夕阳。

云渺渺，水茫茫。征人归路许多长。相思本是无凭语，莫向花笺费泪行！

本词将相思写得云烟缥缈，雾水迷茫。“相思本是无凭语，莫向花笺费泪行”两句更让人痛断肝肠。既然相思本来是无可诉说的，那一腔热情岂不是都白白浪费在诗词上了吗？可是，似乎又别无他法。一句“离恨恼疏狂”生动地勾勒出晏几道落拓不羁的形象。另有一首《鹧鸪天》，也写得形神兼备、味浓情长。

彩袖殷勤捧玉钟，当年拚却醉颜红。舞低杨柳楼心月，歌尽桃花扇底风。

从别后，忆相逢，几回魂梦与君同？今宵剩把银釭照，犹恐相逢是梦中。

宋神宗熙宁二年，即1069年，熙宁变法开始，朝中政治风云突变。在此之前晏殊已经亡故，欧阳修则因为反对变法而失势，没过几年便去世了。父亲及其好友的亡故使晏几道失去了政治依靠。个性孤高的晏几道不愿重新攀附权贵，导致生活质量直线下降。昔年的荣华富贵和今日的揭不开锅形成鲜明对比，致使晏几道感慨万千。

词中上阕回忆当年初会时的情重，下阕写别后思念，忆相逢，盼重逢，然则相逢难再；结尾久别重逢，让他不敢相信，竟将真实怀疑成做梦，足见他心中患得患失的感受。“今宵剩把银釭照，犹恐相逢是梦中”，这两句化用杜甫《羌村》诗的“夜阑更秉烛，相对如梦寐”，晏几道的文字却更显得轻灵婉约，娓娓动人。

读晏几道的词，总能在婉约的背后发现一个迷离的梦境，在这里他寄托相思，与情人约会，与往事干杯。也是在这一点上，他与父亲“分道扬镳”：晏殊出身寒门却能官至宰相，晏几道生于豪门却家道渐落晚景凄凉。大晏一生信奉“满目山河空念远”，人要立足现实；小晏始终期待“犹恐相逢是梦中”，任性狷狂。一虚一实，令父子二人的生活大相径庭。

宋代的文人，犹如今日之明星，可以凭几句诗文爆得大名，也可能因为不遵守“行业潜规则”而终身寂寥，出离官场。自父亲亡故后，晏几道便家道中落，一方面是因他对钱权交易不感兴趣，另一方面也是因为当年花钱如流水，未能持家有道。

好在，秋风白发，江湖夜雨，他总算用词作留住了这份情思。能够驰骋官场春风得意，固然是一种幸运；能洒脱而活，率真而为，其实也未尝不是一种快乐的人生。

秦观：许我半世哀伤

“山抹微云，天连衰草，画角声断谯门。”秦观用一首《满庭芳》戏言苏轼，叫苏轼获得了一段情缘。苏轼读罢此词之后，便戏说道，“露花倒影柳屯田，山抹微云秦学士”。两位好友互相戏弄，也可看出苏门学士之间的友谊。

秦观是“苏门四学士”之一，字少游，一字太虚。因生性豪爽，洒脱不羁，才情纵横，颇得苏轼赏识。秦学士才华横溢且温柔多情，写得一手好词，所以，关于他的“绯闻”自然也遍地流传。其中，当属和苏小妹的传闻最为活灵活现。

苏小妹传说为苏东坡的妹妹，自然也是饱读诗书的才女。秦观想一睹其芳容，于是装扮成道士，前去拜见。见到苏小妹后，秦观发现她虽不算妖娆，但气质清幽，全无半点俗韵。一时兴起，便和苏小妹隔空对诗。他们在语言交锋之际，爱情火花四溅，对彼此的才情也算了然于心。及至秦观登科后，便与苏小妹完婚，成就了一段才子佳人的传奇。

然而，传奇虽然美妙，却始终当不得真，历史上到底有没有苏小妹这个人也尚无定论。但是，从秦观的词作来看，大抵是没有的。即便有，嫁的肯定也不是秦少游。秦观在《徐君主簿行状》一文结尾处曾经提道：“徐君女三人，尝叹曰：子当读书，女必嫁士人。以文美妻余，如其志云。”除了曾经如此轻描淡写地提了一句正妻徐文美，其他作品再无提及。贺铸、苏轼都曾经写过纪念亡妻的词作。而像陆游，虽然没能和爱人

善始善终，也算有一段刻骨铭心的爱，一首《钗头凤》写尽哀怨和缠绵。唯有秦观，一生存词四百余首，其中艳词占了四分之一，多数表达的都是和青楼女子的感情。用钱锺书先生的话说，便是“公然走私的爱情”。

这薄情寡义的青楼之上，在逢场作戏的推杯换盏之时，毕竟也有情动于衷的感慨。关于爱情，每个人的理解都不大一样；苏轼的相濡以沫、陆游和表妹的两小无猜、虞姬拔剑自刎的悲壮……所有的故事都不能千篇一律，就像所有的爱情，人们无法定义哪一种最令人心动。但无论如何，不可否认的是，秦观乃宋词言情派的翘楚。

纤云弄巧，飞星传恨，银汉迢迢暗度。金风玉露一相逢，便胜却人间无数。

柔情似水，佳期如梦，忍顾鹊桥归路。两情若是久长时，又岂在朝朝暮暮！

——《鹊桥仙》

这首《鹊桥仙》写的是中国一个传统而又美好的节日——“七夕”，即中国的情人节。小词开篇点题，写出了漫天彩云都是织女的巧手所织，可惜如此聪颖的人却不能和心爱的人长相厮守。“盈盈一水间，脉脉不得语”，银汉迢迢，若远若近，满腹深情暗渡。金风玉露，久别的情侣相会，胜过人间无数次的相聚！可惜，相聚之日太短，倏忽间，温柔和缠绵还未褪尽，那座鹊桥便要成为织女的归途。不忍离去，却只能回顾，只有一句“岂在朝朝暮暮”。

词曲看似写的是天上牛郎与织女，句句写景；而实则字字写情，人间悲欢离合，跌宕起伏；欢乐中有离别的苦楚，“相见时难别亦难”乃人之常情，正因如此，秦少游的《鹊桥仙》成为千古抒情之绝唱。

有人说，这是少游写给某个青楼女子的情诗，“两情若是久长时，又岂在朝朝暮暮”完全是一种托词，是对青楼女子的一种安慰。然而，不论他是写给谁，这种对爱情的坚贞和笃信都值得推崇。两个真心相爱的人，不管是否天各一方，或如同织女牛郎，哪怕只能在七夕相会，但只要情比金坚，互相信任，总比同床异梦好。这似乎暗示了爱情的真谛：能够经得起考验的爱才更显弥足珍贵。

此词境界高洁悠远，融合了人人心向往之的爱情理想，加之词句自然流畅，余味无穷，故能世代传诵。所以，清代学者王国维评价秦观时说："少游虽作艳语，终有品格，方之美成（周邦彦），便有淑女与娼妓之别。"

秦观才华横溢，却因新旧党派之争，屡遭贬谪，最后被贬到郴州，竟被削去了所有的官爵和俸禄，内心之愁苦彷徨可想而知。宋朝皇帝虽重文轻武，但也因此而沾染了文人的洒脱、自由与随性。它可以对文人奉若上宾，也可以弃之如敝屣。文人的得失沉浮，往往如"江河之小舟"，漂泊晃动，时擢时贬。柳永因为一句词作，便终身与仕途绝缘；而才华盖世的秦少游，也因为新旧党派之争，被排挤在主流之外。此时的秦观，写下了这首蜚声词坛的《踏莎行》，凄凉之情痛彻心扉。

雾失楼台，月迷津渡。桃源望断无寻处。可堪孤馆闭春寒，杜鹃声里斜阳暮。

驿寄梅花，鱼传尺素。砌成此恨无重数。郴江幸自绕郴山，为谁流下潇湘去?

词作从一片想象中的世界入手，雾霭弥漫，失去了渡口的方向，陶潜先生当年的桃花源更是无处寻觅。寒舍孤馆，听得杜鹃声声，斜阳中阵阵悲鸣。书信与礼物越积越多，愁苦无重数。结尾以郴水绕郴山自喻，感叹好端端一个读书郎却被卷进政治的旋涡，对身世不幸感慨颇深。“可堪孤馆闭春寒，杜鹃声里斜阳暮”一句历来为人所称道，王国维先生盛赞“词境最为凄婉”。

然而，不论是悲凉的身世之感，还是甜蜜的爱情传说，在秦观的笔下，都融化并流淌出汩汩深情，为后代留下了一首首含义隽永的词作，勾勒出一曲曲唱不尽的心声。正如仓央嘉措的诗句：“谁，抚我之面，慰我半世哀伤；谁，携我之心，融我半世冰霜。”别人读不懂的，留在了心里，把别人读得懂的，写在纸上。

漠漠轻寒上小楼，晓阴无赖似穷秋，淡烟流水画屏幽。

自在飞花轻似梦，无边丝雨细如愁，宝帘闲挂小银钩。

——《浣溪沙》

这首《浣溪沙》小令，可以看作是秦观词的压卷之作。它起笔轻柔，通篇飘着淡淡的哀怨和闲愁，如清歌荡漾，悠然而至。闲情雅致中一派轻盈、恬淡，把秦观的一生轻轻抬起，又轻轻放下——

官场也罢，青楼也好，无论何时，良辰美景，且把寸寸情丝换成浅酌低唱，醉乡一夜白头……

琴操：前生姻缘，后生因缘

若说宋代多情文人，柳永、周邦彦必然得排上头几位，然而，一向以深情著称的苏轼竟也在其列，他一生除了娶了三个妻妾，还与很多名妓有过露水姻缘。有一次，秦观陪他在外游历玩耍，见苏轼与一位歌伎甚是投缘，心念一动，便让人拿来纸笔，写下了一首《满庭芳》。大概秦观也没料到，这首词成了自己的名作之一。

山抹微云，天连衰草，画角声断谯门。暂停征棹，聊共饮离尊。多少蓬莱旧事，空回首，烟霭纷纷。斜阳外，寒鸦万点，流水绕孤村。

销魂，当此际，香囊暗解，罗带轻分。谩赢得，青楼薄幸名存。此去何时见也？襟袖上，空惹啼痕。伤情处，高城望断，灯火已黄昏。

——《满庭芳》

这是秦观假托苏轼口吻而写，开篇的对句雅俗共赏，是绝妙的好词。一个“抹”字韵味十足，别有意趣。唐德宗贞元时阅考卷，遇有词理不通的，他便“浓笔抹之至尾”。这个“抹”字，有掩盖原本内容的意思。山抹微云，就是山掩了云，可若用“掩”字，简直无法读下去。整首词就是从一个“抹”字开始，一路行云流水，从描绘暮霭苍茫、冬色惨淡的风光到不忍分离的柔肠百转。

从秦观的角度来看，苏轼对那歌伎是百般怜爱的，甚至将其当作知音。若是就这么分别，连苏轼都觉得自己留了薄幸的名声。可是结局呢，苏轼终究还是走了，留给歌伎的，反而是秦观的这首佳作。

无巧不成书，这首好词在未来又成就了苏轼的一段姻缘，便是和钱塘歌伎琴操的故事。

琴操，相传出身于官宦家庭，少时不幸被抄家，后父母相继亡故，无以为生，沦落青楼卖笑。好在小时候读过些诗文，加上宋代文人常来烟花柳巷厮混，琴操在这种半雅半俗的“文化氛围”里待久了，也便生出了些诗意。偶有文客来，吟风弄月，也可填词作曲，名声渐响，提到琴操之名，西湖一带，无人不晓。

据传有一天，某官吏游西湖，一时兴起，吟唱起秦观的《满庭芳》：“山抹微云，天连衰草，画角声断斜阳……”琴操听了这位官人的唱词，心说：“应是‘画角声断谯门’才对。”可她又不好意思直接说对方错了，于是委婉地说道：“错得好，虽然词句唱错了，但是词的意境反而推进了。”秦观的词用的是“门”字韵，被这官吏错唱到离谱。

哪知道，这位大人见是美女奉承，高兴地抱拳道，久闻姑娘才华不让须眉，既然错了，姑娘能否用这个韵，填一首新词呢？琴操暗想，全用“阳”韵，改动不大，但难度系数较高，又不好拂逆对方，得给足面子，于是略一沉吟，随即改为：

山抹微云，天连衰草，画角声断斜阳。暂停征棹，聊共饮离觞。多少蓬莱旧侣，频回首，烟霭茫茫。孤村里，寒鸦万点，流水绕低墙。

魂伤，当此际，轻分罗带，暗解香囊。漫赢得，青楼薄幸名狂。此去何时见也？襟袖上，空有余香。伤心处，高城望断，灯火已昏黄。

吟罢，搁笔一笑，嫣然妩媚，围观人等纷纷凑上来观词，疾呼“妙极”。于是，琴操改韵的事也就至此流传了。

宋朝是一个有钱也有闲的时代，皇上、大臣、文人、百姓，从庙堂到市井，包括靠娱乐业起家的妓女都能吟诗唱词，可见当时文化普及程度之高。像琴操这样才艺双全的，更是深得文人的喜爱。于是，这事儿传着传着，就被苏轼听见了。好友为自己的旧爱所写的词被名妓改了，还改得不错，他怎么也要去看看对方

的样子才行。

“山外青山楼外楼，西湖歌舞几时休。”琴操粉面似雪，秀发如墨，实在是明艳动人；而苏轼又是一代才子，风流倜傥，天性浪漫。两人一见倾心，引为知己。从此，“西湖比西子”，泛舟于湖光山色之中，才子品茗，佳人抚琴，清风习来，水波荡漾，犹如人间仙境。

不过，爱情对于苏轼而言不是永恒的主题，他虽喜爱琴操，但见琴操举止清雅，谈吐不凡，落入青楼实在可惜，对她的怜惜大于爱慕。

一次，苏轼参禅时问琴操：“何谓湖中景？”琴操答道：“落霞与孤鹜齐飞，秋水共长天一色。”问：“何谓景中人？”应道：

“裙拖六幅潇湘水，鬓挽巫山一段云。”“何谓人中意？”“随他杨学士，憋杀鲍参军。”又问：“如此究竟如何？”琴操默然，酸甜苦辣涌上心头，语顿无以应。苏轼索性说道：“门前冷落鞍马稀，老大嫁作商人妇。”琴操是何等聪明的女子，登时顿悟，涕泪长流。沉吟半晌后，决定削发为尼，了却情缘。遂起身为苏轼唱道：

谢学士，醒黄粱。门前冷落稀车马，世事升沉梦一场。说什么鸾歌凤舞，说什么翠羽明珰，到后来两鬓尽苍苍，只剩得风流孽债，空使我两泪汪汪。我也不愿苦从良，我也不愿乐从良，从今念佛往西方。

既然尘埃落定，机缘成熟，苏轼也就领着琴操去出家了。庵主一看，大名鼎鼎的苏轼领来一个如花似玉的姑娘，神情俊秀，便知慧根深种，当即欣然接受。琴操入佛门后，用谐音取法名“勤超”。至此，一代名妓，从青楼走出，在尘外谢幕。

关于琴操身后的故事，传闻颇多，有的说苏轼送她去出家之后，又后悔了，几次登山拜访，劝她回杭州，琴操不从。于是苏轼借酒消愁，醉卧玲珑山，遗憾万千。也有人说，琴操隐入佛门之后，闭门谢客，精研佛法，加上风月场上看透了人间悲凉，很快就悟道了。也有人说，琴操入山修行没几年就驾鹤仙去。辞世时，恰是“乌台事件”爆发，苏轼被贬黄州之际。苏轼听闻琴操死讯，老泪纵横，深情款款地说，“是我害了你”。苏轼的那首《寻春》诗，有句“事如春梦了无痕”，据闻便是写给琴操的悼词。

无论如何，没有文字记载的故事都难以当真，但这些正好丰富了后人的想象。

琴操死时，年仅二十四岁，她当年修改的《满庭芳》至今读来仍可见其深厚笔法。对语言的驾驭、词境的揣摩、音韵的锤炼，没有长时间的研习恐怕很难成就如此佳篇。宋代妓女，如琴操者甚多，虽然才华有高下之分，但多半会舞文弄墨。一方面，这可以博得同时代官商、才子们的青睐，为自己招揽生意；另一方面，也可以为浮躁的心灵找到精神的寄托。

同是杭州的妓女周韵，曾要求脱离妓女户籍，当庭写下诗句："陇上巢空岁月惊，忍看回首自梳翎。开笼若放雪衣女，长念观音般若经。"诗毕，满堂喝彩，"落籍"成功，从此摆脱妓女行

业。然而，毕竟能有这样命运的妓女，为数不多。大多妓女虽同样风华绝代，却因机缘错过，不得不留在青楼。偶尔被真情郎赎身的，走出青楼的命运也是悲喜不定。碰到李甲那样的人，杜十娘也不愿饮恨偷生。所以，琴操的“归宿”算起来也是妓女们不错的选择。

相传，琴操在玲珑山修行时，东坡、佛印等偶尔过来对诗，谈禅悟道。这期间，琴操只留下一首《卜算子》：

欲整别离情，怯对尊中酒。野梵幽幽石上飘，搴落楼头柳。不系黄金绶，粉黛愁成垢。春风三月有时阑，遮不尽，梨花丑。

这首别离词应是写给苏轼的，借用了杜牧的《赠别》：“多情却似总无情，唯觉樽前笑不成。”少了杜牧的韵味，多了琴操特有的柔情。看得出，她与苏轼之间的感情很深，应不只是简单的爱，更多的是朋友之间的友谊。这首词成为琴操留给后世的绝响，再难从别的地方得到她的只言片语，但这不妨碍我们对她的想象。

民国年间，潘光旦、林语堂、郁达夫同游玲珑山，三个才子翻遍《临安县志》，都找不到琴操的故事，绝代佳人居然被历史的风尘淹没得不留半点蛛丝马迹，三人大怒。郁达夫在玲珑山的“琴操墓”前写下四行诗，以示抗议：“山既玲珑水亦清，东坡曾此访云英。如何八卷临安志，不记琴操一段情。”

有了姻缘滋润的前半生醉生梦死，有了参禅悟道的后半生了却红尘。无论琴操处于什么身份，都无法抹灭她的才女本色与

性情。她一波三折的传奇人生，浸透着刻骨的心酸，也见证了宋朝青楼行业的发达、达官贵族的潇洒与轻松。如今想来，那些编写临安志的人实在不解风情，更不知道鲜活的历史需要时代来塑封，也不去好好为她立个小传，惹得后人难觅仙踪。好在，琴操的故事毕竟流传下来了，在民间的传说里，在文人的墨迹中，千百年来，犹有余香。

周邦彦：创造艳词的国度

美丽富饶，以文化见长的江浙，曾经是词赖以繁荣的基地。宋代词人有籍贯可考者约七百三十人，其中属浙江籍的有两百人之多。周邦彦，无疑是这个庞大的作家群中高标独秀的人物。他生在北宋风雨飘摇的末年，正值金人蠢蠢南下时期，其闲适的性格和艳丽的文笔，实难想象是那个时代孕育出来的。这与周邦彦的性格有关，与他的际遇也有关系。

和以往层出不穷的神童不同，周邦彦少时个性比较疏散，但相当喜欢读书。宋神宗时期，他写了一篇《汴都赋》，赞扬新法，从中就可看出他精通音律，格调精工。而后来艳情与羁愁词几乎占据了他诗词生活的全部，这些既流露了他自己的生活情趣，也迎合了那个腐朽王朝里纵情声色的士大夫们的胃口。他喜欢用代词，如用“凉蟾”代月，“凉吹”代风，“翠葆”代竹等；喜欢运用古辞赋家的手法来炼字琢句，如“梅风地溽，虹雨苔滋”“稚柳苏晴，故溪歇雨”等；他还善于通过种种回忆、想象、联想等手法，前后左右、回环吞吐地描摹他所要表达的东西。

这些手法本是魏晋以来“为文造情”的辞赋家的长技，周邦彦用来写慢词，把那些艳情内容装饰得更华美。九百年后再读，我们依然为他的精巧曲致而叹，那是他小心翼翼营造出来的一个个象牙塔，华丽地伫立当年，让人不忍触碰。

粉墙低，梅花照眼，依然旧风味。露痕轻缀，疑净洗铅华，无限佳丽。去年胜赏曾孤倚，冰盘共燕喜。更可惜，雪中高树，香篝薰素被。

今年对花最匆匆，相逢似有恨，依依愁悴。吟望久，青苔上，旋看飞坠。相将见、脆丸荐酒，人正在、空江烟浪里。但梦想、一枝潇洒，黄昏斜照水。

——《花犯·小石梅花》

宋代黄升在《唐宋诸贤绝妙词选》中云：“此只咏梅花，而纡徐反复，道尽三年间事，圆美流转如弹丸。”对周邦彦的这首咏梅词极尽赞赏。可是，词中到底没有脱离宦游无定、寂寞伤感的窠臼，用字精巧确实精巧，但也仅仅是在语言艺术上争巧取胜了。

王国维说：“诗人对宇宙人生，须入乎其内，又出乎其外。入乎其内，故能写之；出乎其外，故能观之。入乎其内，故有生气；出乎其外，故有高致。美成（周邦彦字美成）能入，而不能

出……”在文字的构筑和用工方面，周邦彦是很难被超越的，但他并未能跳出文字游戏，更上一层楼。

于是有人说，词人难出新，大抵是因为词牌的局限。不管苏轼、黄庭坚等如何“以诗入词”，扩大词的意境和内容，总体上说，受制于词牌和字数的限制，宋词中还是言情类作品居多。所谓“诗如淑女，词如闺秀”说的也大抵是这个道理。茫茫词海，结发夫妻之情、露水姻缘之爱，不乏脍炙人口的名篇名曲，当然也不缺庸俗的词句。若非构思精巧，词风峭拔，且意境奇美，淹没其中，恐怕难以流传。其中，婉约派虽为言情高手，情切切、意绵绵，各种甘苦千姿百态，但场景之铺排与设计通常还是难以免俗的。

正如钱锺书先生评说：“有唐诗做榜样是宋人的大幸，也是宋人的大不幸。有了这榜样，宋人就卖了乖，会在技巧语言方面精益求精。”

精益求精固然是好的，可是纯粹的语言美无法真正打动人心。当然，这也不是说周邦彦的词不好，他的文字，总是能引人入胜，即便空，却也妙。他的一首《少年游》，构思奇巧，情思绵长，实为恋情词之绝唱：

并刀如水，吴盐胜雪，纤手破新橙。锦幄初温，兽烟不断，相对坐调笙。

低声问，向谁行宿。城上已三更。马滑霜浓，不如休去，直是少人行。

刀闪亮，盐晶莹。开篇起笔以“刀如水”“盐胜雪”引入场景，纤纤素手破开一个新橙。闪亮的刀光，白如柔荑的手，轻轻地剥开黄色的鲜橙，两个人的爱意与温情，就在果品打开后，满室盈香。“锦幄初温”可见是入夜情事，而烟香不断可谓意蕴撩人，且有红颜知己对坐吹笙，环境之温馨动情，羡煞旁人。

上阕如同桂花烹茶，酿足了依偎与爱恋，久久不散的浓情如化不开的巧克力，铺陈出下文的甜蜜。“低声问”，三个字既有低声的妩媚，也有不愿破坏了雅兴的娇弱：城上三更，霜浓路滑，不如不要回去了吧！一副女子的娇羞，欲言又止，想留住情郎却不肯开口，却含蓄地表达外面冰天雪地一派寒冷，大有“天留人”之意。缠绵依偎之姿态，柔情似水之温暖，与外面的天寒地冻，实在是冰火两重天的对比。任是铁打的筋骨也一样化为绕指柔。

其情思之幽微、细腻，袅袅婷婷，令人不仅想到那首著名的现代诗，“最是那一低头的温柔，像一朵水莲花不胜凉风的娇羞”。而词中的女子柔情似水，当真是一朵温

柔的解语花，爱恋极深却无半点俗态，情意缠绵却恰到好处，正是“增之一分则太长，减之一分则太短；着粉则太白，施朱则太赤”。所以陈廷焯在《白雨斋诗话》中赞其为“本色佳作”。

当然，这首词能够流传下来，一是因为语意工新，对情致拿捏得很有分寸；还有一个原因就是，它所牵扯的是关于宋徽宗、李师师和周邦彦的著名“三角恋”。传说，有一天，周邦彦正在和李师师卿卿我我，你侬我侬，忽然探子来报，说宋徽宗莅临指导，请师师姑娘马上接驾。闻听此言，周邦彦和李师师都非常惶恐，不知如何是好。后来，李师师只好赶紧让周公子委屈一番，藏于床下。徽宗贼头贼脑地进来，带来了一枚新鲜的橙子，于是和李师师开始温言软语地调笑。想那周郎趴在床下，心中必定五味杂陈，醋意横生。后来宋徽宗碍于皇帝的面子终于走了，周邦彦爬起来写下了这首亘古名词《少年游》，记下了这酸酸甜甜的少年心事。

当然，也有王国维等词学家对这种说法始终持怀疑的态度，并力争其必无。然而，无论词作缘起何处，能够提供充沛的文学养分就足以下酒；至于野史逸闻，能够作为含英咀华的调料，被人津津乐道也是快意之事！

这首《少年游》的成功问世，充分见证了周邦彦的文学才能：词语婉丽、缜密，形成了典雅、浑厚的词风；虽为恋情词，却并无牵衣扯袖之造作，发展了柳永等人的慢词，对南宋姜夔、张炎等人的词风也影响深远，被人尊为婉约派集大成者，或有称之为格律派的创始人。

赏周邦彦的词，古人今人同赞处大抵有两个：一为感情深沉，句式起伏变化，有抑扬顿挫之感；二是时空交错，回望前尘，需

细细追寻。著名的《夜飞鹊》恰为词中一例：

河桥送人处，凉夜何其？斜月远堕余辉。铜盘烛泪已流尽，霏霏凉露沾衣。相将散离会处，探风前津鼓，树杪参旗。花骢会意，纵扬鞭、亦自行迟。

迢递路回清野，人语渐无闻，空带愁归。何意重经前地，遗钿不见，斜径都迷。兔葵燕麦，向残阳、影与人齐。但徘徊班草，欷歔酹酒，极望天西。

上阕由桥边、月夜、送别写起，铜盘烛泪，犹如杜牧所言，“蜡烛有心还惜别，替人垂泪到天明”，道出依依不舍之情。薄

露沾衣，已近天明，分别在即，马解人意，挥鞭时不忍离去。下阕写到“重经前地”，才知前面是作者深深的回忆。

“遗钿不见，斜径都迷”，似有“人面不知何处去”的感慨。总之物是人非，夕阳晚照，徘徊旧地，慨叹唏嘘，望向西边，悲不自胜。其中“兔葵燕麦，向残阳、影与人齐”三句，被梁启超誉为送别词中的双绝，另一绝为柳永的“杨柳岸、晓风残月”。

全词虽然步步写景，却尽是依依惜别之情；怀旧的伤感虽隐忍不发，却于良月夜、斜晖处层层伸展，“哀怨而浑雅”（陈廷焯语），为婉约词中的代表作。世人常把周邦彦和柳永放在一处对比，认为柳永市井气息偏浓，而周邦彦的词风含蓄秀丽，善于铺排，且辞藻华美，韵律和谐。实际上，柳永虽无周邦彦的齐整、缜密，却于格律之外任意挥洒，自有一份无法束缚的跳脱。想来，也是柳永之幸。

周邦彦少年时落魄不羁，后在太学读书，神宗时献上《汴京赋》，因精通音律屡被提拔，为朝廷作乐，仕途坦荡。故浪子气

息较少，宫廷感颇浓，有很强的帮闲意味。其词虽比柳永工密，却没有柳永在世俗，尤其是在青楼女子中的威望高，民间粉丝的支持率也不敌三变。生活有时候像一枚硬币，你选择了仕途坦荡，为官而歌，就必须同时放弃世俗的支撑和“凡有井水处，皆能歌柳词”的自在。这是上天的公平。

历史也总是绵延有趣，词在宋代最为发达，而词学理论的建构却在清代才渐趋完善。所以，有人把周邦彦和清代纳兰性德进行比较，因为纳兰实在也是集婉约派大成的另一人。词中较量，犹如酒中乾坤，未必一定拼个你死我活，点到即止，分出不同，选定坐标便可。而纳兰词和周词的不同也似乎显而易见：周词以形式胜，而纳兰词以内容胜。读周邦彦的词，会很容易发现此兄善于移步换景，到处都是他铺陈出的琉璃美景，犹如一座装修豪华的宫殿。而读纳兰词，“人生若只如初见”“当时只道是寻常”，随处充满了对人生况味的感慨。换句话说，周邦彦以景胜，而容若以情胜。这当然还与他们各自的身世相关。

纳兰生活在康熙年间，盛世繁华，一派歌舞升平，慷慨悲歌也是人生常态，贵族家世令其襟怀磊磊，情趣悠游，故而词中常见繁华落尽、真淳满地之感。而周邦彦所处的宋徽宗时期，一国之君居然溜出宫跑去嫖妓，可见国运已然破败。

周邦彦食人俸禄，所作词曲必定要为朝廷歌功颂德，粉饰太平，日子恐怕也不甚好过，青楼自然成了他缓释精神压力的“桃花源”。在仕途中找不到宽慰，唯有在软玉温香中，用上乘的辞藻、最佳的情思，根据自己亲身的经历，调动一切艺术美化的手段，创造他的艳词国度。于是，“美成自号清真，二百年来，以乐府独步。贵人、学士、市农、妓女，皆知美成词为可爱”。

卷四　人间自是有情痴

男欢女爱，春花秋月，人世间的爱情都躲不过一场相逢。因为有爱，世间痴男怨女遍尝人间所有的愁苦，都只为换回今生的幸福，来世的重逢。

宋祁：时光逾越不了的宫墙

也许有人不知道宋祁，但一定没有人不知道“红杏枝头春意闹”。只因《玉楼春》中这一句，得了“红杏尚书”的美名，而这位红杏闹春的宋祁，也由此经历了一场宫墙下的艳遇，后经宋仁宗成全，得抱佳人。

彼时盛夏，宋祁在日出东升的第一刻便进了宫门，进宫的小路因为历史的久远而显得日渐陈旧。暗红色的宫墙溢着暑气，阵阵热浪没有因早晨的凉意而减少，天色略显昏暗，兴许下一刻就会下场暴雨。

有时，命运常会带着突如其来的惊喜，一个躲闪不及，就被撞个满怀。

一顶迎面而来的官轿令宋祁停下脚步；他俯首而立，这是礼仪，也是规矩。无论他多么着急进宫，都只能垂首站立，寄希望于官轿可以快些通过，好赶上今日的早朝。待官轿通过，他正准备转身离去之时，却被一阵窃语留住了脚步。

“这不是宋公子吗？”

宋祁抬头不期然地一望，便看到了官轿后边逶迤而行的佳人。

“关关雎鸠，在河之洲，窈窕淑女，君子好逑。”古风盎然的《诗经》时代，可以让相悦的男女相互坦露情怀。而在宋朝，在宫墙之下，宋祁却只能遏制自己心中燃起的情火，用淡然的神色回应女子那一眼深望。南朝的民歌《西曲歌·那呵滩》写道：

“各自是官人，哪得到头还。”他和她各自都有各自应当侍奉的主子，身不由己，任谁逾矩了一步，皆会是万劫不复。

宋祁心知不可妄想，木讷地望着宫女离去的背影，心中暗涌出阵阵情愫。再回首，却已不见佳人芳踪。怅然若失。下朝后他回到住所，题词一首，以纪念这次“后会无期”的相遇。

画毂雕鞍狭路逢，一声肠断绣帘中。身无彩凤双飞翼，心有灵犀一点通。

金作屋，玉为笼，车如流水马如龙。刘郎已恨蓬山远，更隔蓬山几万重。

——《鹧鸪天》

宋祁一生写词无数，这首用情最深。可能是想到此番回眸一顾，不知道又要几生几世才能换来擦肩而过，心中纵有万般滋味，又如何能与时光细说。唯盼“心有灵犀一点通”，隔山万重依然

能体会彼此的心意。这里借用了李商隐《无题》中的佳句，和上下文的意思，用得巧妙而有韵味。

命运往往翻手为云、覆手为雨，令你绝处逢生。宋祁本是想祭奠还没来得及开始便已经凋零的爱情，却没想到一首无心之词竟令他实现夙愿。这首词几经辗转最终落入皇帝宋仁宗之手。仁宗在读到词后大笑道："哪里就会'更隔蓬山几万重'呢？"于是派人在宫中寻找那名宫女，找到后便送入宋祁家中，就此化解了才子的一番相思之苦，也铸就了一段古今佳话。

这便是《鹧鸪天》这首词的由来。不论真假，也不论宋祁与那位宫女日后是否能携手游湖，相伴白头，只需想到那灵犀的心意，能够穿越二人之间原本"山水万重"的距离，便足以令人欣慰。

宋祁因词而赢得软玉在怀，其真正成名却得益于《玉楼春》。因为这首词，宋子京得"红杏尚书"的雅称，从此才名满天下。

东城渐觉风光好，縠皱波纹迎客棹。绿杨烟外晓寒轻，红杏枝头春意闹。

浮生长恨欢娱少，肯爱千金轻一笑。为君持酒劝斜阳，且向花间留晚照。

——《玉楼春》

本词写景抒情都颇具特色，将春之美景铺展开来，东城的无限好风光也就此展开。从春波绿水被风吹出粼粼波纹开始，到杨柳初露枝芽，远观如同烟雾一般笼罩上空，轻如浮云。游走间，笔行之处，必将风光逐步抖搂出来，好一幅隽美的春图。

词的重点在一个“闹”字。王国维在《人间词话》中称赞宋祁的这句“红杏枝头春意闹”，“着一‘闹’字而境界全出”。的确如此，除了这“闹”字，只怕其他词用在这里都会词不达意，宋祁也赢不来那“红杏尚书”的美名。

词的下阕开谈便是清谈笑语，“浮生长恨欢娱少，肯爱千金轻一笑”，道出人生一世苦多乐少，甚至为了博得开口一笑，哪怕掷出千金也在所不惜。不知最初在宫墙里偶遇佳人时，宋祁是否也这般想过？也许为了能将晚照留于花间，令佳人的回眸定格脑海，他恨不得倾其所有。但不要就此以为宋祁流连美色，无所作为，实际上，他只是感叹人生苦短，相见恨晚而已。

这样看来，《玉楼春》总是恍惚间给人一种错觉，你觉得他似乎是在谈风景，又好似是在谈风月，当你想结实地研究一下这里边的情愫，却又觉得这明明是在谈风景。所谓“虚虚实实，情景交融”，大概就是这个意思。

如果说一首《鹧鸪天》成就了一段才子佳人的美谈，《玉楼春》便是才子神韵的充分彰显。

人生的悲欢常常并不能以功名利禄计。对于普通人来说，求名求利求美女，得到了便欢天喜地，得不到便怨天尤人。对宋祁这样的文学青年来说，得到了固然会珍惜，但心里的落寞也没办法填满，暂且称为特异的孤独。

宋祁虽然在朝为官，仕途坦荡，万事不缺，但他并不快乐，总是像一个落魄文人一样郁郁寡欢，“远梦无端欢又散，泪落胭脂，界破蜂黄浅。整了翠鬟匀了面，芳心一寸情何限”。

这是宋祁的词，也是宋祁的心。

文字里，远梦中，妇人感情伤怀，泪眼迷蒙，不知情何以堪。移情到自己的身上，宋祁也是如此，欢聚无端，离散无端。晏殊曾感言：“一曲新词酒一杯，夕阳西下几时回？”遣词造句虽不相同，与宋祁所言之物却是相似。他们都希望将最初的相遇延续千年，否则一旦错过，西下的夕阳几时才能回转？

时间像一条河流，静静流淌，但是那彼岸的花朵，你永远都无法摘得。因为当生命悄然枯竭，岁月将安然过去，若有来世，我们定要携手重来：我不再是宋朝官员，你也不再是皇朝中人，我们只要一间茅屋，安居湖边，看日升日落，品世间四季，这就是一生的期盼，是“浮生长恨欢娱少”的期盼。

宋祁心中做何想后人不得而知，但词如心声，从他所写也能

窥出他心中所想的七八分。大概不过是想要将与佳人初见时的光景一分一秒都抓在手心里，任凭“更隔蓬山几万重”，任它“且向花间留晚照”，只要当时盛开如花，绽放如莲。

词如人生，人生如词，几百年后，纳兰同样神情萧瑟地写下传世名句：“人生若只如初见，何事秋风悲画扇，等闲变却故人心，却道故人心易变……”由此可见，世间情感多数不过是南柯一梦。相见之后，经历过离别的断肠苦楚，然后便安静地归于时间的深处。

姜夔：心上红花，知为谁生

初识姜夔，是“二十四桥仍在，波心荡，冷月无声”的迷离凄美，是“念桥边红药，年年知为谁生”的旖旎情深。那时，以为这个途经扬州的二十二岁男子，定是才情满身、多情倜傥，惹得女人竞相追捧的。后来，知晓时人评他“体貌清莹，气貌若不胜衣，望之若神仙中人”，才发觉自己错了。原来这个男子不是紫鞍白马踏碧草、听玉板红牙的风流客，也不是洋洋打马长街、惹满楼红袖招迎、在落英缤纷的冶游里杏花满头的少年公子，而是持一管洞箫，于青楼画阁、绣户珠帘旁素衣而过的江湖清客，活脱脱仙人一个。

不知这个面容清癯、风姿清逸，看似不食烟火的男子，痴痴怅望扬州二十四桥边的芍药，怜惜它们寂寞开无主时，是怎样一番景象。

淮左名都，竹西佳处，解鞍少驻初程。过春风十里，尽荠麦青青。自胡马窥江去后，废池乔木，犹厌言兵。渐黄昏，清角吹寒，都在空城。

杜郎俊赏，算而今、重到须惊。纵豆蔻词工，青楼梦好，难赋深情。二十四桥仍在，波心荡、冷月无声。念桥边红药，年年知为谁生。

——《扬州慢》

那年，是宋孝宗淳熙三年（1176年），冬至时分。姜夔因事路过扬州，扬州本是座清如霜水的城市，水墨淡彩氤氲出的如梦似幻的灵秀之地，却在战争的洗劫之后千疮百孔，萧条异常。追忆起昔日繁华，再看今朝荒凉，心下感慨，于是写下了这首绝唱。

词为伤情而作，令人感怀。当过去的一切已作风流云散去的时候，面对今日的萧条该做如何反应呢？姜夔看到桥边绽放正艳的红药花，鲜艳欲滴，那刺目的红色就像是这个朝代淡灰的主色调上不协调的一笔，突兀地在那里，时刻提醒人们，花开依旧，人事全无，待到明年这个时分，再来看花的人又会是谁，而这里又是何种景象？

王国维曾说，姜夔的作品“格调虽高，终虽隔一层”，批评他的诗词“有格而无情”。而每当读到“青楼梦好，难赋深情”之时，这首《扬州慢》真是要将我的心生生地搅痛，如此沁人心脾的悲情，何故会被认为无情呢？其实，诗词赏析本就全看赏析者自己的口味而定，姜夔之词不但有情，还有情之大义在其中。

翻翻史料可以看到，姜夔一生以布衣开始，以布衣结束。但实际上，他并不是一个真的淡雅到如此不看重功名的人，毕竟在那个时代，能够考中榜首不只是光宗耀祖、光耀门楣的事，还可以解决温饱和工作问题。否则，一介文人，手不能提，肩不能挑，除了谋个官职，还能做什么呢？

但是，上帝为你开启一道门，定会为你关上一扇窗，因为上天是公平对待每一个人的。所以，老天给了姜夔无与伦比的才情，让他的才华倾倒众生，令日月无光，却又让他仕途无光，事实残酷的一面令他一切的才能都变得毫无意义可言。

姜夔是自负的，同时他也是不自信的。他不确定自己在这个世界上究竟能处于何种地位，他的才情并不被人们所需要，他一生都在哀叹："嗟乎！四海之内，知己者不为少矣，而未有能振之于窭困无聊之地者。"

这是姜夔与其他出仕词人的不同，别人是有心出仕，看淡了名利场，而他无心出仕，却一直未能走上仕途。有时候人生就是这样可笑，被你惜如珍宝、梦寐以求的东西在别人看来却如同糟粕，可随手丢弃。

姜夔一生想要到达一定的高度，自己有心无力，便只能借助他人的能力。可是文人的清高和孤傲，姜夔一样也不缺，所以，他一生贫病交加、孤苦无依也是早早就注定了的。

君子最后的气节自他体内迸发出来，决绝地开枝散叶，这是他坚守在人性中的最后阵地。姜夔一直没能走上坦荡仕途，而这种决绝的姿态竟然也令他独守着壮烈之美，凄凄度日。

燕雁无心，太湖西畔随云去。数峰清苦，商略黄昏雨。

第四桥边，拟共天随住。今何许？凭栏怀古，残柳参差舞。

——《点绛唇》

这是姜夔词中为数不多的大气象作品，包容自然、人生和时代历程，使他与整个时代的融合浑然一体。上阕所写，是姜夔俯仰天地的感受，首句"燕雁无心，太湖西畔随云去"写出了自己的心性就如同天地间翱翔的大雁一般，自由无依，随着太湖湖畔的流云四处云游，随云开云散。

姜夔对自己漂泊江湖做了这样一个解释，他说自己游走江湖

是随心而动。然而，究竟是无心之为，还是身不由己呢？下阕的词境，写出了姜夔对古今历史的观点："第四桥边，拟共天随住。今何许？"姜夔自由的心性想来是不甘寂寞的，看过了太多的世事纷飞，他也只能凭栏怀古，在柳絮纷飞的时候聊以自慰。

姜夔作为男子，若要以成败来评断他，可以说除了诗词上的成就，他的一生失败极了。他杰出的才华并未给他带来好运，而他又偏偏不肯承认现实的残酷，还非要自嘲道："越只青山，吴惟芳草，万古皆沉灭。"像童话中那只吃不到葡萄却说葡萄酸的狐狸一样，姜夔每每谈及事业，就要说类似于"谙世味，楚人弓，莫忡忡"这样的话来为自己开脱。算了吧，既然在一条蒿草丛生的道路上看不到希望，又何必执着不放呢？在人间游荡了一生，依然无法找到一个自己想要的落脚点，与其在大海之中力竭身亡，不如及早抽身，尚可保全性命。

他注定了是一个无怨无悔的人，偏偏要在看不到前路的方向上前行，也许对他来说，只要追寻，便意味着意义。

生于坐拥江南、偏安苟且的南宋朝，他始终以布衣之身羁旅飘零，困顿于江湖，为生计发愁，泱泱宋史理所当然地不曾为他列传，只在《乐志》中提了一笔，算是稍稍肯定了他在音乐上的才华！真不知他何以能结识那么多高官世族，得到他们折节以交的厚意和倾力相助的恩情？他何以赢得那么多人的交口赞誉，生前名扬一时，身后声誉日盛？他何以能在低微的尘俗和泥沼般的现实里超拔至此，清高至此？他的词笔何以绽放至今，仍在开出璀璨花朵，暗香依旧？

真是个谜一样的男子。

性情如此特别的人对待爱情又是何种态度呢？对于姜夔的爱情，世人多有猜测。相传姜夔三十岁的时候，在湖南结识了千岩老人萧德藻。萧极爱其才，认为“四十年作诗始得此友”，于是妻之以侄女。

而姜夔对这名女子并无多少爱恋，从他生前不断游走大江南北，与妻子之间的聚少离多可以看出，他与妻子感情一般。或许是因为感激千岩老人的提携，他才娶这女子为妻；或许是掺杂了别的原因，以至于他这样感情细腻的人竟鲜有诗词写到夫妻之情。

姜夔对原配无意，却另有意中之人。他与一名合肥女子的爱情故事便令无数人羡慕。该女子与姜夔有过一段不可磨灭的恋情，令姜夔回味一生。不过女子终究出身青楼，现实为这个爱情故事添上了一抹悲剧色彩，注定他与这名女子是无法厮守终生的。之后二人为何分离已不得而知，但是姜夔对那青楼女子的爱

恋之深已经到难以自拔的地步，他专门为此写过一首词，来凭吊他这段有始无终的感情。

好花不与殢香人。浪粼粼。又恐春风归去绿成阴，玉钿何处寻？

木兰双桨梦中云。小横陈。漫向孤山山下觅盈盈，翠禽啼一春。

——《鬲溪梅令》

山下觅盈盈，美人不见，好花难寻。那横陈的美人，在梦中荡漾着双桨，娇憨妩媚，让人心动不已。但缘起缘灭，本就是一个诉说不尽的话题。在一年春草重生的时节，他们永远分离。虽有哀痛，但也是轻谧的，好像他们当初的相遇一般。从此天涯海角，年年月月，谁在为谁绽放，谁在为谁等待，似乎都不再重要了。

他的爱情飞走了，化作孤山远影，至那一刻告罄。再回首，看人生一场，太过平凡简单，少年失怙，飘零江湖，娶妻生子，爱情凋零，布衣终生，区区二十字，就已诉至尽头。可这一场人生，也太过非凡复杂，岂止你我，就连姜夔自己，也不一定懂得。可是，不懂也没有关系，只需有幸路过这场惊鸿一瞥的生命，吟过那些华美冷艳的辞章，知晓落魄人生也有绝美风景，凉薄心性也有炙热温度，不断错过的时光深处，亦有惊世倾情，便已足够。

史达祖：未敢忘相思

法国有个谚语："把爱拿走，我们的地球就变成一座坟墓了。"假若没有了各类有关爱的话题，生命将大失颜色。毕竟岁月里每个人都是故事，有的发生得好来好去，有的倍加简单，有的却是铭心刻骨，但无论是哪一种，哪怕是"山有木兮木有枝，心悦君兮君不知"的懵懂暗恋，都要存在。所以才有《汉乐府》诗歌中眷侣们最开始的誓言："山无陵，江水为竭，冬雷阵阵，夏雨雪，天地合，乃敢与君绝。"即便生死将你我分开，却不能减少彼此之间的眷念。

裁春衫寻芳。记金刀素手，同在晴窗。几度因风残絮，照花斜阳。谁念我，今无裳？自少年、消磨疏狂。但听雨挑灯，攲床病酒，多梦睡时妆。

飞花去，良宵长。有丝阑旧曲，金谱新腔。最恨湘云人散，楚兰魂伤。身是客、愁为乡。算玉箫、犹逢韦郎。近寒食人家，相思未忘苹藻香。

——《寿楼春》

这是史达祖为纪念亡妻所作的一首词。据记载，史达祖的妻子生前与他感情甚笃，仿佛一对神仙眷侣。可惜世人总是看不到生命拐点处的结果，就在认为生活还一如既往时，世事早已经历几个轮回，掌控人生航向的风帆已经将他们带去他们想也想不到的方向。

该词直抒胸臆，将自己对妻子念念不忘的深挚情感通过回忆的形式真切地表达出来。想当初时值冬末春初的季节，在那莺啼燕语、万物复苏的时候，总要去“载春衫寻芳”，而妻子在那时也总要为自己裁制几件新衣服。“记金刀素手，同在晴窗”便是史达祖回忆的起点。

如今夜深人静之时，每每看着窗前，似乎还可以看到贤淑的妻子坐在那里为自己细心地缝制衣衫，床前微弱的烛火闪动着，模糊中依稀能辨别出妻子娇俏的容颜和温婉的笑容。

虽是极为平常的家庭日常生活的剪影，但一想到这些，总觉得妻子似乎从未离开过，这些年来依然在这间简陋的屋子里为自己缝缝补补，与自己相濡以沫，感觉只要一伸手就可以触碰到妻子温润如玉的面庞，能轻抚她的双手告诉她，自己从未忘记誓言，

每时每刻都与她相知相爱。

但是，“几度因风残絮，照花斜阳。谁念我，今无裳”，一切都只能是幻影而已。和你在一起的时候，我总以为时间还多，时光还长，只要我愿意，随时都可以握着你的手对你说因为有你的陪伴，这世界才如此美好。但感情终究难以逃脱宿命的沙漏，今夕何夕，我已不知该去何处倾诉衷肠。在仓皇的人生中，那些曾经瞬间就可以完成的举动成了一辈子永远无法弥补的缺憾，我以为直到洪荒之年、天地相合之时，才会与你分开，却没有想到就在这青天白日、花好月圆之际，与你殊途难归。

当初许诺要一起共赴白首的人，而今何在？我对你的思念只有化作心头的一滴热泪，用我心口的温度湿润着它，因为我怕时光太过炙热的温度和太过快速的进度会让它干涸，那样的话，我会无比难过。相爱到最后所能留下的，是否只能是这些一吹即散落进天涯的细微回忆，微弱得好似虚无，让人有时想来，都觉得生疏得很。

到底还是当初太过年少轻狂，如今消磨疏狂之后才知晓一个“悔”字该如何书写。“自少年、消磨疏狂”，出自白居易《代书诗一百韵寄微之》“疏狂属年少，闲散为官卑”。史达祖生于宋末动乱时节，生性豁达的他一生坎坷多难，际遇不佳，事业上的不顺利让他将寄托放在了情感上。可是，偏偏妻子也走了，以致他郁郁寡欢，少年豪气消磨殆尽，自问为何世事无常、命途多舛？为何偏偏是自己一而再，再而三地遭逢不幸？

“听雨挑灯，攲床病酒”，这里借用了贺铸的《鹧鸪天》两句：“空床卧听南窗雨，谁复挑灯夜补衣？”同样的卧听风雨，思念伊人挑灯的身影，在这细碎的往事回忆里，对亡妻再诉衷情。

这首词是史达祖在受到韩侂胄重用，担任了中书省堂吏后写的，想到之前自己遭逢挫折总有妻子陪在身边，如今时来运转，妻子却已不在左右，人生之事十之八九阴差阳错，令人哭笑不得。福无双至，

祸不单行，老天爷对于惜福爱福之人总是那么吝啬，倒是苦难会特别给予。

“做冷欺花，将烟困柳，千里偷催春暮。”史达祖在升职不久后便因一次政治内讧而丢官卸职，连性命都是捡回来的。从此以后，他更是心灰意懒，整日躲进旧时回忆之中，以酒为伴，不肯面对现实，思念亡故之妻，每每念及她对自己的温柔体贴、贤淑细致时，便潸然泪下。可是，感情终于还是抵不住时间的魔法，在一分一秒的催化下，史达祖脑海中总出现的妻子那张情真意切的脸庞渐渐被新的面孔取代了。

初次遇见她时，便是在青楼之中，明眸皓齿的她恰值女儿家最好的年纪，虽身处风尘却毫无风尘女子的俗媚，反倒是一身清爽，就像春天田地里新长出来的麦芽的馨香甘甜。史达祖应当是爱上了这名女子，不然他不会长久流连于此，就算是对世事不满，对妻子思念，都不如重新爱上一名女子而让他留在此地具有说服力。每当我们爱上一个人的时候，就会以为对方就是陪伴自己到天涯海角，看尽细水长流，共度余生的那一半。

想来这名女子应是极为聪慧可人的，能被才子赏识必定有其过人和出众之处，轻歌曼舞，身姿曼妙，蕙质兰心，这些优点想来她是都具备的，不然如何能于青楼那种地方不沦落呢？

而且对于史达祖来说，这女子应该是被他当作知己看待的，士为知己者死，女为悦己者容。古人的话很有道理。史达祖虽将女子当作知己对待，但应该还未想过要为女子而死，女子却恪守古训，花颜凋零，一缕香魂飘散于他的心头。

彼时，两情相悦的情景还历历在目，如今却又只剩下了他形单影只，沉痛悲凉之际，他提笔填词写下了《三姝媚》：

烟光摇缥瓦。望晴檐多风，柳花如洒。锦瑟横床，想泪痕尘影，凤弦常下。倦出犀帷，频梦见、王孙骄马。讳道相思，偷理绡裙，自惊腰衩。

惆怅南楼遥夜，记翠箔张灯，枕肩歌罢。又入铜驼，遍旧家门巷，首询声价。可惜东风，将恨与、闲花俱谢。记取崔徽模样，归来暗写。

这是一首悼念亡妓的艳词，在那个年代男人写艳词是为人所不齿的，然而，史达祖并不在乎，他要写，写尽心中的悲恸，为何命运总是不愿垂青于他，他所爱之人总要与他生死两相分离。

“烟光摇缥瓦。望晴檐多风，柳花如洒”，昔日的美好似乎还在风中摇曳，伊人独居小楼顾影自怜的样子还在眼前晃动，往事重现，将史达祖的内心冻结成冰，连同回忆一起尘封。如果相思总有苦痛，那就从此做个无情之人，游弋于情感之间，但再也不涉足那摄人心魂的游戏。

这两个女子在史达祖心中是无法分出伯仲的，谈不上谁真的替代了谁，她们各自拥有各自的位置，相安无事地被史达祖尘封在漫长无尽的时光中，安静地思念着。纵使天荒地老，他对她们也不会淡忘一分一毫。

陆游：不堪幽梦太匆匆

《孔雀东南飞》是中国文学史上脍炙人口的乐府诗，也是中国古代叙事诗中最长的一部，和《木兰诗》并称为“乐府双璧”，再加上唐代韦庄的《秦妇吟》并称“乐府三绝”。然而，能够打动人心的并不是这些煊赫的头衔，而是“孔雀东南飞，五里一徘徊”中凄婉缠绵的爱情。

这是一个古老而又深刻的话题，由于婆媳关系不和，焦仲卿的娘亲总是看不上儿媳妇刘兰芝。刁蛮婆婆总是想方设法让焦仲卿休妻。仲卿虽然不愿意，但在古代中国，“顺即是孝”，婆媳关系一旦破裂，基本只能遵母命休妻。刘兰芝刚毅果决地回了娘家，哥哥爱慕虚荣，屡次三番劝说其改嫁，均无果而终。最后，兰芝终于还是敌不住家人的唾沫，改嫁了。结婚的前一天，焦仲

卿赶来道喜，夫妻情深不渝，见面后相拥而泣，发誓“永远和你在一起”。当晚，刘兰芝投河自尽；第二天早上，焦仲卿吊死在树上。

在古代社会，婆婆强行拆散夫妻的例子不在少数。任何一种借口，像八字不合、面相克夫、性情开放、没有生育等，诸如此类的借口不胜枚举，任何一种原因，都可以让婆婆责令儿子休妻。而读书人的“忠孝”观念根深蒂固，陆游就是这样。

陆游和表妹唐琬青梅竹马，两小无猜。成人后，按着封建社会的习俗，亲上加亲，结为夫妻。陆游是词坛老大，唐琬也是小有名气的才女，两人在一起恩爱无比。但陆游的母亲非常不喜欢唐琬，具体情况有很多种说法。一说陆游的母亲在娘家的时候和嫂子（唐琬的母亲）不和，所以看不上这个侄女；一说是这个封建主义老婆婆不喜欢唐琬的开朗；还有一说是唐琬和陆游结婚两年没有孩子，陆妈妈为了家里后继有人，便责令陆游休了表妹。陆游不愿意，在别的地方置了一处房产，照样和唐琬开心地生活。但纸里包不住火，陆妈妈知道了以后，勒令陆游和唐琬断绝关系，当头一棒打散了这对鸳鸯。

陆游后来遵母命娶了一个温柔恭顺的女子为妻，很快生了个儿子。唐琬也在后来嫁给了皇族后裔赵士程，和李清照后来的悲惨再婚相比，唐琬是幸运的。赵士程应该是那个时代最为称职的模范丈夫了。他温柔敦厚，同情唐琬的遭遇，并用自己的柔情来温暖唐琬受伤的心。赵唐二人也开始在平凡的生活中萌发新的爱情。不料，一次外出游玩，行至沈园，唐琬夫妇恰遇陆游夫妇。唐琬给表哥敬酒，大家稍坐叙旧，估计都说了很多珍惜生活之类的劝慰之语，结果唐琬正欲离开，陆游忽然心潮澎湃，提笔在沈

园写下了一首《钗头凤》：

红酥手，黄滕酒，满城春色宫墙柳。东风恶，欢情薄。一怀愁绪，几年离索。错，错，错！

春如旧，人空瘦，泪痕红浥鲛绡透。桃花落，闲池阁。山盟虽在，锦书难托。莫，莫，莫！

陆游和唐琬相爱的时候，陆游将传家之宝凤钗送给表妹作为定情信物，而写这样一首《钗头凤》，词牌与经历暗合，也证明了陆游的深情。望着表妹红润的玉手，接过她递来的温酒，这满城醉人的春色和柳条，勾起多少往事。分别几年来，惆怅满怀，如今桃花依旧凋落，当年的誓言还在耳边回响，而今连书信都没有半封。面对曾经的爱情，陆游脱口而出的“错，错，错”与“莫，莫，莫”，似乎在怀疑什么，又似乎在否定并拒绝接受现实。这样的陆游让唐琬伤心，也令唐琬心碎。

唐琬看到这首词后，感慨万千，提笔和了一首《钗头凤》：

世情薄，人情恶，雨送黄昏花易落。晓风干，泪痕残。欲笺心事，独语斜阑。难，难，难！

人成各，今非昨，病魂常似秋千索。角声寒，夜阑珊。怕人寻问，咽泪装欢。瞒，瞒，瞒！

唐琬感慨人情薄如凉水，雨打落花的黄昏时刻，常常以泪洗面，想要诉说这无尽的心事，却实在非常艰难。今天的你我，已经不能再重复昨天的故事，虽然情深依旧，却要对别人强颜欢笑。“难”与“瞒”暗示了唐琬虽然衣食无忧，但心中的凄苦不比陆游少半分。

两首《钗头凤》都是爱情绝唱，放在一起来读，更能品出陆游和唐琬的爱情百味。

此后，每每走至沈园，陆游还能记得当年相爱的画面，心碎万千。于是，他在那里题上了至今读来都令人伤心的绝句：“城上斜阳画角哀，沈园非复旧池台。伤心桥下春波绿，曾是惊鸿照影来。”（《沈园·其一》）“梦断香销四十年，沈园柳老不吹绵。此身行作稽山土，犹吊遗踪一泫然。”（《沈园·其二》）

学者余春柯如是说：“《沈园二首》情动辞发，以枯木之心，幻出葩华，诗情要约写真，志惟深远，启迪来者。”

两阕词，两首诗，道是无情还有情，记录的这段往事成了陆游一生中最大的痛，亦是永远的情殇，还在今人的笔墨中留下了可供书写的资本。时光荏苒，转眼间已是四十余载，老来闲歇的陆游对唐琬的缱绻之情不但未减丝毫，反在岁月里沉淀得更为浓郁。

四十五年后，他重游沈园，城中画角、哀转悲鸣、斜阳惨淡，一如他凄凉的心境，这般孤愁滋味，也唯有深深爱过的人才能体会。

欲借这座园子让旧事在眼前重演，再一睹琬妹娇艳的芳容，这不过是一场终究会落空的梦境罢了，醒转之时心中所愿便会成惘然。陆游游目四顾，沈园早非昔日模样，又何来伊人犹在的愿景。曾经的她是那么温柔体贴，又是那么楚楚惹怜，可是那照影惊鸿消逝后便再无踪迹，渐渐淡去的幻象徒惹人伤身。“曾是惊鸿照影来”，或许，对于此时白发苍苍的陆游来说，只要佳人的丽影尚能在眼前掠过一瞬，就已是上苍的恩赐了。

从“两小无猜、白头到老”的爱情理想到婚后幸福甜蜜的生活，到被迫分手强迫自己遗忘，再到最后的不期而遇，爱情的起伏犹如波涛翻滚在胸，不断撞击着彼此的心灵。身为封建社会的弱质女流，唐琬终于忍受不住爱情的水深火热，写下《钗头凤·世情薄》后郁郁寡欢，不久便香消玉殒了。

而此时的陆游，被宋孝宗赏识，赐进士出身，仕途通达。他除了勤于政绩，便是忙于文学副业，写了许多感慨国事兴衰、关心百姓疾苦的词。将近半个世纪后，陆游年过花甲，又至沈园，唐琬当年的影子犹如满园花草，萦绕在其心间。怕逢春，一如春来满是愁；怕入沈园，怕惊鸿一瞥就可以洞穿曾经的誓言。八十岁的那年春天，他再次暂居沈园，往事迢迢扑面而来，陆游忽觉神清气爽，饱含深情地写下了最后一首沈园情诗：

沈家园里花如锦，半是当年识放翁。
也信美人终作土，不堪幽梦太匆匆。

不久后，陆游溘然长逝。从此，沈园莺飞草长，都与陆游和唐琬无关，但他们写下的两首《钗头凤》被视为爱情绝唱，千古传诵。有人说，唐琬的离开，让陆游不得不将自己的精力放在事业上，没有美人相伴，便只好纵情于大好河山。所有这些传说都只是后人的猜测，留在沈园的是一个甲子也无法冰释的哀伤，任后人长吁短叹，大概，这也是陆游和唐琬当年始料未及的吧。

吴文英：一生的情结

吴文英，字君特，号梦窗，《宋史》无传，一生未第，游幕终生，以布衣出入侯门。所交之友遍布天下，而他自己也是游历大江南北，四海为家，闲云野鹤一般。这样一个男子不但生性自由，而且才高八斗，是宋代词作质量与数量都居于上层的人。宋人尹焕在《花庵词选引》评价他："求词于吾宋者，前有清真（周邦彦），后有梦窗。此非焕之言，四海之公言也。"将他和周邦彦并列，对他的词算是极为肯定。宋代学者沈义父以研究周邦彦词见称，对吴文英的词也给予很高的评价，认为他承周邦彦之风，遣词造句的造诣高高在上。

如他这般有才华的男子，想来应该是迎风而立、桀骜不驯的，我们却在他的一首《定风波》中读出了别样的情愫：

密约偷香□（原文缺字）踏青。小车随马过南屏。回首东风销鬓影，重省，十年心事夜船灯。

离骨渐尘桥下水，到头难灭景中情。两岸落花残酒醒，烟冷，人家垂柳未清明。

人生境遇是多种多样的。当年三十几岁的吴文英，算是壮年，又快中年，情感的经历很少。彼时客寓杭州，在一个春日里乘马郊游，行至西陵，偶遇了一个贵族家的歌姬。他将情书偷偷地塞进其婢女的手掌里，托其将情书送给那歌姬，从此同宿春江，共

游南屏，往来西陵、六桥，过着幸福快乐的日子。然而，童话并不总有美好的结局，这场爱情注定以悲剧收场。一为才子，一为歌姬，地位不同，便注定了不能天长地久。最后一次分别，双方都预感到将有不幸的结局。

待到吴文英重访六桥时，那位贵家歌姬已含恨死去。从此，这段刻骨铭心的爱情就成为梦窗一生无法排遣的情劫。待到他老去再游杭州时，回忆起曾经那段铭心的爱情，写下了这首词。

这首词的开篇就以“密约偷香”点题，表明他们之间的这段感情是为封建礼法所不容的，也正因如此歌姬才忧愤而死。吴文英在十年之后重新回味这段感情只说人世沧桑变幻，世事无常总是常人难以掌控的。“十年心事夜船灯”，萦绕在吴文英心头的是长久的悔恨和煎熬，他不明白为何相爱也会有错，如果歌姬依然活在人世，如今只怕已经出落成回眸一笑百媚生的女子了吧，

要是能令时光倒流，他愿意用自己的一生去赔付，只为换回此女子的嫣然一笑。

“到头难灭景中情。两岸落花残酒醒，烟冷，人家垂柳未清明。”“也许待到下一个清明雨纷飞的时节，我会再次回来，回忆我们曾经共度的时光。”吴文英也算是有情有义之人，事隔十年依然不能忘怀，但是爱无法挽留，命运更是不可更改，只有忘记才是宽恕，对自己，还有对爱人，都是一种放逐的幸福。

然而，命运并未因他的豁达而对他放开残酷的手，对待多情之人最残忍的无非是令他情难自禁。吴文英一生游历南北，阅人无数，所留下的情种自然不在少数，除去家里的妻妾，关于他风流在外的韵事也是为人们所乐道的。

茸茸狸帽遮梅额，金蝉罗翦胡衫窄。乘肩争看小腰身，倦态强随闲鼓笛。

问称家住城东陌，欲买千金应不惜。归来困顿殢春眠，犹梦婆娑斜趁拍。

——《玉楼春》

这首词是他在临安时为京城里的年少舞女所作。柳永有四首写给艺妓的《木兰花》，其中第三首是为吴文英这首词的蓝本。柳永原词为：“虫娘举措皆温润，每到婆娑偏恃俊。香檀敲缓玉纤迟，画鼓声催莲步紧。贪得顾盼夸风韵，往往曲终情未尽。坐中少年暗消魂，争问青鸾家远近。”柳词直接铺排，正面描写，吴文英却全都是从细节出发，从观众的角度出发，去侧面烘托舞女们的曼妙舞姿，二者手法截然不同，一目了然。

当时正逢佳节或者庆典，街头巷尾人来人往，好不热闹，舞女们身着彩衣，穿街过市为游客和市民们演出。吴文英不写舞女，而是写那些少年郎争先恐后地询问舞女们家住何处、年芳几何，便凸显出舞女们的豆蔻年华，如花容颜，以及舞姿的美丽。

可以想象，在那片江南温润之地，词人站立于人群之后，看着舞女们曼妙的舞姿和那些少年争相抢献殷勤的样子。如此可爱的一幕，千年之后想起依然令人莞尔。浪漫的气息在空气里弥散，好像三月间忽然飘落的桃花雪，阵阵清寒中透着芳香，那是一扇让人想关都关不住的门。

吴文英却害怕这样的浪漫，他已经过了杨柳青青的年纪，爱情会随着年龄的增长而逐渐变得平淡。琼瑶在言情剧中为多情的男主人公设计了这样一句台词："多情容易痴情难，留情容易守情难。"大有为自己的风流开脱之意。而吴文英从来只是"有情花影阑干，莺声门径，解留我、霎时凝伫"。

他游遍山水，只怕也是为了寄情于山水而非人，那些他爱过和爱过他的人，他一一记在心里，但是情债难背，所以他索性离开，就当作是忘记了吧，心有时太小，实在放不下太多东西，而山河浩荡，有什么事是容不了的呢？吴文英是真的想要独自与山水寄情，在畅游中将前尘旧爱都看淡。

可是又谈何容易呢？在他作客龟溪，于寒食节游历一个废园时，他恍然间醒悟，原来那些以为淡忘的往事依然历历在目，那些以为逝去的情感还深深地扎根在内心深处，那是伴随一生无法除去的记忆。

采幽香，巡古苑，竹冷翠微路。斗草溪根，沙印小莲步。

自怜两鬓清霜，一年寒食，又身在、云山深处。

昼闲度。因甚天也悭春，轻阴便成雨。绿暗长亭，归梦趁风絮。有情花影阑干，莺声门径，解留我、霎时凝伫。

——《祝英台近》

这是吴文英离开废园后所作，在那个荒芜清冷的园子里，他独自一人度过寒食节，想来废园曾经也是一个繁华绚丽的园子，有着蜿蜒铺伸的青石小路，有着花团锦簇的一方清凉，还有清清流水，小桥楼阁，如今这一切都已烟消云散、不见影踪，只有从那依稀的痕迹中，才能看出往日的面貌来。

景如人生，当初那个繁华之地，如今这个衰竭之所，在时空的流转中谁都无法逃脱宿命的安置。时值寒食节，词人在他乡作客，又正好于废园中游走，一时之间不觉触动了愁思，又想到自己已是人老体迈，和当年的年富力强比起来恍如隔世。这次游历非但没能回味旧日美景，反而牵出了情思，各种思绪纠缠在一起，真是百感交集。

唐代诗人杜甫在诗中写道：“国破山河在，城春草木深。”那种国家不再的情感与词人此时所感有着异曲同工之处。在词人眼中，废园里旧时的一幕一幕就像电影回放一般，在自己脑海中重现，还有他早年遇见过的人，爱过的人，恨过的人，全都鲜明地呈现出来。“曾是惊鸿照影来”，原来，记忆会在霎时间变得如此鲜活。

但是，终究还是要离开的，在凝立许久之后，老去的梦窗黯然而去，废园在他已然佝偻的身后，成了逐渐模糊的背景，还有那些一同模糊了的美好的、不美好的回忆。

卷五　朝堂上的水墨山河

一团和气，两句歪诗，三斤黄酒，四季衣裳。传统文化中理想的生活模式，在宋代文人身上得到了完美的诠释。也正因如此，宋朝开垦出一片培养真正精神贵族的自由沃土，这些精神贵族在朝堂与市井里，尽情挥霍着自己的理想，并为理想开辟山河。

寇准：知音少，弦断有谁听

漫步于渭南左家村的乡野小路，约行一里许，一座封土高四米、南北长十五米、东西宽八米的孤墓映入眼帘，墓前立有碑石一块，上提“宋寇莱公墓”。一阵清风拂面而过，一曲清丽婉转的《江南春》不知从何处姗姗响起：

波渺渺，柳依依。孤村芳草远，斜日杏花飞。江南春尽离肠断，蘋满汀州人未归。

一泓春水，烟波渺渺，岸边垂柳，柔条飘飘。芳草萋萋不尽，蔓伸到遥远的天涯，凋谢的杏花纷繁飞。一派伤春之情愫，淡淡袭上每个人的心头。如此细腻的笔触，柔情似水的感受，谁能料到竟出自以“刚直不阿”名留千古的莱国公寇准之手？

自古中国文人喜欢以香草、美人自喻。仕途的跌跌起起，人世的沧桑变化，在寇准笔下，和美人迟暮、江南风雨一样我见犹怜。堂堂宰相，写此绵绵吟唱的小词，难免让人联想其弦外之音，影射自己的朝堂际遇。

寇准正直，处事难免失于“诤”。有时在庙堂之上，当着皇帝的面和同僚争吵，犹如水火，连皇帝都无法制止。一次，寇准和温仲舒骑马并行，一个疯子拦住寇准的马，向他三呼万岁。寇准的政敌张逊得知后，派人向皇帝告密，说寇准有异心。寇准便和张逊在太宗面前激烈争吵，相互揭短，弄得太宗龙颜大怒，撤

了张逊的职，也把寇准丢到青州当知州。

不过，太宗深知寇准的才干和秉性，把他外放只是想让他接受教训，可看不到寇准，又总是念叨他。一年后，太宗下旨召寇准回京，并升为副宰相。寇准回京后，太宗正害着严重的脚病，行走不方便。见到寇准后，特意让他看自己的足疾，然后假装责问他："你怎么来得这么迟呢？"其实他有意显示和寇准的亲昵情感。寇准却不冷不热地说："臣非召不得至京师。"这话差点儿没把太宗噎死。

寇准因做"诤臣"而出了名，朝内大臣几乎都惧怕和忌恨他，后有人曾戏称此种情况为："寇某上殿，百僚股栗。"把好端端的臣子吓得腿肚子直抽筋，寇准也算是个厉害人物。

寇准初入仕时在巴东做知县，将巴东治理得井井有条，但他的"薄宦未能酬壮节，良辰空自感流年。因循未学陶潜兴，长见孤云倍黯然"立刻透露出他被屈才的郁闷。好不容易熬了八年，

终于熬出了头，被太宗召见。他以一篇《御戎论》成功得到太宗的赏识，一路做到天子近臣，直至宰相之位。不过，对于“近臣”这个身份，寇准处理得很得当。他并非蠢人，有些时候在皇帝面前直言不讳，那叫忠勇；但若口不择言什么都说，那是愚蠢。

太宗在北伐时被辽军射伤，患处的病痛缠绕他多年。一次他旧病复发，想到继承人的问题，便问寇准选哪个儿子做皇帝好。寇准说：“神器不可谋及妇人、谋及中官、谋及近臣。”意为选皇储时应避免向三种人咨询，一是女人，也就是皇帝的后妃；二是中官，也就是宦官；三是近臣。寇准所说的“近臣”当然指的是自己。从古至今，只要是近臣参与立储，总没好事，他可不想蹚这浑水，所以选择了明哲保身，示意宋太宗自己不便多言。这份睿智，足以证明寇准并非只是直言的莽夫。而他这三个建议，《宋史》给予了极高的评价：“可为万世龟鉴。”

但是，寇准的刚直不阿和言语直横，也成为他一生最大的祸患。因先后得罪了权臣王钦若和丁渭，寇准两次被踢下台，被贬得离京城越来越远。这是以正直出名的文人士大夫们的命运悲剧，很多前人做了榜样，后人也常常不可避免地要踏上这条不归路。连寇准这么不服输的人，老了都忍不住写起《六悔铭》："官行私曲失时悔，富不俭用贫时悔，艺不少学过时悔，见事不明用时悔，酒后狂言醒时悔，安不将息病时悔。"

处处该悔，若是早悔，哪还能落得如此下场？

作为"诤臣"，寇准也说不清自己做明白了还是没做明白，但是他一生最大的愿望不是出仕。与做一个文官相比，他更希望自己做一个军功赫赫的"武臣"。寇准在十余岁的年纪就写了一首《杂言》：

我徒旷达由胸臆，耻学鲰生事文墨。蛟龙长欲趁风雷，骐骥焉能制衔勒。

锵金佩玉良有时，丐色谀言尽虚饰。功名富贵非偶然，杨子草玄徒默默。

楚兰罢秀足蓬蒿，青松委干多荆棘。争如一醉度流年，免使悲欢荡情域。

"我徒旷达由胸臆"，纵有咆哮沙场的旷达胸臆，没有可供游龙翱翔的天空，不过是悲欢一场空，徒醉流年。

诗中可见寇准心目中的偶像是投笔从戎的班超。他宁可做一介武夫，也不想从文，可时运不济，令他的一生有太多的无奈和遗憾。

景德元年（1004年），契丹国主与其母萧太后入侵中原，这像是上天赐予寇准的机会。寇准力主出战，虽然遭到很多朝臣的反对，但他依然坚持出兵。他在后方运筹帷幄，终于取得抗敌战争的胜利，最后宋辽达成和议，即为“澶渊之盟”。不过寇准对这个结果很不满意，他认为明明宋军赢了，为何还要给败军之将掏钱？寇准的这一点，依然脱离不了他“诤臣”的身份。

晚年的寇准，在政界屡遭排挤，早年养成铺张浪费的习惯在后来越发过分，故而屡遭指责。在给败军掏钱的一事上他显露出了吝啬的一面，可实际上他为人生性奢豪，飞黄腾达后更是极度奢侈，家里从来不点油灯，都是用蜡烛照明。相传，连寇准家的厨房、厕所里，烛光都彻夜不熄，天明便可见烛泪遍地堆积。

陆游在巴东叩拜寇准遗像时，曾作诗云：“人生穷达谁能料，蜡泪成堆又一时。”寇准仕途上无限风光，但生活方面多为后世诟病。素以节俭著称的司马光就经常以他为反面教材，教育儿子要勤俭持家。在此处，一代名臣的形象不经意有了污点，也便显得不那么光辉灿烂。不过，这不妨碍他作为忠臣的名头。

寇准的一辈子当算活得精彩，却也很无奈，用“诤臣”“武臣”“近臣”来概括最适合不过了。而岳飞的一首《小重山》，便如寇准的镜子一般，将其照得无所遁形。

昨夜寒蛩不住鸣。惊回千里梦，已三更。起来独自绕阶行。人悄悄，帘外月胧明。

白首为功名。旧山松竹老，阻归程。欲将心事付瑶琴。知音少，弦断有谁听？

一生奔波于官场，也看不清曾经的作为是好还是坏，却为了那点“功名”，落得“知音少”的境地，或多或少有些悲哀。

在崇文灭武的时代，即便是知音，也走不到他的身前，所以哪怕弹得一首好的《十面埋伏》，那金鼓声、剑弩声、人马声……也无人听得懂，断了琴弦，徒留怅惋。

欧阳修：乐天的醉翁

去年元夜时，花市灯如昼。月上柳梢头，人约黄昏后。

今年元夜时，月与灯依旧。不见去年人，泪满春衫袖。

——《生查子》

这首词的作者至今仍有争议，有人说是欧阳修所作，也有认为是朱淑真所作，或为秦观所作，均不可考，暂且视为欧阳修所作。词中主人公对去年今日的怀念和追忆，写出了物是人非之感，今昔对比，似乎是受唐代诗人崔护“去年今日此门中”的启发。小词叙事清晰，构思巧妙，语言凝练、通俗，绵绵情意飘逸而出。

元宵节在中国古代，相当于情人节，宋朝为此节更是放假长达五天。《岁时杂记》云："自非贫人，家家设灯。"可见欧阳修的"花市灯如昼"所言非虚。但看"月上柳梢头，人约黄昏后"，实在不像在人山人海的城里赏灯，倒像是青年男女的幽期密会。上阕至此戛然而止，言有尽而意无穷……只在下阕"不见去年人，泪满春衫袖"中约略可推断出当年甜蜜约会的场景。月、柳、花灯，繁华并起一如往昔，却再也寻不到去年的佳人，怅然若失犹如一曲人生咏叹调。

把酒祝东风，且共从容，垂杨紫陌洛城东。总是当时携手处，游遍芳丛。

聚散苦匆匆，此恨无穷。今年花胜去年红，可惜明年花更好，知与谁同？

——《浪淘沙》

抚今追昔，时光交错，故地重游，去年此时，把酒问东风，欧阳修和朋友同游洛阳城东，垂柳依依，携手游春，无限从容。可惜，别后重逢再难聚，今年花更红，却不知此番分别，何时才能聚首？明年即便花开更艳，也不知该与谁同行赏春？赏春之时不免留下伤春之感。后人赞此词"深情如水，行气如虹"。作为一代文史大家，欧阳修的文与人，似乎也兼具了这两点特征。

欧阳修是北宋诗文革新运动的领袖，后辈苏轼、曾巩、王安石等文学大家皆出其门下。因喜好喝酒，所以号醉翁，晚年号六一居士。在任何一个朝代，最有名气的文人，必定是文章写得最好的那个，所以，在苏轼还没有成名前，欧阳修无疑是当时的

文坛泰斗。

在中国，大文豪似乎与酒总有不解之缘，李白斗酒诗百篇，苏轼也不例外。魏晋时期的阮籍更是一喝一醉，常常连月不醒。而宋朝的酒业似乎尤其发达：一是经济比较发达；二是政策比较宽松，士大夫酒后闹事估计也没什么大不了；三是宋朝的皇帝都比较爱喝酒，都是海量之人，喝多少也不糊涂。所以，欧阳修有诗云，“一生勤苦书万卷，万事消磨酒百分”，所以不禁感叹“人生何处似尊前”！

到底什么才是真的人生，恐怕每个人的回答都不同，但把酒言欢、及时行乐无疑是其中最为畅快的一种。欧阳修一生宦海沉浮，几经贬谪，流年岁月，再次饯别知己，人生感慨不免脱口而出，遂留下酒中佳酿《朝中措》：

平山阑槛倚晴空，山色有无中。手种堂前垂柳，别来几度春风。

文章太守，挥毫万字，一饮千钟。行乐直须年少，尊前看取衰翁。

首句开篇写景，拔地而起，有凌空突兀的气势。手种垂柳既有对生活琐事的深情，“枝枝叶叶离情”，不知道已经过了多少个春秋。几度春风几度霜，深婉细腻处更添豪放。下笔如风，一饮千钟，太守才气纵横、满腹豪情，都栩栩如生跃然纸上。结尾处劝人劝己，现身说法，奉劝诸位“行乐直须年少”，似有莫等闲，白了少年头之意。

结尾“衰翁”两句，的确有时光易逝之感慨，虽貌似消极，

但通读全词，有苍凉豪迈之情、顿挫之感，反觉层层递进，词意豁达。这一杯酒，喝得醉卧红尘，笑谈千古人生事，虽为醉言醉语，却实在吟诵得情真意切。

欧阳修为人为官，皆光明磊落。庆历新政时期，整个宋朝处于热衷文人内斗的当口，他能洒然抽身而退；在面对朝廷众口铄金弹劾狄青的当口，他冒死觐见，写了两论狄青的奏章：前一份是专论，即《论狄青札子》；后一份《论水灾疏》。他综述了狄青“自初掌枢密，进列大臣，当时言者已为不便”的争议和狄青因战功为“军士所喜”的情况。他认为出现这些状况并非狄青本心所为。面对这些“流言”以及可能产生的危害，欧阳修认为“为青计，宜自退避事权，以止浮议”，由于狄青认识不到自己“不得已为人所喜”，所以他实际是在提醒狄青认清形势，急流勇退。

后人总因欧阳修弹劾狄青而诟病他，而明人茅坤在《论狄青札子》里，称赞欧阳修“言人所难言，见人所不见，只缘宋承五代之后，欧公不得不为过虑，然亦回护狄公，狄公亦所甘心”。实际上承认了欧阳修的确是光明磊落，实事求是。便是这样的欧翁，仍旧得不到时人的谅解，所以在屡遭贬谪之后，他远离了政治中心，专心致志地做了一方醉翁，在醉翁亭中，寻找心灵的自由。正是“造饮辄尽，期在必醉。既醉而退，曾不吝惜去留”（陶渊明语）。一醉解千愁，所有的烦恼都随着“一饮千钟”，在红尘中消散了。

于是，我们现在所喜的是那个醉翁，不是朝堂封的文忠公；而是《蝶恋花》中的“庭院深深深几许”“泪眼问花花不语，乱红飞过秋千去”的伤春男子，不再是“我辈清流，尽投浊流”的失意臣子。只不知，他是否在闲暇中，酒醒后，还记得当年“月上柳梢”之约，和那个他心爱的姑娘重逢？更不知，那一夜他们是否重修前缘，管这天下如何，他们只去谱写岁月静好？

范仲淹：知我者，谓我心忧

那一年，赶上宋真宗出游，大队人马浩浩荡荡，气势如虹。一时间万人空巷，唯有一人岿然不动，在家读书。这时候，友人过来叫他："赶紧出去看看吧，千载难逢的机会，皇帝从皇宫里出来了。"书生却头也不抬地说，"将来再见也不晚"。第二年，书生考中了进士，殿试中见到了皇帝，这书生就是后来历史上著名的北宋名臣范仲淹。

子曰："仕而优则学，学而优则仕。"孔子的原意是做官之人如有余暇，应该通过学习以弥补做官的不足；读了书再去当官做事，以检验学养，学以致用，并非以读书为敲门砖。但是自太学特别是科举兴起之后，便有了"遗子黄金满籯，不如一经"的风气。

抛开后世对科举的抨击不谈，宋朝的科举制度实在是为国家贡献了很多人才，因科举而出仕的优秀者诸如范仲淹、王安石、苏轼等，皆成了中国历史上有名的政治家、文学家，是科举令他们成为士大夫，从而一展治国的抱负。正因有了科举，像范仲淹这样的臣子才能脱颖而出，为整个时代的更进一步做出了贡献。

范仲淹少时孤贫，出生第二年父亲就死了。母亲不是正室，只好带着他改嫁，所以很小的时候范仲淹随后父姓朱。朱家虽是富贵人家，但范仲淹并未因此成为纨绔子弟，他读书很用心，十分刻苦，为了激励自己，还一个人跑到寺庙里面去做寄宿生。

一次偶然的缘故，范仲淹知道自己的身世后大受打击，含

泪辞别生母养父，踏上了异地求学的路。一走就走进了宋代四大书院之一：应天府书院。这里会集了许多知名教授和学子，他们交流学习，共同进步，志趣才情俱佳的文化气氛深深地感染了范仲淹。不久，范仲淹终于高中进士，从此开始了近四十年的官场生涯。

范仲淹得到晏殊的推荐，负责皇家图书的整理与分类。宋仁宗虽贵为天子，但大权掌握在后母刘太后手里。有一次刘太后大寿，令仁宗磕头跪拜。结果范仲淹挺身而出，认为君主之尊严乃国家之体面，不能轻易辱没。此后不久，范仲淹遭到贬官。刘太后一死，仁宗立刻调范仲淹回京辅政，对他极是信任。庆历三年（1043 年），在仁宗的催促下，范仲淹和富弼、韩琦等人草拟了国家改革方案，史称“庆历新政”。

新政的实施，令富贵子弟渐渐得到了限制，人才选拔机制更见成效，一些有才之士常常会得到破格提拔。宰相权力更加集中，以提高政府部门的运作效率。但是，和历史上任何一次深度改革一样，改革力度越大，成效越显著，受挫程度也越高。由于触动了士大夫阶级的根本利益，在保守派的诬陷下，改革失败了，范仲淹又一次遭到贬谪。

1046 年，范仲淹被贬至邓州地方。一日收到好友滕子京的来信，邀请他为重修岳阳楼作传，并送了一张《洞庭晚秋图》。当时范仲淹虽然身体不好，但还是答应下来。他挥毫泼墨，饱蘸感情的浓浆，奋笔疾书写下了千古名文《岳阳楼记》，表达了自己位卑未敢忘忧国的理想。“居庙堂之高则忧其民，处江湖之远则忧其君”，不仅是对同样贬官的朋友们的鼓励，也是执着于理想的集中体现。而“先天下之忧而忧，后天下之乐而乐”一句更是震古烁今。

和其他的文职人员不同，范仲淹曾亲历战场，带兵作战，许多军旅题材的词作广受青睐，最著名的便是《渔家傲》。

塞下秋来风景异。衡阳雁去无留意。四面边声连角起。千嶂里，长烟落日孤城闭。

浊酒一杯家万里。燕然未勒归无计。羌管悠悠霜满地。人不寐，将军白发征夫泪！

作为边塞词之滥觞，《渔家傲》风骨遒劲，剑走偏锋，将民族命运和时局的动荡写入词中，一扫花间派柔靡无骨的词风，为苏辛豪放词开辟了先河。词中书写了边境的荒寒和将士的劳苦，流露出师老无功、乡关万里的心声，丝毫不逊于唐朝的边塞诗风。

苍苍白发，空对南飞大雁，一杯浊酒，闷对落日孤城。英雄情怀的悲歌与幻灭，都在这一刻随长烟腾起。

当时正值康定元年（1040 年），西夏进犯宋朝边境，范仲淹请命到延州抗敌，选将练卒，招抚流亡，增设城堡，联络诸羌，谋定反攻，深为西夏所忌惮。该词写于延州当地，词曲慷慨悲凉，范仲淹抵御外患、报国立功的壮烈情怀泼墨而出。一介文人，却能为武人所为，范仲淹实为卓越的政治家乃至军事家。

当然，除了家国情怀，他还有自己的一份闲情逸致。范仲淹不但工于诗文，且写过许多描写景致的词，其中以《苏幕遮》写得最是凄婉。

碧云天，黄叶地。秋色连波，波上寒烟翠。山映斜阳天接水。芳草无情，更在斜阳外。

黯乡魂，追旅思。夜夜除非，好梦留人睡。明月楼高休独倚。酒入愁肠，化作相思泪。

自古文人多风流，而宋代文人由于生活的滋润与富裕，则更添几分情致。因此宋词中男欢女爱、相思成灾的主题简直多如牛毛，但能够写到范仲淹这样沉痛的并不多。“碧云天，黄叶地”从天地大气之中抽取出无边秋色。远山、斜阳、芳草外，天水相连。感伤、旅怀、忧思、乡愁，令一切都暗淡无神。独倚栏杆，泪暗洒，一杯美酒，一怀愁绪，浓烈地在心里燃烧，化为无尽的相思，无尽的泪。

然而，很多清代学者如张惠言等都认为此词并非写秋色，而是于苍凉的天地间抒发了范仲淹忧国的情怀。如果纵览范仲淹一生为国为民的事迹，似乎也有理由相信这首词是他爱国深情的另一种体现。清代中后期，内忧外患让中国腹背受敌，在这种时刻，

爱国的呼声往往更加响亮，也更容易引起人们的联想。不管《苏幕遮》到底是相思还是忧国，无可厚非的是，它是一首好词；就像范仲淹一样，无论有多少种身份，最重要的解说是将军，最深重的情感是爱国！

王安石：不知我者，谓我何求

登临送目，正故国晚秋，天气初肃。千里澄江似练，翠峰如簇。征帆去棹残阳里，背西风、酒旗斜矗。彩舟云淡，星河鹭起，画图难足。

念往昔，繁华竞逐，叹门外楼头，悲恨相续。千古凭高，对此漫嗟荣辱。六朝旧事如流水，但寒烟、衰草凝绿。至今商女，时时犹唱，《后庭》遗曲。

——《桂枝香》

登高吊古，历来是中国文人抒发仕途坎坷愤懑之情的方式。不能直言当下的不满，唯有借古说今，开解一下寂寥的心怀。自先秦至宋代，登高、怀古之作不胜枚举，东汉有张衡《东京赋》，“望先帝之旧墟，慨长思而怀古。”及至宋代苏轼的《念奴娇·赤壁怀古》，“大江东去，浪淘尽，千古风流人物。”帝王臣子从以往的历史中寻找教训，才能让自己更加清醒，认清现实。

这首《桂枝香》既为怀古的顶尖作品，又是王安石的名篇，开门见山便以“正故国晚秋，天气初肃”起笔，一个“正”字，意境全出，既无拖沓之感，且有正合心思之意。自古逢秋悲寂寥，而王安石却以“初、肃”二字领起，笔力遒劲，精神抖擞，与刘禹锡的“我言秋日胜春朝”有相似的意境。“澄江似练，翠峰如簇”这句灵感由李白的《金陵城西楼月下吟》而来，原诗为“解道澄江静如练，令人长忆谢玄晖”；而“澄江静如练”又源于谢朓诗

《晚登三山还望京邑》。王安石的一连串借用看似随手拈来，却于锦绣诗篇中，看出他宏大的视野与远大的胸襟。

词作下阕，忽念往日繁华，六朝古都的风流如此迅速便随历史云卷云舒，千古江山，万种情愫，都只剩相继的荣辱。最后两句，化用了杜牧的诗句："商女不知亡国恨，隔江犹唱《后庭花》。"嗟叹之感，弥新而永固。所以周汝昌先生称赞说："王介甫只此一词，已足千古。"然而，王安石似乎并不满足仅此一词，甚至不仅仅满足于千古风流的"唐宋八大家"。从一开始他就意识到，后世将以他的努力为骄傲。

王安石是北宋著名文学家、政治家，字介甫，晚号半山。1069 年，被宋神宗任命为宰相，开始推行变法。其变法涉及内容甚广，"青苗法""募役法""方田均税""农田水利法""保甲法"等各项法规，从农业、商业、兵役、教育、财政税收等社会生活各方面入手，提出了一系列政策，用以革除社会的弊端。

从新法推行到全面废止，前后经历了将近十五年的时间。新法的推行从某种程度上来说，无疑是有利于"国富民

强”这一目标的，但是，未必符合当时的经济规律。

宋神宗期间，经济发达程度比以往任何时候都要高，财政税收也好于前朝，但政府依然入不敷出。究其原因，一方面是宋朝为了维持“和平与稳定”的局面，不得不向辽不断进贡“岁银”，打是没有力气的，所以只能掏钱，所谓“破财免灾”大概就是这个道理；另一方面，虽然不打仗，但是依然要养兵。因为怕战争，所以要养更多的兵，以防不测。这似乎成了一个奇怪的现象，没有战争的宋朝，却需要为战争买单。积贫积弱的态势在繁华的背后逐渐清晰。而宋神宗也是一个比较有志气的皇帝，他希望可以通过变法来达到“国富民强”的目的，他希望自己可以励精图治、重振朝纲。

历史总是有着惊人的相似。正如晚清的光绪帝需要康有为一样，宋神宗也需要一个人站出来和他同心向前。这个人无疑就是王安石。

1042 年，年仅二十二岁的王安石高中进士，从此步入仕途。他天资聪颖且博览群书，少年得志且并不得意忘形。他没有急于巴结权贵，只是在暗暗思考国家的前途和命运。王安石曾经给仁宗皇帝上过“万言书”，但如石沉大海，杳无音讯，他断定变法的时机尚未成熟。于是，他谢绝了朝廷的一次次任命，甘居地方小官，宁可小范围推行变法，造福一方百姓。在王安石看来，做多大的官并不重要，重要的是能够成事。头顶乌纱却身不由己的话，他宁愿不进朝堂，为民为己做些实事就足够。

1069 年，王安石终于等来了神宗的传召，犹如神宗终于等来了王安石的上任。在宋朝艰难呼吸的关口，他们握住对方的手，互相汲取最初和最终的力量。但任何一次变革，都不要指望能够畅通无阻，因为无论如何改革，哪怕只是一个微小的变动，都会触及既得利益者。最为艰难的往往不是改革之初的深思熟虑，而是如何抵住各方的恶意拆台和进攻。神宗与介甫虽是强强联合，却也无法改变这一历史的惯性，和宋仁宗的庆历新政、清德宗的康梁变法一样，他们最后还是失败了。

对王安石变法失败的原因，有很多种分析，一般意义讲，是触犯了地主阶级的利益。用旧的政府来推行改革，只要政策稍有变动，官僚们照样可以鱼肉人民。用易中天先生的话来说，那便是“改革帮了腐败的忙”。当然，也有人说吕惠卿这个小人抖出了很多王安石写给他的私人信件，说王安石有“欺君之嫌”，从而导致革新力量内部的分化。吕惠卿也因此载入《宋史·奸臣传》

之列。

俗语说，“顺时不骄，败时不馁，才是人生真厚道”。曾经身为宰相的王安石，为了自己的政治理想和抱负，也打击过异己，欧阳修、司马光、苏轼等退休或贬官，都不能说与此无关。但王安石并没有置对手于死地的意思，也从不以莫须有的罪名加害别人。甚至在苏轼发生了“乌台诗案”之后，已经辞官的他还挺身而出，上书为其辩护。

须知，当时的王安石已经痛失爱子、家破人亡，在皇帝面前毫无话语权。在那个时候，没有人敢替苏轼说话，亲友们全都噤若寒蝉，连苏轼自己也被屈打成招。王安石敢于在这个关口替苏轼说话，“岂有圣世而杀才士乎”，足见半山先生的磊落风骨。或许，这就是文人之间的惺惺相惜吧。

因为变法，王安石一生毁誉参半。因为“庆历新政”同样备受诟病的范仲淹就是他的前车之鉴，范仲淹的结果是“论者籍籍”“多所举劾”“相与滕口”，最终败在朝野舆论之下。王安石的结局可想而知。但就个人而言，他的个人操守没有人会怀疑，就连主要政敌司马光都说：“介甫无他，但执拗尔。”除了固执，王安石没有其他缺点。

从政治的聚光灯下走出来，回归平常生活，王安石又回到了金陵，写下了千古名篇《桂枝香》。“千古凭高，对此漫嗟荣辱”，无限的慷慨悲凉，读来至今令人荡气回肠。除了写词，王安石还写有许多脍炙人口的小诗，如《泊船瓜洲》：

京口瓜洲一水间，钟山只隔数重山。
春风又绿江南岸，明月何时照我还？

小诗写思念家乡之情，清新淡雅，没有别离的惆怅，把一丝淡淡的盼望，深深地融入青山绿水间。所以，有人说这是他第一次任宰相时所作，也有人说表达了第二次复官时的愉快，还有说是他被罢官后，彻底从政治中解脱后的舒畅。无论如何，一个“绿”字几番修改，已成文坛佳话，正是“功夫在诗外”。

作为唐宋八大家之一，他出手不凡，为后世留下了许多传世名篇。王安石变法的时候曾经自信地说：“当世人不知我，后世人当谢我。”有此信念，他的变法无论成功与否，都让人觉得气壮山河。

苏轼：人生一场大梦

缺月挂疏桐，漏断人初静。谁见幽人独往来，缥缈孤鸿影。

惊起却回头，有恨无人省。拣尽寒枝不肯栖，寂寞沙洲冷。

——《卜算子》

写这首词的时候，苏轼正因“乌台诗案”一事被贬。众所周知，他为人刚直，直言不讳，多次得罪那时的当朝权贵，因“乌台诗”而受牵连，被谪为黄州团练副使。那一次的政治跌宕是他政治生涯上一个不小的低潮。但也正是现实生活中的不如意，令他有了创作的灵感，他将对现实生活的不满及对未来和理想的期望写入他的诗词中，那段时间是他创作的高潮期。

心有所思，笔有所动，苏轼的这首词将他当时所受的不公正待遇和委屈统统诉诸笔下。但仔细品读可以发现，苏轼所表达的愤慨并不是慷慨激昂或是抑郁不能自已的，而是有一种淡淡的忧愁徘徊在字里行间。

纵观苏轼所有的词作，不专体格，跳脱声韵，不似花间风韵，而是放眼社会现实，将雄浑之风贯穿始终，将词风开创到了一个新高潮上。他的悲情词是他词作的一大闪光之处，苏轼的感伤并不是靡靡之音，而是在理性的大框架之下，跳脱出自怨自艾这个狭隘范畴的感情，情愫的基调奠定在深厚的精神基础上，虽然也

有哀伤，却是适可而止、点到为止。我们从这首《卜算子》当中可见一二。

词的开篇不甚着意，却描画出惨淡的背景。作为一个从小就接受着封建正规的儒家教育，立志要报效国家的士大夫，在政治上不断的失意自然会引起苏轼情绪上的不满，而在发泄不满的词作中，未见丝毫浮躁。他以孤鸿自比，抒郁郁不得之志。词中写残月当头，而所能看见的仅仅是头顶寥寥无几的枯叶，在万籁俱寂中，词人感到孤独万分，这便是苏轼所营造的感伤情怀。其中更多的是缥缈于天地之间的“只可意会，不可言传”的境界。

“乌台诗案”虽然毁掉了苏轼的官运，但是成就了他在诗词上的造诣。本来苏轼少年成名，一直风光无限，他的词在整体风格上也是飘洒自如的，充满了豪情壮志。自从那一次经历之后，他的豪情不再，虽然之后的仕途有起有伏，但毕竟再回不到当年的意气风发。

经过是是非非后，苏轼的心性发生了巨大的改变，对自然和人生的感悟也发生了彻底的转变。他虽是一介书生，却不顾影自怜，在感慨之后，笔锋一转，“惊起却回头，有恨无人省。拣尽寒枝不肯栖，寂寞沙洲冷”，写出了自己的豁达胸襟。世上没有什么事情是能令他心灰意冷的，再多的苦难对他来说都只是浮沉一梦，就好像他在另一首词作中写的那样：“世事一场大梦，人生几度秋凉。”

苏轼学佛参禅，这或许也是他可以超脱、旷达的原因之一。佛家的清修令他走出了人世间悲苦、凄凉的景象，这个变化和转变是微妙到不可言说的。

大江东去，浪淘尽、千古风流人物。故垒西边，人道是、三国周郎赤壁。乱石穿空，惊涛拍岸，卷起千堆雪。江山如画，一时多少豪杰！

遥想公瑾当年，小乔初嫁了，雄姿英发。羽扇纶巾，谈笑间、樯橹灰飞烟灭。故国神游，多情应笑我、早生华发。人生如梦，一樽还酹江月。

——《念奴娇》

写《念奴娇》时，苏轼正值不惑之年，但这是他对一生的回顾和总结。男人四十应当是事业的黄金期，苏轼却因为不公正的政治体制而被流放，只能在闲暇之时北望，遥想故人。他看似在游山玩水，其实是表达豁达的心态。

大江东去，浪淘尽，千古风流人物。这里苏轼极言周瑜儒雅淡定，弹指间灰飞烟灭的气度。意气风发的笔法之外，蕴含着复

杂的情感。他从“故国”两句由周郎转到自己身上，回忆自己的坎坷，于是有了“多情应笑我”之句，语似轻淡，意却深沉。不过，苏轼毕竟不是李煜、赵佶那样遇挫而伤春悲秋的人，他把周瑜和自己放在整个历史中进行观照。人世间有那么多出色的英雄人物都被历史掩埋，何况是自己呢？消极悲观不该是人生的主题，超脱飞扬才是生命的真谛。既然世事恍如一梦，何妨举杯一樽还酹江月。

那一刻，苏轼真正懂得了洒脱，趋于睿智和成熟。

这首词不妨看作苏轼人生的转折点，亦是他词风的转折点，自此以后，他真正达到了旷达的境界。有道是，有失必有得，在政治上没能实现抱负的人，背负着惆怅游走于东西南北、天涯海角，让一生才华挥洒在字里行间，未尝不是生命的另一种绽放形式。

卷六　英雄过剩的时代

积贫积弱的宋朝，其实比任何一个朝代都需要英雄。只有他们的铁血和热情，才能铸造起一道坚固的长城，抵抗异族的骚扰。然而，这似乎又是一个『英雄过剩』的时代。更多的时候人们听到的都是朝廷的投降求和声。军歌异常响亮，将士摩拳擦掌，恢复中华的迹象却日渐消亡。

张孝祥：孤光自照，肝胆皆冰雪

据说，有一个状元少年时读书，听到池塘中蛙声不断，一生气拿着砚台砸到水里，池内立刻寂静无声。从此后，这个水池中再无蛙声喧闹，所以人们称此为“禁蛙池”。未来的状元，在古代看来，都是文曲星转世。所以，天上的神仙下凡，能够镇住地下的“生灵”，也在情理之中。而这个少年，就是后来宋高宗御笔钦点的状元——张孝祥。

张孝祥考状元一事颇费周折。因为与他同年参加考试的还有秦桧的孙子。秦桧为了让自己的孙子能够金榜题名，有效地利用了官场的“潜规则”，以自己的权势使主考官屈服。迫于秦桧的宰相身份，考官当然不得不把他的孙子列为状元。但试卷送到高宗的手里，皇上有点生气，秦桧孙子的答卷和秦桧平时说话的套路一样，毫无创见；而张孝祥的答卷很有自己独到的见解，而且字迹龙飞凤舞，隐隐有脱卷而出的雄姿。高宗联想起秦桧平时的所作所为，心中有数，于是决定举行殿试。

张孝祥考完试之后，才知道秦桧做了手脚，非常郁闷，整天借酒消愁。结果，有一天忽然传来皇帝要殿试的消息，他当然激动，矗立庭前，提笔成文，泼墨挥毫，一气呵成，连标点都来不及点。高宗一看，分明是个人才！便立刻钦点张孝祥为状元，借此打击秦桧的嚣张气焰。等到张孝祥中了状元后，秦桧的奸党曹泳为了拉拢新科状元，决定把自己的女儿嫁给张孝祥。张孝祥本已痛恨秦桧，加上“状元潜规则”一事后更是对其深恶痛绝，便

回绝了这门亲事。更令秦桧恼火的是，张孝祥刚刚登第就上书皇帝为岳飞喊冤，等于公开和他作对。

秦桧怀恨在心，便编织了一个罪名告张孝祥父子谋反。秦桧素来以诬告他人著称，想要将谁落狱太简单了。就这样，张孝祥的父亲张祁被打入大牢关押。不幸中的大幸是，秦桧这个一代奸臣终于告别人世。张孝祥借机上书皇帝为父申冤，很快帮其父平反。此后，张孝祥为皇帝起草诏书，批阅文件，开始了真正的仕途生涯。

张孝祥任职期间刚正不阿，屡屡上书提议加强边防、抵御金人，还提出了许多改革的举措，可惜最终皆不了了之。他一生词作多以恢复中原为志向，对朝廷不用贤才，尤其是屈辱求和表示了极大的愤慨。留守建康时期，在一次宴席上，看着别人还在歌舞升平，不知梦醒的样子，他实在耐不住愤慨，便临场作词一首。

长淮望断，关塞莽然平。征尘暗，霜风劲，悄边声。黯销凝。追想当年事，殆天数，非人力；洙泗上，弦歌地，亦膻腥。隔水毡乡，落日牛羊下，区脱纵横。看名王宵猎，骑火一川明，笳鼓悲鸣，遣人惊。

念腰间箭，匣中剑，空埃蠹，竟何成！时易失，心徒壮，岁将零。渺神京。干羽方怀远，静烽燧，且休兵。冠盖使，纷驰骛，若为情。闻道中原遗老，常南望、翠葆霓旌。使行人到此，忠愤气填膺，有泪如倾。

——《六州歌头·长淮望断》

当时，主战派张浚听罢这首词，感慨良多，起身离座而去。可见词中愤慨之情感染了多少与张孝祥同样心情的人。

词的上阕主要写宋金对峙的局面，下阕诉说自己的壮志难酬。“长淮望断”交代了历史的变迁。昔年淮水本是大宋土地中的一条河流，而今却成了国境线，让人唏嘘。后来诗人杨万里来到淮河边，写下了《初入淮河》的诗句：“船离洪泽岸头沙，人到淮河意不佳。何必桑乾方是远，中流以北即天涯。”极目千里淮河，南岸一线的防御无屏障可守，唯余莽莽平野，霜风凄紧，秋色黯然。

这种情况下，张孝祥追忆当年江山被夺的情景，更加唾弃当今朝廷的安于现状。想到中原百姓空盼复兴，而泱泱宋朝却不知反省，他忍不住生出时不我待的感伤，令人读罢悲壮难平。尤其是最后一句“忠愤气填膺，有泪如倾”更加重了“山河破碎风飘絮，身世浮沉雨打萍”的凄凉。

这首词之所以著称于世，在于词人“扫开河洛之氛祲，荡洙泗之膻腥者，未尝一日而忘胸中”的爱国精神。慷慨激昂，不过如此了。正如杜甫的诗历来被尊为

“诗史”一样，这首《六州歌头》也被很多名家称为“词史”。而在宋代的词史上，张孝祥也的确是承前启后的一位，是由苏轼时代过渡到辛弃疾时代的重要词人。

张孝祥填词，一方面有苏轼的“疏豪”，另一方面也得苏轼“狂放”的长处，兼容浪漫主义情怀，运笔自如，如法天成。

洞庭青草，近中秋、更无一点风色。玉鉴琼田三万顷，着我扁舟一叶。素月分辉，明河共影，表里俱澄澈。悠然心会，妙处难与君说。

应念岭表经年，孤光自照，肝胆皆冰雪。短发萧疏襟袖冷，稳泛沧溟空阔。尽吸西江，细斟北斗，万象为宾客。扣舷独啸，不知今夕何夕。

——《念奴娇·过洞庭》

古人写作诗词，名为风景而实为情怀。面对水光山色，人们常常会感觉到自身的渺小与人世的无常。有留恋，有憧憬，有怅惘，也有叹息，有青春的痴情也有家国的忧患，种种复杂的深情交织在一起，便让敏感的诗人们觉出人生苦短、壮志难酬的悲壮。陈子昂感伤“念天地之悠悠，独怆然而涕下”；张若虚感慨“今人不见古时月，今月曾经照古人”。当张孝祥的偶像苏轼乘一叶小舟经过赤壁时，也禁不住说道：“天地曾不能以一瞬，物与我皆无尽也。”

中国古典文学中，很少有单纯描绘景色的诗词，“诗中有画，画中有诗”，才是中国审美里最为上乘的艺术境界。山川之峭拔，湖水之明净，都可以体现出内心的嶙峋、壮美和宁静。而“孤光

自照，肝胆皆冰雪”更是对自己情感、人格的一种提升与净化。西江北斗，万象尽为宾客，作者在反客为主的时候，情动于衷不能自已，禁不住扣舷而歌，“不知今夕何夕”。从忘情于自然美景，到忘怀得失，最后登上了忘我的高峰，安静恬淡“无一点风色”的洞庭湖，居然也雷霆万钧，壮志凌云起来。

回头去看历史上的张孝祥，他有胸襟、有胆略、有气魄，才华、词风和人品都直逼苏轼。也因其优秀而常常希望能够独辟蹊径，开创属于自己的风格。水天之间的张孝祥寄托了自己的梦幻与理想，也将内心的壮怀激烈与孤傲高洁巧妙地融合在了一起，不但秉承了苏轼的豪放，也开创了后世辛派词人的沉郁和悲凉。如果没有张孝祥，苏辛二人很难在历史的长空与文学的索道上完成优美的对接。当然，一切的美誉都是张孝祥所无法得知的。那时的他因屡屡支持北伐，而受到主和派的排斥，这首词正是1165 年被贬职北归，途经洞庭湖所作。

青冥浩荡，有关张孝祥的故事已被历史风干，但他陡峭的心路、超拔的志向、爱国的情怀丹心可鉴，依然随着他的词曲历久弥新。

辛弃疾：任我白发苍苍

我来吊古，上危楼，赢得闲愁千斛。虎踞龙蟠何处是？只有兴亡满目。柳外斜阳，水边归鸟，陇上吹乔木。片帆西去，一声谁喷霜竹？

却忆安石风流，东山岁晚，泪落哀筝曲。儿辈功名都付与，长日惟消棋局。宝镜难寻，碧云将暮，谁劝杯中绿？江头风怒，朝来波浪翻屋。

——《念奴娇》

古人凭吊古迹时，往往登高望远，虽一再说着休去倚危栏，登高的脚步却未曾停止。每每站至最高处，举目眺望，满目的风光却笼罩着浓浓的哀愁。在爱情中，相思是会呼吸的痛，而在悼古时，登高则是戒不掉的愁。所谓“危楼”，并非赏心亭之危，实则是大好河山之危。这“闲愁”也并不是一丁半点，而是“千斛”。双溪蚱蜢舟未能载起李清照女儿家的相思愁，辛弃疾这带着生命不可承受之重的千斛愁绪，便更无从说起。

千年风吹雨打，“钟山龙蟠，石城虎踞，真帝王之都”的建康，风光已是一抔黄土，只剩满目的零落与衰败。夕阳的余晖穿过氤氲的暮霭，洒在迷茫的柳枝上；水边觅食的鸟儿，匆匆地飞回窝巢；陇上的乔木，在风的吹打中，落叶满地。秦淮河畔，漂泊着一只孤零零的小船，恰此时，不知谁人吹起了凄怆的笛曲。岁月如歌，伤感是岸，兴亡已随秦淮河而去，把故事和历史都抛诸脑

后，独留词人摇曳在荒凉过往的中央，怅惘徘徊。

词中固然无凝重之字，可实际上凝重之情如积潮，喷薄而出。

古人云：“人生有四大喜事，久旱逢甘露，他乡遇故知，洞房花烛夜，金榜题名时。”这四大喜事确实可以让人一生无憾。可惜，人有旦夕祸福，月有阴晴圆缺，此事从古至今都是难以随心所欲的。在南宋这个积贫积弱、江山不稳的时代，许多仁人志士即便心有宏图，也无机会施展，只能眼睁睁望着这个国家，像古罗马帝国一样在刀光剑影中失去自我。

如果是枭雄生在这样的时代，或许可以逐鹿中原，一统江山；如果是胸怀家国的英雄生在这个时代，注定要变得不幸。辛弃疾恰恰生不逢时，因为所生的时代刚好是南宋“夜半狂歌悲风起，听铮铮，阵马檐间铁”“南共北，正分裂”，他虽然以复国大业为己任，毅然投身抗金起义的队伍之中，然则天公不作美，在他入仕途二十余年的时间

里，不但夙愿难了，还不断尝到被打击与陷害的痛楚。每每思及此，悲恸就涌上心怀。

作为一位爱国词人，辛弃疾有着许多爱国诗词，每一首词都有着铁骨铮铮的刚硬情怀，充满了愤慨难抑的情感。也正是因这样的情感，令他成为一个悲剧性的英雄人物。在投降派的排挤中，被罢官卸职的辛弃疾万般无奈之下回到江西上饶，隐居于田园之中。

明月别枝惊鹊，清风半夜鸣蝉。稻花香里说丰年，听取蛙声一片。

七八个星天外，两三点雨山前。旧时茅店社林边，路转溪头忽现。

——《西江月》

这是辛弃疾中年时期经过黄沙领道时所写的一首田园词，这首词以婉约清新的风格表现出了与辛弃疾以往慷慨激昂情绪不同的一面，那时的他淡泊潇洒，可见世事如同一个大染缸，在其中浸泡愈久，人生所感悟之酸甜苦辣便愈加精彩纷呈。在早年的壮志难酬之后，逐渐觉出人生命运多舛的辛弃疾领悟到人世间的另一番滋味。通过夜行的具体感受，将农村的幽美夏夜景色生动描绘出来，笔触活泼，令人读后有身临其境的幸福之感。

这首词的前半部分读后会让人从寂静中体会出别样的热闹，可见词人用心良苦，将农田间的入耳声皆记录词中，虽然用的都是惯用之词，但相互结合之后，便有了动静结合的妙用；后半部分笔锋突转，开始写雨，气氛与情愫都和前半部分有极大的反差，也可以看出辛弃疾的心情转变由此开始，从平静到跌宕，再从起

伏到淡定，这首词将辛弃疾的心路历程一览无余地呈现了出来。

词人之不幸，在于报国无门；词人之大不幸，在于有冤难诉。辛弃疾虽然退隐于田园之间，远离了官场是非之地的喧扰，但他一刻也没有忘记自己的国家正惨遭沦陷。在那片清新淳朴的田园风光中，有感于报国之志不能实现的辛弃疾虽然创作了大量以农村生活为题材的作品，但从他所作的田园诗词中可以看出，他表面是在写田园风光，实际上是在抒发情怀。

就像这首词一样，虽然辛弃疾在欣赏田园景色时怡然自得，但他也在景色的变幻中联想到了人生的无常。他投身军旅之后，在很长一段时间里都没有明白梦想与现实之间究竟有多远，直到一天，他突然顿悟，原来梦境和现实早就融于他的心间。

如果说辛弃疾一生都致力于报国，那么他终其一生可能都会

很痛苦，索性后来他远离尘嚣，步入世外桃源，在与世无争的田园中看着溪上青青草，尝试着将自己融入农家乐趣里，将所能见到的一切美好景象都写进词中。

松冈避暑，茅檐避雨，闲去闲来几度？醉扶怪石看飞泉，又却是前回醒处。

东家娶妇，西家归女，灯火门前笑语。酿成千顷稻花香，夜夜费一天风露。

——《鹊桥仙》

词中辛弃疾将自己的生活状态一五一十地呈现出来："松冈避暑，茅檐避雨，闲去闲来几度？"词以此开篇，重点在一个"闲"字上。醉看飞泉，笑语门前，一闲一醉，正是辛弃疾避乱世外的生活重点。闲情逸致，可见辛弃疾对于眼下的生活也是颇为满意的，毕竟奋斗半生，能有今日的平静生活，也是得来不易的。由于得不到朝廷的认可和重用，他始终在体制外成为一个孤独的个体，对于一个心比天高的人来说，自然风光无疑是最好的疗伤之药，在他貌似闲话家常的田园诗词背后，所藏匿的正是他真正想要追寻的生活踪迹。

陌上柔桑破嫩芽，东邻蚕种已生些。平岗细草鸣黄犊，斜日寒林点暮鸦。

山远近，路横斜，青旗沽酒有人家。城中桃李愁风雨，春在溪头荠菜花。

——《鹧鸪天》

这首词所有的字迹中，都蕴含着满满的幸福。此刻的辛弃疾远离了忧愁，远离了战争，只有一派难得的祥和宁静。或许，这正是他的田园词难能可贵之处。宋人范开在《稼轩词序》说："公一世之豪，以气节自负，以功业自许。"所有的气节与功业都在归田园居的那一刻放下了，唯独平生诗意千寻瀑，留在了最后的人间四月天里。

老之将至，记忆有的消退，有的铭刻在辛弃疾的内心深处，试想人生快事，不过就是最后的这段田园时光，在山水间任时间流淌，任春来秋去，任白发苍苍。

蒋捷：没有脚的鸟，何处可停留

“流光容易把人抛，红了樱桃，绿了芭蕉。”乘船漂泊在旅途中的倦游归思，在这词中显露无遗。透过书卷可以想象，千年前，在江中的一叶扁舟上，男子神色萧索，独坐船舱之中，看着江面江水流动，宛如时光一般。他刚想伸手去抓住，却随着小舟的前行，手中只有倏忽留下几颗水滴，让人惘然若失。

男子名叫蒋捷，号竹山，先世为宜兴巨族，也算当地大户望族，咸淳十年（1274 年）中了进士，未等入朝为官，摇摇欲坠的南宋便灭亡了。或许是对世间的遭际太绝望，抑或是因为早料到会有此结局，蒋捷也就顺着自己的心意，隐居进了太湖竹山，不再出仕，徜徉山水，抱节以终。至此，人们送了雅号给他——“竹山先生”“樱桃进士”。

漫漫人生，很多事情总是身不由己，世事无常且无情，还需且行且珍重。蒋捷注定了是要一生孤独漂泊的，就像一只没有脚的飞鸟，不知疲倦地盘旋在天地之间，或许只有死的刹那才能停下来。不管如何，身后千山万水的长路，他是要一人独行的，因为心中有亡国之痛，这痛难以消除，只有靠自己来痊愈。

白鸥问我泊孤舟，是身留，是心留？心若留时，何事锁眉头？风拍小帘灯晕舞，对闲影，冷清清，忆旧游。

旧游旧游今在否？花外楼，柳下舟。梦也梦也，梦不到，

寒水空流。漠漠黄云，湿透木棉裘。都道无人愁似我，今夜雪，有梅花，似我愁。

——《梅花引》

这首词是南宋灭亡，蒋捷归隐之后所作。当时恰值寒冬，他正乘船在外，忽逢大雪，蒋捷只得将小舟停于荒野之上，等待风雪稍小后再起程上路。然而旅程漫漫，实在是寂寞难耐，枯坐在船舱中的蒋捷放眼望去，四周一片白茫境地，怀旧之情油然顿生，便作了这首《梅花引》，倒是有几分柳宗元“孤舟蓑笠翁，独钓寒江雪”的意境了。

此时虽然正逢风雪当头，但他开篇并不写风雪，而是以虚写实，用白鸥发问引出了当时自己去留不得的尴尬心情。“是身留，是心留？”词人嘴角挂着自嘲的笑容，其实身留又如何，心留又如何？在风雪阻断的激流之中，看着天空一片白茫茫，那时才感觉这个天地是真的干净了些。

整首词看起来似乎在为去留而烦恼，其实是围绕着“心若留时，何事锁眉头”这句而展开。蒋捷作词实在是用心良苦。

词的上阕在疑惑是去还是留的问题，而下阕便转到了愁绪之上，也可以说，两阕都在言愁。蒋捷并不是在这片江水之上难以决定自己的去留，而是在整个当时所处的时代洪流之中，难以找寻依归的地方。

若是经历了人生最绝望的一刻，回去哪里，不禁茫然。

蒋捷独坐在风雪交加的湖面上，与他相伴的只有一叶扁舟而已，“梦不到，寒水空流”，那过去的一切就像身下悠悠而尽的江水，是他拼尽全力也无法抓住的往事。这是蒋捷心中所悲苦的

事情，从他早年考取功名的举动可以看出，他的内心是希望进入仕途的，只是命运弄人，因为爱国的气节，他选择了隐于太湖。

在词末，他提到了“今夜雪，有梅花，似我愁”。蒋捷爱梅是世人皆知的，因为梅花高洁，开于冰寒的冬季，在大风大雪中傲然独立，这正是蒋捷的自比。然而，梅花不畏惧风雪，他却是在寂寞的生活中品出了深深的愁苦。

从这首《梅花引》看来，蒋捷确实是道出了梅花的清妍之美，同时也诉说出了自己的心境，婉转曲折，此时说什么在劫难逃、宿命所归都是无用的，只消在这安静的雪天里聆听寂寞的声音，就足够了。

梅花开过千年，花开花落，繁华了多少，又凋零了多少，似水的流年，如梦的年华，金榜题名似乎还在昨日，今朝却已物是人非。虽然外表看起来旷达、玩世不恭，然而谁又能了解到自己内心的隐痛和消沉呢？

枫林红透晚烟青，客思满鸥汀。二十年来，无家种竹，犹借竹为名。

春风未了秋风到，老去万缘轻。只把平生，闲吟闲咏，谱作棹歌声。

——《少年游》

一首《少年游》以写景起调，叶红烟青，虽然极尽绚烂，但是细品之下又可觉出凄凉。枫叶再红也是深秋时分即将要凋零落地的，烟雾虽美，但上升之中也总是会缥缈散去，这人世间的事物总是美到极致便会悄然凋零，就如同自己一样。蒋捷感怀身世，

在秋风之中将平生看透。

虽然现在“闲吟闲咏”，但也只是故作洒脱，王朝兴替本是无可奈何的循环，但生于斯，又岂是一句天理循环就能将心结打开的？时光兜兜转转，转到最后，原先的情感依然没被释放，还是积压在心底，无处安葬。

所以，晚年的蒋捷才会心情复杂地写下了一首听雨词。他不是在听雨，而是在追思他这一生颠沛流离的生活；他也不是在写雨，而是诉说他这凄风苦雨、动荡不安的一辈子，他要让萦绕在自己心头多年的愁绪一并从笔尖喷薄而出。

少年听雨歌楼上，红烛昏罗帐。壮年听雨客舟中，江阔云低，断雁叫西风。

而今听雨僧庐下，鬓已星星也。悲欢离合总无情，一任阶前点滴到天明。

——《虞美人》

词从听雨入手，将蒋捷一生的境况一一表现出来，通过时空的跳跃，把他这一辈子的戏融汇其中。抚今思昔，百感交集，蒋捷在太湖小舟上看着湖面上落下的纤纤雨丝时，他是否还会记起曾经在谈笑之间便夺得魁首，又是否能料到来日他双鬓斑白之时，依然躲在这船舱之内，看雨听风，人生在历经离乱之后就此逐渐憔悴下去。

“一任阶前点滴到天明”，从旧时的自己到而今的自己，在尝遍了悲欢离合之后，对待世事的态度已是心如止水、波澜不惊了。从词中能看到的不仅是蒋捷个人从风光到衰老的历程，同样也可以透见南宋这个朝代从兴盛到衰亡的嬗变轨迹。蒋捷似在说自己，又像在谈时代，欲说还休地对词把控着，将读者带入他独有的情感世界中。

只能说，人生是一本太过仓促的书，恍惚间还没来得及细细阅读，一切早已雨打风吹去。词人在苍茫大地上踽踽独行，在他想要回首再望一眼早已过去的南宋王朝的萧瑟身影时，才突然发现那一切早已遥不可及，难以寻觅了。

文天祥：铁血丹心照日月

文天祥一生以忠义自居，不为富贵贫贱所移。被元人俘虏后誓死不屈，后在元大都监狱中度过了三年。“时穷节乃见，一一垂丹青。”这是他在狱中写的《正气歌》中的两句。在狱中，他曾收到女儿柳娘的来信，得知妻子和两个女儿都在宫中为奴。文天祥深知女儿的来信是元廷的暗示：只要投降，家人即可团聚。

见此信笺，文天祥尽管心如刀割，却不愿因妻子和女儿而丧失气节。他在写给自己妹妹的信中说：“收柳女信，痛割肠胃。人谁无妻儿骨肉之情？但今日事到这里，于义当死，乃是命也。奈何？奈何！……可令柳女、环女做好人，爹爹管不得。泪下哽咽哽咽。”

元世祖至元十九年（1282年）八月，元世祖问议事大臣："南方、北方宰相，谁是贤能？"群臣回答："北人无如耶律楚材，南人无如文天祥。"于是，元世祖下了一道命令，打算授予文天祥高官显位。文天祥回答："我是大宋的宰相。国家灭亡了，我只求速死。不当久生。"元世祖又问："那你愿意怎么样？"文天祥回答："但愿一死足矣！"元世祖十分气恼，于是下令立即处死文天祥。

"臣心一片磁针石，不指南方不肯休。"次日，文天祥被押解到柴市刑场。他问监斩官："哪边是南方？"有人给他指了方向，文天祥向南方跪拜，说："我的事情完结了，心中无愧了！"于是引颈就刑，从容就义。死后在他的衣带中发现一首诗："孔曰成仁，孟曰取义，唯其义尽，所以仁至。读圣贤书，所学何事？而今而后，庶几无愧。"

三十二个字极尽人生之悲苦，苍凉悲壮，大义凛然，古今之

人，恐都应对他献以一拜。人之将死，其言也善，人已逝去，言辞凿凿，文天祥的气节只怕无人能及。

这样的男子应当是铁骨铮铮的，世间万物，他都已看破，清高出世，还有什么是他所畏惧的？但有一名女子，才情不在他之下，骨气也不亚于他，出身于官宦之家，后被选入后宫成为皇帝妃子，被皇帝封为昭仪，又称王夫人。本就是柔若无骨的人，汴京驿站的墙壁上一首《满江红》的题词更是令他恻隐之心大动。

太液芙蓉，浑不似、旧时颜色。曾只得、春风雨露，玉楼金阙。名播兰馨妃后里，晕潮莲脸君王侧。忽一声、鼙鼓揭天来，繁华歇。

龙虎散，风云灭。千古恨，凭谁说？对山河百二，泪盈襟血。客馆夜惊尘土梦，宫车晓辗关山月。问姮娥，于我肯从容，同圆缺。

读到这首词时，文天祥正被元军关押在金陵，朝不保夕，而题词的王夫人也因为南宋被外族侵占，追随被俘虏的宋帝一同北上。在皇朝坍塌的那一刻，他们的人生从不同走向了相似，一样遭遇了变故，一样沦为囚徒。“问姮娥，于我肯从容，同圆缺。”人生改变了轨迹，在那个时候，他们都不再属于那个繁花似锦的宋王朝了。文天祥读完此词，有心和之，便亲自提笔写就一首《满江红》：

试问琵琶，胡沙外、怎生风色。最苦是、姚黄一朵，移根仙阙。王母欢阑琼宴罢，仙人泪满金盘侧。听行宫、半夜

雨淋铃，声声歇。

彩云散，香尘灭。铜驼恨，那堪说。想男儿慷慨，嚼穿龈血。回首昭阳离落日，伤心铜雀迎秋风。算妾身、不愿似天家，金瓯缺。

词如其人，读罢这首《满江红》，便可窥知文天祥的孤独与清高，“想男儿慷慨，嚼穿龈血”，文天祥所要的只是一场可以让他挥洒热血的战役，为了复兴河山，即便战死沙场，也不愿苟且偷安。作为宋人，他只想为国尽力，一个女人尚且“对山河百二，泪盈襟血”，何况他一个堂堂七尺男儿呢？羞愤之余，文天祥还不知道，王夫人已然跳出俗尘，出家为道，从此世间再无王昭仪。

“彩云散，香尘灭。铜驼恨，那堪说”，就连他这样一个男子都不堪回首，何况一名女子呢？宋朝的诞生本就像是一个错误，于腥风血雨中成长起来的赵宋王朝一直血气不足，积弱多病，尤其是南渡之后，南宋更是风雨飘摇，山河日下。生活于此情此景下的文人大多颓唐敏感，不问世事。唯独文天祥，力图以一己之力来挽救岌岌可危的江山。

然而，悲剧的发生并不是一朝一夕就可形成的，作为南宋的臣子，是文天祥之不幸，任他功德盖世又能如何，当文天祥在元军的会馆中见到前来说服他投降的宋恭帝赵显时，他就应当明白一切都快结束了。然而，文天祥只是涕泗横流泪沾前襟地恳请赵显：“圣驾请回。”

哪里还来的圣驾，他面前的九五之尊早就成为元朝的降臣，赵显尴尬地离开，只怕他这个皇帝也清楚文天祥这一声，喊出了

多少心酸哀怨。宋朝虽在，却已是空壳一具了，就好像被白蚁蛀蚀的房子，摇摇欲坠。

文天祥应该是明白的，自己的国家，自己当然是了解的。只是他不愿意接受山河即将破碎的现实。多年前，当他站在圣殿之上，对满朝文武提出改革方案，表述政治抱负时，他内心充溢的满是少年想要飞驰的情感。殿试之后，宋理宗钦点他为第一名，文天祥成为当权宰相贾似道的门生，那时他年仅二十岁，正是繁花开似锦、翩翩红尘梦的年纪。那时正风光无限的他岂会料到今日的身陷囹圄？

世事无常。

无法料到。

现在，他清冷嶙峋的身骨除了能附和一首词，还能做什么？已然无事能做，后世有人评说文天祥的这首《满江红》和得极为

经典，笔笔精锐，情景交融，以情喻景，以景衬情，抒情之中蕴含着娴雅和刚健之美，叙述之中又饱含着抽象与具象之美，真是美不胜收。

其评甚为公允，然而夜凉如水，人虽依旧，事已不堪，战火将他曾经所仰赖的那个王朝烧得行同枯槁，王昭仪题词一首后便飘然仙游，在另一处找到了自己生命的归宿，当真如此也算好事一桩，总强过他生不如死，却偏偏还要强撑着将自己的老迈之躯苦留于世上，只为了证明他所热爱的大宋江山并未易主。

孔子说："求仁而得仁。"意思是坚守不移，至死无悔的气度和胸襟令这个人能达到仁之大义，文天祥恐怕从未想过得仁，他当初考取功名只是为了报效国家，而今功成名就后身陷囹圄却百折不挠，他依然只是为了报效国家，这是信念，无关儒家任何圣贤之理。

坚强的外表下有着同样坚强的心，文天祥在等待，他还在期望中盼着希望，可是，瘦弱不堪的身躯怎能经得住这世事变化呢？是词，是诗，是他在余烬中依然炙热的理想支撑着他寂寥地度过余生。

辛苦遭逢起一经，干戈寥落四周星。
山河破碎风飘絮，身世浮沉雨打萍。
惶恐滩头说惶恐，零丁洋里叹零丁。
人生自古谁无死？留取丹心照汗青。

——《过零丁洋》

“惶恐滩头说惶恐”，对于死亡，文天祥想来也不是全然不怕，但是拖着这恼人的身骨，反倒不如一抔黄土掩埋来得痛快。

就像是生错了年代似的，蒙古大汗爱惜天下英雄，南宋却只愿躲在江南烟雨中逍遥度日。文天祥是英雄，英雄从来无法忍受苟安和依附，“酹酒天山，今方许、征鞍少歇。凭铁、千磨百炼，丈夫功烈”。

文天祥的执着可以令人想到女子的爱情，世间千百年，有多少坚贞女子为了爱一个男子也曾许下了这般至死不渝的宏伟誓言。南宋在文天祥眼里可算得上是他的爱情。在失去之后，他决然地将这份爱延续到骨子里，一直到死，都没有忘记当初的誓言。二十岁的那天，他站在和风细雨的南宋大殿上，曾经和这个朝代亲密无间，而今，依然誓死不改。

世事大多残酷，回望前尘旧事，似乎遥不可及。如果誓言可以美丽经年，暗香如故，那么几经翻看之后，是否也能从中寻觅到曾经那些鲜活的人、那些流淌的事，看看他们是变成了神话，还是流向了历史深处。

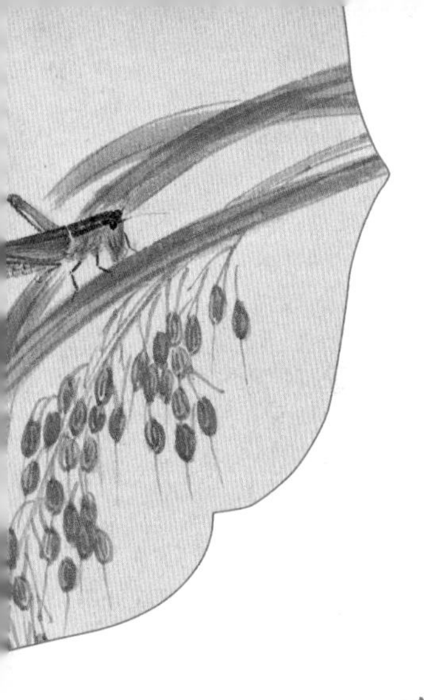

序

一斤唐诗，九两情思

唐代诗人杜甫的一首《忆昔》，以诗歌的形式再现了唐朝从开元盛世到安史之乱由盛转衰的历史过程，让我们既看到了大唐盛世的繁茂和昌盛，也看到了大唐的衰落，让人生出一种繁华不再的凄凉和无奈。

唐朝，这个中国历史上最强盛的朝代之一，繁荣发达，富有创新，用它旖旎的情思、包容的胸怀，孕育了丰满多情的文化载体——唐诗。

王国维在《宋元戏曲考》中说："凡一代有一代之文学，楚之骚，汉之赋，六代之骈语，唐之诗，宋之词，元之曲，皆所谓一代之文学，而后世莫能继焉者也。"

唐诗，作为我国最珍贵的文化遗产之一，犹如一颗明珠，在代代传承中熠熠生辉。

按照时间来说，唐诗可分为初唐、盛唐、中唐、晚唐几个阶段。无数诗人用他们的才情、悲悯和智慧谱写了一首又一首

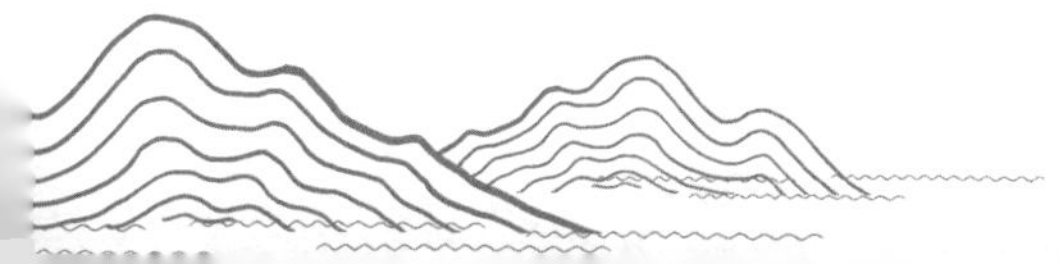

佳作。这些作品带着特有的时代烙印：初唐的清幽奋起，盛唐的纵横驰骋，中唐的深思婉转，晚唐的怀念叹息。这些诗人，随着时代的洪流消逝在远方，他们的创作中带着岁月的味道，带着诗人的性情和情怀，带着历史的风尘。

他们写诗，他们读诗，于是，诗中便有了故事，故事里便有了诗。

诗人燃烧所有的感情和自我，将自己的人生和理想写入了诗中。这如同电影《死亡诗社》里面的一段话："我们读诗写诗，并不是因为它好玩，我们读诗写诗是因为我们是人类的一分子，而人类是充满激情的。没错，医学、法律、商业、工程，这些都是崇高的追求，足以支撑人的一生。但诗歌、美丽、浪漫、爱情……这些才是我们生活的意义。"

于是，唐诗里藏着若干的情，是男女相思之情，是亲朋好友相惜之情，是感慨时光流逝之情，是参悟生死之情，是山水田园喜乐之情，是伤春悲秋之情，是花好月圆之情，是悲欢离合之情，是文人风骨之情，是历史悠悠之情，是家国天下之情……

一斤唐诗，便榨出九两情思。

仿若《蒋勋说唐诗》里所言：

在这个世界上，当你对许多事物怀抱着很大的深情，一切看起来无情的东西，都会变得有情。在自然当中，一切事物都是无情的状态，人的生死，或者花的开放，都是无情的。可是就情感部分而言，人们会觉得，一朵花落了，虽然是一种凋零，可“落红不是无情物，化作春泥更护花”，又变成对无情事物的有情解释。

这本书便阐述了这份情。它说的是唐诗，说的是诗人，说的也是相思，也是深情，也是时光，也是山水，也是风骨，也是人生，也是离别，也是天下。

最后，借用王小波一句话：一个人只拥有此生此世是不够的，他还应该拥有诗意的世界。

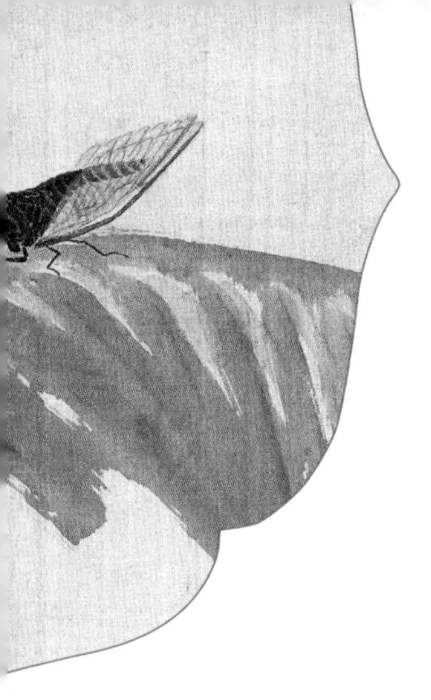

目录

卷一　情深，万象深

卷二　一寸相思一寸灰

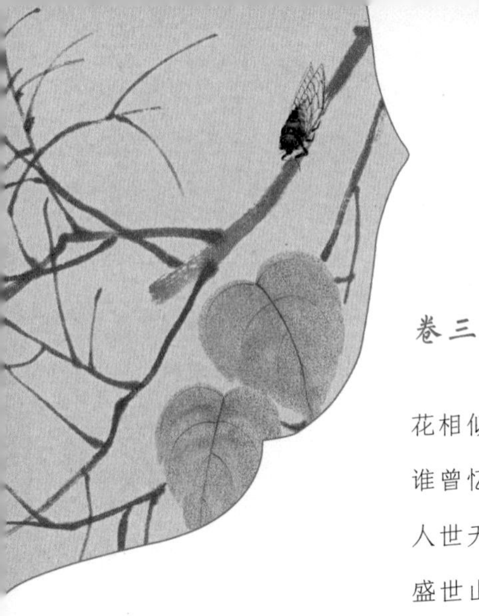

卷三　时光：一指流沙

卷四　寻梦云水间

卷五　文人的风骨和菩提

卷六　人生有味是清欢

卷七　不惧离别，不言沧桑

卷八　一介书生家国梦

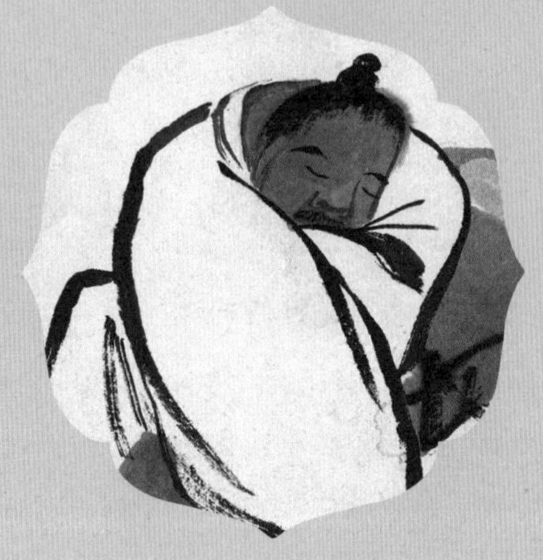

卷一　情深，万象深

人有情，就有了世间的红尘，有了牵挂，有了执念。于是，便有了亲人，有了爱人，有了朋友，有了天地万物在心中的生生不息。

故乡的原风景

寒山吹笛唤春归，迁客相看泪满衣。

洞庭一夜无穷雁，不待天明尽北飞。

李益《春夜闻笛》

这首《春夜闻笛》是诗人李益著名的思归之作。诗的大意是：寒山、远笛，触动了士卒的乡愁，而“迁客”也由此引发了归乡的渴望。等待北飞的大雁，似乎被笛声唤醒，纷纷自由地北归，连天明都等不及，一夜之间，也就都飞尽了。

此时的李益，是谪迁之人，没有朝廷的恩赦，始终不能北归。望着远去的雁群，听着悠远的笛声，思乡之情盈满于胸，只能空怅惘，泪满衣衫。春回大地，万物复苏，却很难温暖人心，一切全因对归家的渴望没有得到满足。而笛声也恰似一种贴心的温柔，丝丝缕缕，直达心底。

正如宋之问的那首《渡汉江》："岭外音书断，经冬复历春。近乡情更怯，不敢问来人。"和家里断绝音讯已经很久了，从冬天到春天就一直没有消息。等到离家乡近了，心理上反而有了疏离与惊恐，因为不知道家里的情况会怎样，更不敢问家里的情况。在这看似矛盾的心理背后，掩藏着诗人的焦灼与渴望。杜甫说："烽火连三月，家书抵万金。"当战乱的马蹄踏碎了家园，分别日久，不知道家中是否已经横生变故。对亲人的关切，对家园的担忧，恰恰让人不敢轻易触碰。几番梦回故里，笑着睡去；如今荣归故里，反倒不知该如何自处。

家中的一切是否如昔？老屋外的草地，草地边的小溪，小溪畔的垂柳，垂柳下的旧居，一切都在岁月的流逝中静静地数着年轮。而那长长久久的乡愁，盘旋在心头的熟悉，就这样在欢天喜地中渐渐扬起……

少小离家老大回，乡音无改鬓毛衰。

儿童相见不相识，笑问客从何处来。

离别家乡岁月多，近来人事半消磨。

唯有门前镜湖水，春风不改旧时波。

贺知章《回乡偶书二首》

贺知章三十六岁考中进士后便离开了家乡，所以自称少小离家。在外奔波了将近半个世纪，等到八十六岁的时候，终于回到了家乡。

多少年过去了，他已然白发苍苍，可骨子里那份对故乡的依恋和执着，却从未有任何变化。但年轻的孩子们并不认识他，还笑着问他是从哪里来的。本来是故乡的人，却被误以为“客”，世事苍茫，人生短暂，心头不免涌起无数感慨。于是，在《回乡偶书》的第二首诗中，他将这份归乡之情描绘得更加直白。他说：离开家乡已经太久了，近来人事沧桑，所以返回家乡。

实际上，贺知章一生仕途都较为平顺，甚至可以说是官运亨通。八十几岁告老还乡，得到唐玄宗赏赐的土地，而且有许多朝中大臣来唱和送行，也算衣锦还乡。但一切荣耀都抵不上对返乡的渴望。沧海变幻，物是人非，少年已然不认识现在的老者，而老者当年又何尝不是少年。故乡，只有门前的镜湖之水，在春天的微风中荡漾着细碎的柔波。物是人非的感慨就这样在诗人的眉底、心间轻轻地震动。

陆游说：“文章本天成，妙手偶得之。”当半个世纪的光阴和故事，就这样恍如隔世般在贺知章的眼前展开，回乡的“偶书”也便写出了人们的共识。

故乡，在人们的心底就像一棵老树。年轻时的人们渴望从老树上飞出去，探求辽远的天空、新鲜的空气、斑斓的世界。可是，及至老年，才知道对故乡的眷恋是每个人都逃脱不了的命运，就像叶子对根的情意。

贺知章漂泊半生，返乡不久后便过世了。这不禁令人想起韦庄的那句“未老莫还乡，还乡须断肠”。但是，在故乡熟悉的山水中柔肠寸断，总比流浪天涯肝肠寸断要幸福得多。就像落叶静静地掉下来，落在树根旁，与随风飘逝不知去往何方相比，始终是最为安详的一种结局。

知己，知己，后会有期

古代的生活不像现代这样便捷，迢迢千里，即便有相聚的意愿，没有三五个月恐怕也很难相见。所以，每一次的相聚，大家都非常珍惜。按理说，这样伤感的事情，放在现在，肯定会感动得人们“泣涕零如雨”，但放在唐代，虽然伤感，大家仍然谈笑风生，而且还互相鼓励：山高路远，却也来日方长！

千里黄云白日曛，北风吹雁雪纷纷。
莫愁前路无知己，天下谁人不识君？

高适《别董大》其一

很多人并不知道董大是谁，以为他不过是高适一个姓董的朋友，其实不然。有传闻说这个董大在盛唐时期是一个著名的琴师，声誉很高；也有传闻说他是著名的隐士，居住在山野林间，清心寡欲，如道如仙。不管哪种说法，可以确定的是：董大是唐代的名人。

黄沙漫天，把白云也几乎染成了黄色。北风呼啸，群雁在大雪纷纷中向南而飞。在如此忧郁的天气里，高适即将告别这位著名的琴师。高适鼓励董大不要担心前路茫茫没有知己，以董大的才华和名气，天下哪有不认识他的人呢！言外之意，像他这样优秀的人，到哪儿都会受到人们的喜欢。如此宽慰朋友，朋友满载着祝福上路，这样的离别便冲淡了愁绪。

“与君离别意，同是宦游人。海内存知己，天涯若比邻。”这样的洒脱似乎只有唐代才有。到了宋代，柳永和青楼女子作别时，“执手相看泪眼，竟无语凝噎”，拉着她们的手，竟然哽咽无声，不知道说什么才好。其实，唐代人并不是不懂离别的含义，“后会有期”不过是互相宽慰的话。从此山高路远，道阻且长，何年何月才能重逢，只能是彼此心中的一个“问号”，但他们似乎不愿意将这样的惆怅带给朋友，所以每一次送别时，他们除了互道“珍重”，还要喝酒、赋诗，将这曲离歌唱得更有情调。

风吹柳花满店香，吴姬压酒劝客尝。
金陵子弟来相送，欲行不行各尽觞。
请君试问东流水，别意与之谁短长？

李白《金陵酒肆留别》

风吹着柳絮，酒楼里飘满了清香。酒家侍女取了美酒，请各位品尝。金陵中很多朋友都来为我送行，我们频频举杯喝尽美酒。请你们问问这东流之水，和我们绵绵的别情相比，哪一个更长？人们都知道李白是酒神，不管是愁是喜，都用喝酒来表达自己的感情。清酒、烈酒、浊酒、得意或失意的酒，在李白那里都能喝出别一番滋味。

离别本来是一件令人伤感的事，但酒入愁肠，也便化成了绵绵的情意，忧而不痛，哀而不伤。王维的《送元二使安西》也是这类的典范："渭城朝雨浥轻尘，客舍青青柳色新。劝君更尽一杯酒，西出阳关无故人。"轻柔的雨丝，青青的柳条，在这样的美景下，请你再饮一杯酒吧，恐怕从今一别，就再也见不到老朋友了。如此的深情，配上细雨后清新的空气，伤感中带着些温暖的震荡，从容而悠扬地流淌在彼此的心中。

最有意思的是，有的诗人，喝酒喝得太多，结果喝醉后酣然入睡，等到醒来，才发现朋友已经走远，满目山河，尽是惆怅。

劳歌一曲解行舟，红叶青山水急流。
日暮酒醒人已远，满天风雨下西楼。

许浑《谢亭送别》

许浑说，唱罢送别的歌曲后，你也要解舟远行了，青山、红叶，还有湍急的流水，一波波，激荡起蓬勃的深情。等到酒醒的时候，太阳已经落山，人也已经远去。满天风雨中，只有我独自一人走下西楼！这天光云影，徘徊出一段孤寂与忧伤。所以，其实唐代诗人的送别有时候也充满了惆怅，但这份忧伤并不能抵挡

唐人送别时的浪漫，比如除了喝酒，他们还唱歌。“劳歌一曲解行舟”也是这种习俗的体现。

李白曾写过一首名篇《赠汪伦》：“李白乘舟将欲行，忽闻岸上踏歌声。桃花潭水深千尺，不及汪伦送我情。”李白说，我踏上小船，刚要走的时候，忽然听到岸上传来了歌声。桃花潭的水有千尺之深，但终究及不上汪伦对我的情谊。踏歌，其实是唐代民间流行的一种唱歌的方法，就是边唱歌边用脚踏地，踩出相应的拍子。

李白游览桃花潭期间，经常在汪伦家做客，等到他临走的时候，汪伦带着村民来给他踏歌送行。李白非常感动，所以写此诗赠给汪伦。后来，村民们为了纪念李白，在桃花潭的岸边修建了著名的“踏歌岸阁”，至今，这里仍是旅游胜地，游人如梭。

“天之涯，地之角，知交半零落。人生难得是欢聚，唯有别离多。”古今中外，所有的离别都逃不过“愁绪”二字，这也是李叔同先生这首《送别》能够深入人心的地方。然而，斜阳，芳草，一壶浊酒，一曲离歌，唐代人以自己的情致、风俗，将本应难舍难分、肝肠寸断的场面，演绎得真实而又动人。在分别的刹那，伤感固然是人之常情，但能够控制自己的感情，隐而不发，反以笑脸相送，这哀愁才算真的深婉到了心中！

父母爱，骨肉情

有道是“父爱如山，母爱如水”。水之流奔腾不息，叮咚作响，敲击人们的心田；而山之爱，常常是一种静静的沉默，无声的依托。

> 永日方戚戚，出行复悠悠。女子今有行，大江溯轻舟。
> 尔辈苦无恃，抚念益慈柔。幼为长所育，两别泣不休。
> 对此结中肠，义往难复留。自小阙内训，事姑贻我忧。
> 赖兹托令门，仁恤庶无尤。贫俭诚所尚，资从岂待周。
> 孝恭遵妇道，容止顺其猷。别离在今晨，见尔当何秋。
> 居闲始自遣，临感忽难收。归来视幼女，零泪缘缨流。
>
> 韦应物《送杨氏女》

这是中唐著名诗人韦应物在女儿出嫁之时写给女儿的诗。韦应物说妻子早丧，抚养女儿的时候，对女儿的怜爱更多了几分。因为妻子离世，两个女儿多年来一直相依为命，姐妹情深，此番分别，她们只能流泪互诉衷肠。

谁都知道，“女大当嫁”，所以也没办法把孩子留在身边。但是从小没有受到母亲的调教，诗人又害怕女儿结婚后不会侍奉公婆，遭到别人的批评和责罚。因为这份担忧，他嘱咐女儿说，婆家是大户人家，你嫁过去一定要贤惠，懂得勤俭持家，要敬老爱幼，恪守妇德，一切言谈举止要合情合理。今天，咱们父女就

此分别，不知道何年何月才能再相逢。在这离别的时候，伤感忽至，竟然易放难收。回来看到小女儿还在身边，忽然又止不住流下泪来。

妻子早亡，韦应物身兼“严父慈母”的双重职责，对孩子倍加怜爱。女儿出嫁的时候，父母爱，骨肉情，忽然都在分离的时刻跃然纸上，不禁催人泪下。

有人说，“父爱恩重如山，母爱情深似海”，山与海都源于自然而又归于自然，就像亲情如血，浓于水，而又溶于水。人之亲情，常常润物细无声，无法触摸，却可以感受到它在环绕。尤其是母爱，常常化作一句耳畔回荡的叮嘱，一个深情凝望的眼神，或者只是一双穿旧了的鞋子，一件打着补丁的衣衫。

慈母手中线，游子身上衣。
临行密密缝，意恐迟迟归。
谁言寸草心，报得三春晖。

孟郊《游子吟》

母爱是人类永恒的感情，也是历来文学创作的主题。孟郊准确地抓住了母亲为孩子补衣的细节，交织进游子思乡的感情，将母爱的伟大抒写得非常动人。慈母手中的细线，在游子临行时，密密麻麻地缝进孩子的衣衫，一并系在衣服里的，还有母亲的想念与牵挂，“意恐迟迟归”正是母爱的集中体现。在孟郊看来，作为儿女，心如寸草，无论怎样也报答不了母亲的恩情！所以，孟郊在进士及第后，写了一首著名的登第诗：

昔日龌龊不足夸，今朝放荡思无涯。
春风得意马蹄疾，一日看尽长安花。

孟郊《登科后》

他说，昔日的愁苦、贫困都不值得一提了，今日登科已经一扫往日的愁绪和阴霾。愉快的心情如春风拂面，马蹄急促之下，一天就看遍了长安城烂漫的春花。很多评论说，孟郊四十六岁才中了进士，“一日看尽长安花”实在太过得意忘形，注定没什么大的作为。

可是，假如从孟郊的角度去体会，他从小勤奋苦读，却始终仕途不顺。出身寒门，似乎更知道父母的辛苦，所以，对成功的渴求也就显得非常急迫。当他觉得寸草之心，终于可以微弱地开始报答母亲的恩情，想必也是欣喜若狂的事情吧！

无论是父母对孩子的疼爱，还是子女对长辈的孝心，其实都源于人类最初的本能。这本能就是一种“爱”的奉献与报答，无论是荡气回肠的爱情、细水长流的亲情，还是肝胆相照的友情，都因为对爱的渴望与寻找，而在人们的骨子里世代相传。

人间难得有情郎

人道海水深，不抵相思半。海水尚有涯，相思渺无畔。

携琴上高楼，楼虚月华满。弹著相思曲，弦肠一时断。

李季兰《相思怨》

这首《相思怨》语言直白，通俗易懂。即便远隔千年，诗人当年的缕缕情丝依然历历如新。

写作此诗的李季兰是唐代诗人，原名李冶，著名的才女，也是著名的女道士。和大唐的公主一样，唐代的很多平民女子也会选择“出家”来躲避尘世的纷扰。弃绝红尘、遁入空门，说到底都是因为没有遇到一段美满的姻缘。完美的婚姻就像一个平

滑的圆，在任何对接处都毫无牵强感，而且通体圆润，流畅自如。

也许是基于这种人性化的考虑，唐朝的婚姻制度非常开放：从贵族公主到百姓民女，离婚再嫁都不算什么耻辱。这一点虽然极合人性，但也给唐代女子带来许多负面评价，从衣着服饰到再婚再嫁，成为后世指责她们风流的佐证。

但人们仿佛忽略了历史的特性，除了区别于其他朝代的自由与开放，大部分唐代女子，还是秉持了所谓的“封建社会的道德”，恪守本分，温良恭顺。

三日入厨下，洗手作羹汤。
未谙姑食性，先遣小姑尝。

王建《新嫁娘》

按照习俗，新媳妇过门三天后，要下厨房为婆家做饭。但是，新媳妇好做，好媳妇难当，伺候婆婆可不是一件容易事儿。于是，这个灵秀的媳妇想出了一个办法：就是让自己的小姑来尝尝口味，看是否符合婆婆的喜好。一首《新嫁娘》，简简单单二十个字，却将新媳妇聪明乖巧的性格刻画得活灵活现。这当然归功于王建的文学才华，生动展现了唐代女子的聪明。

“琴棋书画诗酒花，当年件件不离它。而今般般皆交付，柴米油盐酱醋茶。”婚后的才女，当年都曾经花前月下。但婚后，相夫教子、勤俭持家、孝顺公婆，同样要遵守封建道德规范。离婚是可以的，不过也没那么容易，名节、地位不是每个女人都能轻易放弃的。所以，即便遇到了真正的爱情，迫于婚姻的束缚，有时候也不得不忍痛放下。

君知妾有夫，赠妾双明珠。

感君缠绵意，系在红罗襦。

妾家高楼连苑起，良人执戟明光里。

知君用心如日月，事夫誓拟同生死。

还君明珠双泪垂，恨不相逢未嫁时。

张籍《节妇吟》

这首诗的大意如下：你知道我是有夫之妇，却赠给我一对明珠。我感激你的情意，将它们系在红罗襦上。我夫家也是有地位、有权势的名门望族。所以，我尽管知道你对我情深义重，也只能和丈夫“共进退，同死生”。今天，将这对明珠含泪送还给你，只能怪造化弄人，没有让我们在未婚时相遇。诗作的最后两句尤其深婉，历来为人所称道。

很多人考证说这首诗表面上写的是男女之情，实则寄托了张籍的政治理想。但仅从诗作的文字表面理解，这首《节妇吟》却不失为唐代女子信守婚姻的典范。长期的婚姻生活磨平了两个人的棱角，却也无声地淡化了彼此的激情，所以有“七年之痒”这一经典说法。此时，如果放纵自己，婚姻也就此名存实亡。

婚姻以外的爱情，能够给人刺激，但兴奋过后，依然要回归平淡。再大的激情也有燃尽的时候，坚守婚姻，也便守住了幸福的底线。如此说来，张籍笔下的“节妇”似乎比现代人更有智慧。于情于理，“还君明珠双泪垂”，既不乏对别人感情的尊重和感谢，也没有突破道德和婚姻的规范，有情有义却也有礼有节。

唐代妇女的确是开放的、风流的，但也同样是幸福的、自在而又快乐的。她们多情却不滥情，一切爱恨都源于自然与人

性。而这风行水上的潇洒和快意，反倒比扭捏的矜持来得顺畅、舒服！

洗手作羹汤，还君明珠泪，都在风流妩媚的背后，增加了智慧与坚强。温柔如水固然是女子的美德，但如一眼活泉，自由奔放，又何尝不是一种风景。刚柔相济，重义也重情。温柔的讨巧，含泪的拒绝，这样的妩媚也该算是一种清刚吧！

走下去，哪怕天寒地冻，路远马亡

怀着各种各样的心事，带着各种各样的心情，人们一次又一次地踏上新的旅程。人类的足迹涉遍大大小小的地方，却很少有人能说出他们旅行的意义。或许是因为走得太远，太多的人都忘记了自己为什么而出发。

看过了许多美景：北极极光、热带岛屿、古城巷陌、海涛浪花，人们不断地将自己扔上旅途，去追寻的是古人的足迹还是自己心灵的向往，很多人难以说清。一本书、一首诗、一句话都可以成为旅行的初衷。

而无论走了多远，总有一天要回来，回到最初的地方，回到梦开始的地方。几世轮转，当历史的风吹散一夜的雪花，终于追上刘长卿的脚步，和他一起踏上归途。

日暮苍山远，天寒白屋贫。

柴门闻犬吠，风雪夜归人。

刘长卿《逢雪宿芙蓉山主人》

唐朝大历时期，是一个令人噩梦连连的忧伤时代。早年的刘长卿屡试不第，长期功名无成。直到中第，好不容易入仕，又逢安史之乱。世道无常，诗人曾两次被贬到偏僻的地方。

大历二年（767 年），抱着一线希望的刘长卿复入长安求官，最终徒劳而返，后又扁舟南下，漂泊湘间。为了生计与前途，不

得不背井离乡，抛妻别子，奔走于权贵势要门下。刘长卿始终都在为了一个落脚之处奔波，为了一个与自己理想不悖的安身立命之处而奔波，在一个风雪之夜，他成了一个寻找归宿的浪人。

乍读此诗，以为不过是一首平常的山水诗，细味之时却大不然。刘长卿大概也是一位细致的国画大家，描绘了一幅暮色苍茫、天寒地冻的雪中求宿图。

诗先从大处着笔，“日暮苍山远”是整幅图的底色：暮色沉沉，远山层层。接着笔锋拉近，中景“天寒白屋贫”开始出现了活动的小范围，贫屋被大雪覆盖成了一片雪白、一派荒凉孤寂之景。不由得让人想起了“鸡声茅店夜，人迹板桥霜”，一所孤屋独矗茫茫雪景中，似“独钓寒江雪”里的一叶孤舟。

宇宙是心灵的万象，日暮也是年华渐暮，天寒地寒也是人寒，山远路远也是人远、心远，屋贫人贫也是心贫、气贫。诗人意高笔简，到底是忧寄天下的失望，是仕途不顺的惆怅，还是看穿一切的旷达？刘长卿还未给出答案。“柴门闻犬吠”以有声衬无声，仿佛让人透过隐隐的犬吠声看见一个孤单的身影穿过层层密林归来，背后空留下一串深深的脚印。就这样宦游漂泊，浪迹天涯，人和心一直在路上，不知何时是归期。于是便有了这首雪中孤寂的归人图。

尽管对于“归”的到底是谁，众说纷纭，但诗满载了一个漂泊者浮沉上下、思归难遇的凄寒。刘长卿孤零零地在大唐的飞雪中行走着，寻找着。他的一生若是一次旅程，那么贫屋是他借宿之处还是最后的归所，无人得知。

也罢，就让诗人当一个不被打扰的旅人，借旅途抚慰心灵，一山一树一雪一屋都是风情。

若不是经过那么多的寻找，刘长卿甚至更多的诗人又怎会到达“最深的内殿”；若不是用一生来完成这次旅行，又怎么能在风雪之夜渴望做一个安稳静好的归人。只是因为亲历动荡，家园被淘洗一空，被贬，甚至入狱，一次一次不情愿的归附，刘长卿才更加渴望有一处属于他的归宿，哪怕这归宿并不只属于他一个人：

萧条独向汝南行，客路多逢汉骑营。
古木苍苍离乱后，几家同住一孤城。

刘长卿《新息道中作》

没关系，就算“几家同住一孤城”也不必哀伤，这还不是最后的归宿，还可以向前行。旅行没有结束，脚下的路还在继续，直到想永远停下来的那一天。

其实，每一个人都是暮色降临时渴望归去，逢雨雪时求宿心切的旅人，人生路上难免“风雪”，难免苦痛。疲惫不堪、无助脆弱时，都向往一个永恒的归宿能借以栖止。然而，这样的“归宿”在尘世间可遇而不可求。

脚下的路一成不变地向前蔓延，每一次出发便是一次告别，每一次告别都是为了再次到达，每一次到达都是另一场出发的起点。

人生路上，出发与到达之间，唯有灵魂短暂的借住处，却很难找到长久的“归宿”。只要活着，就要一直在路上。不管情愿与否，每一个人都注定是匆匆旅人。只是这途中会有大大小小的站台，旅人怀着“风雪夜归人”的希望和梦想，不停地停靠，又失望地离开，总觉得下一站就是终点，下一站就是永远。但是稍做停留后又发觉，不是不肯放心去依靠，便是无人肯收留。于是，天亮之后，背上行李重新启程。

如此反复，永无归期。

在理想的世界中，除了“风雪夜归人”，还有“戴月荷锄归”“日暮醉酒归”甚至“斜风细雨不须归”。在诗中，可以尽情地停留，做一个诗中徜徉的旅人，用温润的语句浸透一颗失望透顶的心。或许在这里，也可以开始一场新的旅程，沿途都是触手可及的风景。

衰飒的大唐之风，将刘长卿送进风雪夜中、送上旅程，千千万万个文人志士各自动身，将自己打扮成了了无牵挂的旅

人。也许有一天，他们走累了，或是寻找的途中遇见能让他们留下的理由，便会停下来，永远地留下，将理想和心灵久久地安放。

这便是旅行的意义了。

而在此之前，他们会一直走去寻找那个可以寄放灵魂的地方。

即使明日天寒地冻，路远马亡。

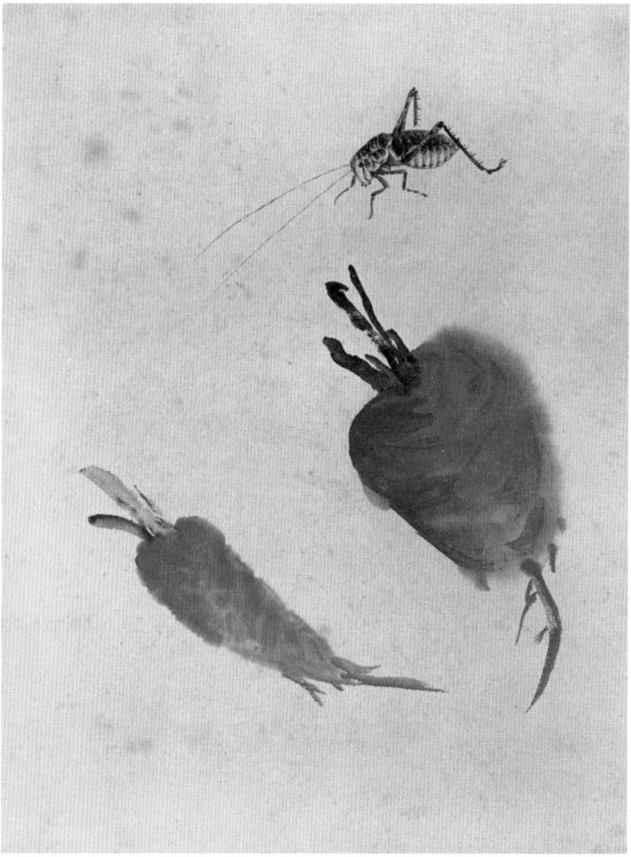

卷二　一寸相思一寸灰

于千万人之中，遇见你要遇见的人。于千万年之中，时间无涯的荒野里，没有早一步，也没有迟一步，遇上了也只能轻轻地说一句：『你也在这里吗？』

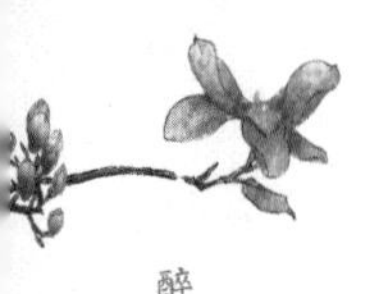

桃花人面，人面桃花

世间爱情的结局也许千差万别，但所有爱情的开篇都同样美丽，一切浪漫都源于初见时的惊喜。爱情和人生四季一样，也需要经历悲欢离合的基调，品味苦辣酸甜的段落。在爱情的四季中，如果把热恋比喻为躁动的盛夏，那么人生的初次相逢就犹如早春的桃花，鲜艳却带着柔媚、矜持与羞涩。

在那年清明节的午后，刚刚名落孙山的崔护独自出城踏青。长安南郊的春天草木繁盛，艳阳高照，桃花朵朵。一望无边的春天里弥漫着融融暖意。随意漫步中，崔护忽觉口渴，恰好行至一户农家门外，便轻叩柴扉，讨一杯水喝。

门里传来姑娘轻柔的询问："谁啊？"崔护说："我是崔护，路过此处想讨杯水喝。"农庄的大门徐徐拉开，两颗年轻的心便在明媚的春光中浪漫地邂逅了。

姑娘温柔地端了一碗水送给崔护，自己悄然倚在了桃树边。崔护见姑娘美若桃花，不免怦然心动。可是，即便大唐再开放、宽容，但在“非礼勿视、非礼勿言”的封建时代，男女之间的禁忌还是颇多。所以，从头到尾，姑娘其实只说了一句话——“谁啊”。

第二年的清明，崔护又去了南郊踏青。没人知道他是不是去寻找那令他刻骨铭心的容颜。后世记载，说他看到门上一把铁锁，便怅然若失地写下了这样的诗行：

去年今日此门中，人面桃花相映红。
人面不知何处去，桃花依旧笑春风。

崔护《题都城南庄》

诗的大意很简单：去年的这个时候，我在这扇门前喝水，看到青春的姑娘和盛开的桃花交相辉映。今年的这个时候，故地重游，发现姑娘已不知所踪，只有满树的桃花，依然笑傲春风。

崔护的诗写完了，但崔护的故事没有结束。唐代人用自己特有的浪漫情怀，为这首诗编排了续集。

唐代孟棨的笔记小说《本事诗》中，记载了崔护的这一段情：崔护题完诗后，依然有许多放不下的心事，到底惦念着，几天后又返回南庄。结果，在门口碰到一位白发老者，老者一听崔护自报家门，便气急败坏地让崔护抵命。原来去年自崔护走后，桃花姑娘便开始郁郁不乐。前几天，刚好和父亲出门，结果回来看到这首诗写在墙上，便愈发病重了。不吃饭不睡觉，没几天就把自己折腾死了。

崔护听后，深深地感动了，他跑进屋里，扑倒在姑娘的床前，不断地呼唤姑娘。这感天动地的痛哭，竟真令姑娘奇迹般地活了过来，与崔护有情人终成眷属。

当然，没有人能证明崔护的爱情故事是否真的存在续集，但“人面桃花”的明媚和“物是人非”的落寞，却吟诵出人们对平常生活的感喟。尤其是那初见时的倾心，那满树盛开的桃花犹如一朵朵怒放的心花，令人沉醉其中，流连忘返。在封建社会，除了父母之命、媒妁之言，很多年轻人根本接触不到其他异性。所以一见钟情对他们来说，显得尤为珍贵。

当然，也有许多爱情，在最初的相见中就摒除了羞涩和矜持，而代之以坦率和真诚。

君家何处住？妾住在横塘。

停舟暂借问，或恐是同乡。

崔颢《长干曲》其一

“易求无价宝，难得有情郎。”在这碧波荡漾的湖面上，年轻的女子撞见了自己的意中人，爽朗地询问起小伙子家住何处。还未等人家回答，便着急地自报家门：我家住在横塘，你把船靠在岸边，咱们聊聊天，说不定还是老乡呢。淳朴的性情、直白的语言，将年轻姑娘的潇洒、活泼和无拘无束生动地映现在碧波荡漾的湖面上。与桃花姑娘的妩媚相比，这位年轻女子倒也别有一番质朴和爽朗。

同样是初次相遇，有的姑娘只能无奈地看着爱情离开，静待明年春天可以迎来新的惊喜。而有的姑娘却敢于直抒胸臆，大胆奔放地说出内心的爱意。一静一动，相辅相成，为唐诗里一见倾心的爱情留下了迥异的韵味和风采。

《长干曲》的第二首，小伙子也憨厚地回答了姑娘的提问：

家临九江水，来去九江侧。
同是长干人，生小不相识。

虽然我们同是长干人，可原来却并不认识。诗人崔颢并没有告诉人们这故事的结局。但是，能有如此浪漫的开篇，想来也应该是美丽的结局。不管最后能否经得住时间的大浪淘沙，每一段爱情的开始都艳若桃花，青春也在生命的春天里绽放了无限光华。

实际上，在最好的岁月里，遇到心爱的人，能够相守固然是一生的幸福，但只要彼此拥有过动人也撩人的心跳，一切就已经足够。

所谓“曾经拥有”，大概就是这个道理吧。

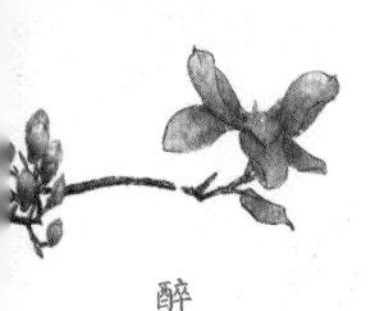

青梅竹马时节到

执子之手，与子偕老。这是古代传统的爱情道德，也是现代追求的爱情信念。从青梅竹马到白头偕老，不仅是两个美丽的成语、浪漫的故事，也包含着团聚、分别、等待、相思，包含生活的百般滋味。在这条时间的链条上，连同爱情一起生长的还有不断膨胀的青春与时光。

妾发初覆额，折花门前剧。郎骑竹马来，绕床弄青梅。
同居长干里，两小无嫌猜。十四为君妇，羞颜未尝开。
低头向暗壁，千唤不一回。十五始展眉，愿同尘与灰。
常存抱柱信，岂上望夫台。十六君远行，瞿塘滟滪堆。
五月不可触，猿声天上哀。门前迟行迹，一一生绿苔。
苔深不能扫，落叶秋风早。八月蝴蝶黄，双飞西园草。
感此伤妾心，坐愁红颜老。早晚下三巴，预将书报家。
相迎不道远，直至长风沙。

李白《长干行》

诗大意为：当头发刚刚能够盖过额头的时候，我会折些花在家门前玩耍。你骑着竹木马过来，我们就快乐地绕着井栅栏做游戏。因为从小就是邻居，在一起玩，一起度过美丽的童年，一起随着时间长大，所以两颗心从来就没有猜忌。长大以后，两个人便结婚了。男子出去经商，女子在家殷切地思念，并不断地回忆

往事，觉得日子过得太快，因为思念丈夫，满面愁容逐渐令红颜苍老。最后，她还痴情地说："什么时候回来，提前告诉我，我远远地就去迎接你的归来。"故事虽然简单，却写得优美动人。"青梅竹马"是人们普遍追求的一种爱情理想，在哪里都会受到欢迎。

从相知相许到相伴一生，似乎隐藏着爱情的能量守恒，这个定律说到底就是"不离不弃，从一而终"。这里的"从一而终"不是指封建社会中女子的道德压力，而是两个人对于爱情的坚守、执着与专注。

当年，卓文君和司马相如私奔时，并不计较司马相如穷困潦倒，她也甘于当垆卖酒，贴补家用。不料司马相如功成名就后，打算抛弃她。卓文君悲愤交加，提笔成文，写下了流传千古的汉

乐府名篇《白头吟》。司马相如看过此篇，想起当年情分，于是断绝了纳妾的念头，夫妻和好如初，留下一段佳话。而《白头吟》中那句“愿得一心人，白头不相离”写得深情哀婉，颇动人心。

从两情相悦到白头偕老，看似一条简单的道理，实则要经过时间的无数次萃取，唯有经得住时间的考验，方能见证爱情的坚贞与纯粹。

相传，唐代大诗人李商隐在年轻的时候，曾有个青梅竹马、情投意合的恋人，小名叫“荷花”。李商隐在进京赶考前一个月，荷花不幸身染重病，李商隐虽然日夜陪伴，但终于还是回天乏术，只能看着荷花在细雨中凋残。但时光的变迁并没能淡化李商隐的爱情，他依然深深地眷恋着美丽的荷花姑娘，写了许多关于荷花的诗表达自己的深情。

荷叶生时春恨生，荷叶枯时秋恨成。
深知身在情长在，怅望江头江水声。

李商隐《暮秋独游曲江》

诗大意为：又见荷花，心中无限伤感。荷叶生长的时候，春恨也随着疯长。荷叶枯败的时候，秋恨也已经生成。我深深地知道，只要还活在这个世界上，这份感情就不会断绝。但也只能眺望无边的江水，听她呜咽成声。短短一首小诗，将浓浓的痴情化作奔流的江水，其中“身在情长在”五个字更是穿透世间爱恨，荡漾起天长地久的深情：不管你身在何处，我心中的爱将随着生命一起流淌，直到海枯石烂，人在，情在。

从青梅竹马到白头偕老，虽然其中有无数的波折、坎坷、打击、诱惑，有思念，有背叛，有快乐与伤感，但能够一路走来，经过无数的风风雨雨，总算是对爱情有一个交代。现代社会宣称的“不求天长地久，只求曾经拥有”，实在只是一种托词。在选择爱情的时候，其实人们都愿意一生只拥有一次幸福的爱情。平平淡淡，携手同游人间，始终走在一起，也算是完成了尘世的爱情之旅。

此生相知，情深不渝，守住了爱情，也便守住了自己。

几枝红豆，便是情浓处

世界上的爱情千差万别，人间的相思也有许多种。有的如望夫女，苦苦地守候丈夫的归程；也有人愿意把浓浓的相思寄托在定情信物上，任凭山河斗转，心中情怀依旧。每当翻阅往事，总会历历如新，找到当年恋爱时的心动。这种相思，就显得颇为甜蜜。

红豆生南国，春来发几枝。
愿君多采撷，此物最相思。

王维《相思》

红豆是生长在南国的，不知道春天来了，又生出了多少枝？希望你可以多多地采摘，留着它，这个红豆最能惹人相思。有的人说，这首诗里面的相思，并不是爱情，是王维和彼时正处在南国的一位朋友的情义。但不管做何解释，有一点始终不变："相思"是红豆永远的主题。

红豆有着大自然赐予的天性：它色红如血，坚硬如钻，从外形看，也像一颗红心。它不腐不蛀，鲜红亮丽而永不褪色，恰恰象征了爱情的坚贞与恒久。而红豆的故事也和望夫山一样悠久，讲的是南国女子因为思念丈夫，便终日流泪。泪水流尽了，再流出来的便是滴滴鲜红的血水。血滴落地，生根发芽，长成参天大树，结了满树的红豆。因为这是思念的结晶，所以

人们把红豆称为相思豆。南方人常常用红豆来做手链和项链等饰品，以示相思。

红豆，是表达相思的一种媒介。中国人向来含蓄，表达感情也极少奔放。尤其是在男女授受不亲的古代，相互间连说话的机会都很少，更别提表情达意了。但爱情毕竟是人类生活的主题，沟通越有障碍，人们越是想方设法建立起彼此的联系。红娘传书，月老牵线，私订终身的事也都屡禁不止。而王维的诗也同样有这种妙处，虽然句句写的是红豆，却可以读出背后无尽的相思，青年男女的爱也便在各种信物的传递中滋生出更加浓厚的真情。

冯梦龙的《山歌》中有这样一首：“不写情词不写诗，一方素帕寄心知。心知拿了颠倒看，横也丝来竖也丝。这般心事有谁

知？”“丝”和“思”是谐音，字面说的是真丝素帕，实际表达的是自己“横竖都是相思”的感情。更有情深如李商隐者，“春蚕到死丝方尽”，唯有生命停止，才能令自己忘却此情。读罢，不禁令人感动，也充满淡淡的感伤。这句“至死方休”的誓言，在无情之人看来，也许只是无稽之谈；而在深情之人看来，却是重若千金的承诺。

如果说，生命是一条线段，那么生与死便是两边固定的端点，其中有限的距离就是人生最宝贵的经历。

相思，恰如这生命线段的延长线，它并不因为一方生命的结束而中止，它会随着另一方的爱而绵延下去。在很多人的眼中，虽然这只是一段虚线，但在当事者的眼中，午夜梦回，多少个辗转难眠的日子依然会涌上心头。有些人希望可以喝下“忘情水”，前世今生便什么都不记得了。然而，奈何桥边，亲手接过那碗孟婆汤，还是会有人想起望夫石、绝情谷，想起那些曾经一起走过的岁月，以及拴在岁月门廊上的爱情。

入我相思门，知我相思苦，
长相思兮长相忆，短相思兮无穷极。

李白《秋风词》节选

“长相思，摧心肝”，通达明澈如李白这样的人，都终究放不下一个“情”字。正因为有了这许多的不舍，有了尘世中放不下的爱，人们才对生命无比眷恋，不忍离去。然而，天上人间永别之时，幸好还有相思这剂良药，虽不能根治，但总可以慰藉无数孤独行走在尘世的心灵。

时光情书

世界上任何角落里的情书，因情而生，都是爱的佐证。

中国古代的情书大致可分为两类。其一是柳永、秦少游等风流才子，在寻欢作乐后写给青楼歌伎们的词作，风花雪月逢场作戏。其二便是唐代著名诗人们写给妻子的情书，其中最著名的当属李商隐的《夜雨寄北》：

君问归期未有期，巴山夜雨涨秋池。

何当共剪西窗烛，却话巴山夜雨时。

李商隐《夜雨寄北》

关于这首诗的争论始终没能平息，有人说这是李商隐写给朋友的信，因为他的妻子在他写作此诗的时候已经去世了。也有人说这首诗是写给妻子的，在《万

首唐人绝句》中题为《夜雨寄内》，而“内”在古代自然是内人、妻子的代称。

放下这些纷乱的争论，只看这首诗的内容，的确像是写给妻子的：你问我什么时候才能回家，我也说不清楚。我这里巴山的夜雨已经涨满了秋池，我的愁绪和巴山夜雨一样，淅淅沥沥，凝结着我思家想你的愁绪。什么时候才能够回家呢？和你一起剪烛西窗，到那个时候再和你共话这巴山夜雨的故事。

短短的四句诗，第一句回答了妻子的追问，第二句写出了雨夜的景致，第三句表达了自己的期待，第四句暗示了如今的孤独。四句话，简而有序，层层铺垫，写出了羁旅的孤单与苦闷，也勾画了未来重逢时的蓝图，甚至把连绵细雨也写进笔底，堪称最为简短而又全面的情书。一波三折，含蓄深婉地衬托了与妻子隔山望水的深情。

如果仔细研究中国古代的情书，我们会发现一个非常有意思的特征：回忆共同岁月。

白发方兴叹，青娥亦伴愁。寒衣补灯下，小女戏床头。
暗澹屏帏故，凄凉枕席秋。贫中有等级，犹胜嫁黔娄。

白居易《赠内子》

诗人讲：白发苍苍的我刚刚叹息，我的妻子也陪着我发愁。深夜已至，还要妻子挑灯为我缝补衣裳，就只见小女儿无忧无虑在床头玩耍，她哪里能够明白父母的困苦。屋里的屏风已经破旧不堪，望望床上，我们只有枕头和席子，这将是怎样一个凄凉的秋天啊！诗作结尾，忽而转入对妻子的安慰，“虽然贫穷，但嫁

给我比嫁给更穷的黔娄还是要强些的”。黔娄乃春秋时期的贤士，家贫如洗，死的时候席子放正了都无法遮盖全身。白居易用黔娄自比，既暗示了自己“不戚戚于贫贱”的志向，也安慰了善解人意的贤妻。

虽然这只是写给妻子的赠诗，但也可以看作是一封动人的情书。白居易因诗闻名，也因那些讽喻时政的诗歌而被贬官。宦海沉浮，能够有妻子同喜同忧，快乐可以加倍，愁苦可以分担，人生还有什么奢求呢？所以，当光武帝刘秀有意把姐姐湖阳公主嫁给贤臣宋弘时，宋弘谢绝了富贵的垂青，选择坚守自己的婚姻和爱情，并留下“糟糠之妻不下堂”这句感人之言。

在宋弘、白居易等人眼中，那些甘苦与共的岁月，相濡以沫的支撑，是人世沧桑中最宝贵的一份真情。贺铸有词云：“空床卧听南窗雨，谁复挑灯夜补衣！”贫贱夫妻百事哀，如果能够得到妻子的理解与陪伴，对仕途上常常遭遇挫折、时常颠沛流离的文人来说，也实在是一种难得的精神安慰。明晓了这层含义，便不难理解古人的情书了：写给青楼歌伎的多为浓艳香软之词，而写给妻子的情书，虽然平实、质朴，却深切感人。正如世间无数个平凡如水的日子，虽然没有咖啡的浓烈、烈酒的刺激，却细水长流、不可或缺。

当然，有的诗人天性洒脱，写出来的情书自然也情趣盎然。

三百六十日，日日醉如泥。

虽为李白妇，何异太常妻？

李白《赠内》

一年三百六十日，林黛玉天天发愁，李太白日日醉酒。五柳先生说“造饮辄尽，期在必醉”，李白和他也差不多，只要一喝便要尽兴，而且希望自己能够喝醉。但是喝醉了睡着了总还是要苏醒的，睁开尘世的双眼，李白就觉得对不起妻子了。整天烂醉如泥，害妻子担惊受怕，觉得非常不好意思。所以，给妻子写情书，怜惜她嫁给李白也没什么好日子过，整天在收拾饭局。如此活泼的笔法，实在看不出太多的歉意，更多的是一种撒娇和淘气，很像做了错事向家长检讨的孩子，让人又气又爱。这份甜蜜、默契与无奈，源于李白的活泼洒脱，也源于他的情趣、达观。

无论是李商隐巴山夜雨的相思，白居易荣辱与共的流年，还是李太白酒后猛醒的倾诉，这些情书都深刻地记录了相濡以沫、与子偕老的深情，也见证了他们苦乐与共的婚姻。有人说，“爱的最高境界就是经得起平淡的流年”。不管曾经沧海如何激情澎湃，回到日常生活，一粥一饭总关情，只有平实的生活才是淳朴、美丽的。

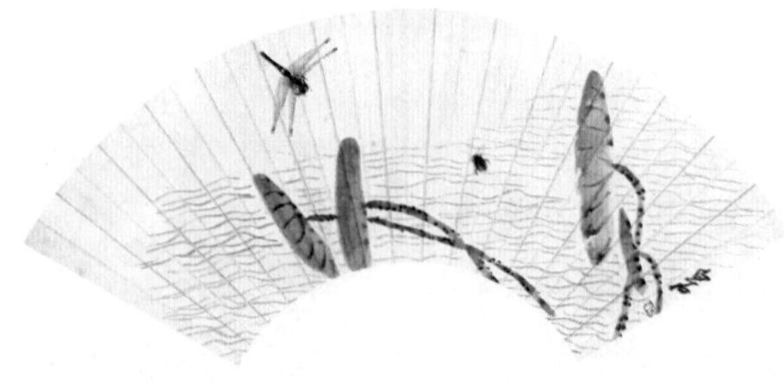

最好的年华遇见最爱的人

曾经沧海难为水，除却巫山不是云。

取次花丛懒回顾，半缘修道半缘君。

元稹《离思》

这是唐代诗人元稹为悼念亡妻韦丛所作的一首诗。诗里说，曾经体验过沧海的波澜壮阔，别的水便无法再吸引我；曾经深味过巫山的云蒸霞蔚，别处的风景便不能再令我陶醉。即使我从百花丛中穿行而过，也不会留恋任何一朵，更别说回头张望。这一半是出于修道的原因，另一半就是因为你。

古人说，“观山则情满于山，看海则意溢于海”，山山水水总能留人愁绪，抒怀解忧。但是，在元稹看来，这一切似乎都毫无意义。他经历过最美的巫山云雨，体味过动人心魄的沧海波澜，世间任何其他景物都再也不能打动他了。这就犹如大千世界，自亡妻别后，便再也没有爱情可言。全诗写的虽然是景致，不着半个“情”字，却烘托出了无限爱意，也点出了“我只在乎你”的主旨。韦丛在天有灵，读到此诗应该也会颇感欣慰吧。

人的一生也许会爱很多次，但总有一次刻骨铭心，矢志不渝。如果这份爱能够在对方的心里深深扎根，就可以长成参天大树。任时光匆匆年轮变换，也带不去心底的这份执着。能有如此爱情，生而为人，也算不枉此生。世上痴男怨女，正是因为有了这份不舍、不忍、不放下，才上演了一出出可歌可泣的爱情戏。伟大的

爱情，也似乎正是因为这份“非你不可”的执拗让人不忍错过。

所以，也许在他人眼中，韦丛并不是完美的女人，但在元稹心里，她的一颦一笑、举手投足都完美得无可挑剔。“情人眼里出西施”，爱的光芒照耀着人的内心，一切都是那样美满。假如心爱的人不幸离世，或两人被迫分开，那么留在心里的也一定是最美的回忆与惆怅。

锦瑟无端五十弦，一弦一柱思华年。
庄生晓梦迷蝴蝶，望帝春心托杜鹃。
沧海月明珠有泪，蓝田日暖玉生烟。
此情可待成追忆，只是当时已惘然。

李商隐《锦瑟》

这首《锦瑟》是李商隐爱情诗的代表，也是历来爱诗者最喜吟诵的诗篇之一。宋元之后，对此诗的解读更是众说纷纭。周汝昌先生认为以“锦瑟”开端，实则暗示了“无题”之意，是李商隐爱情诗中最难理解的一首。但不管怎么理解，人们都能读出一种无处释放的愁绪。

在锦瑟一音一节的弹奏中，李商隐似乎也看到了曾经逝去的流年。庄生迷梦，理想转眼成空；望帝啼鹃，生活化为悲鸣；明珠有泪，泣血而成；良玉生烟，可望而不可即。四句诗，四个典故，四种意象，每一种都悲辛无限。锦瑟年华，如玉如珠，却只能换来一片怅惘。而这一份怅然若失，又正是人们在面对感情时的共鸣。

那些曾经欢乐与共的时光，如心头烈焰难以熄灭，并常常在某个日子不经意想起。或许因为年少轻狂，或许因为情深缘浅，

总之是错过了、失去了，但没能真的忘记。如窗前的一束月光，心口的一粒朱砂，令人深深铭记，不愿抹去。

其实，李商隐的爱情诗通常都比较晦涩，分不清他写的是不是真的只有爱情，也不知道他写给谁，只知道他深深地爱着，却从来看不到女主角的身影。

身无彩凤双飞翼，心有灵犀一点通。
春蚕到死丝方尽，蜡炬成灰泪始干。
春心莫共花争发，一寸相思一寸灰。
直道相思了无益，未妨惆怅是清狂。

李商隐《无题》（选摘）

读李商隐的情诗，很容易就看出他的情深。他相思了，而且思念得魂牵梦绕。此外，没有花前月下、山盟海誓，他的心上人家住何方、姓甚名谁，一概无从考证。在他的心里，这份爱令他煎熬，令他不得不提笔写下自己炙热的爱情；但或者是碍于身份、地位和婚姻等各种原因，他又只能吞吞吐吐、含含糊糊地诉衷肠，并不能明确地告诉大家他的恋人究竟是谁。

有人说，如此模糊的诗意是李商隐诗歌的缺陷，影响了对他的解读。但实际上，这却恰恰扣紧了爱情的隐秘。两个人的爱情常常秘而不宣，只可意会不能言传。眉目传情，秋波流转，别人看不到的情意，恋爱中的人却可以独得其味。而古人对爱情的表达本也十分含蓄，他们不会互相高喊“我爱你”，他们只是默默地，用一生的行动去诠释、捍卫自己的爱情。这份爱，就是万古长存的浪漫，人间多情的四月天。

卷三　时光：一指流沙

它是最长的百无聊赖，也是最短的人间欢喜；它是最快的白驹过隙，也是最慢的两两相依；它是最平凡的理所当然，也是最珍贵的前行难返。

它，就是时光。

花相似，人不同

花开花落，本是世间最平常的事。慵懒地闭起眼睛似乎还能从“涧户寂无人，纷纷开且落”的幽静中听到花瓣掉落的声音，美好而残忍。初唐时刘希夷吟了一首《代悲白头吟》，从此，落花与生命易逝、美人迟暮渐生关系，落花的飘零之感也在唐诗中不觉凄美了起来。

洛阳城东桃李花，飞来飞去落谁家。
洛阳女儿惜颜色，坐见落花长叹息。
今年花落颜色改，明年花开复谁在?
已见松柏摧为薪，更闻桑田变成海。
古人无复洛城东，今人还对落花风。
年年岁岁花相似，岁岁年年人不同。

刘希夷《代悲白头吟》（节选）

唐才子刘希夷，史书载“美姿容，好谈笑”，十九岁中进士，后适逢武后专政，英年早逝。自太宗后，唐王朝的历史是辛酸的。高宗懦弱，武后强悍，在文人那里，贞观之后的王朝似乎被大大戏弄了。刘希夷正是那时文人墨客的代表，悲叹世事。世间变动总是很容易撼动文人敏感的心。

当刘希夷还是一个“不知愁滋味”的少年，他感叹红颜易逝，青春易老，繁华易过。他把自己与落花作比，体会到“岁岁年年人不同”的哲思，落花逝去，还会再开；青春衰谢，再不回来。而“年年岁岁花相似”，体现的却是生命常在，生生不息的生命流程。这种向往无穷生命力的情思，把青春的伤感冲淡为一缕淡淡的感伤，一声轻轻的叹息，“今年花落颜色改”，奈何明年花开，又是另一番景象了吧。

这让人不得不想起曹雪芹先生笔下的那句：“侬今葬花人笑痴，他年葬侬知是谁？”许是曹雪芹珍爱刘希夷这绝世之作抑或是二人心照不宣的灵犀相通，纵然时光荏苒，有心者亦可以有此共同心境，写出如此动人的诗句。落花与韶光，同是死亡唇边的一滴眼泪。

命运之手如同魔术师的黑袍子，永远都不知接下来会带来什么或带走什么。这首叹命运无常、人生易逝的诗，竟牵扯出一段与其内容惊人相似的命案。刘希夷的舅舅宋之问，为了这两句诗不惜与自己的外甥反目成仇，二十九岁的刘希夷因与宋之问争夺这首诗的著作权而死于非命。一个才子的一生就这样不明不白地殒殁了，彼时的刘希夷又怎会想到笔下凋败零乱的落花竟是自己命运的无情谶语。

姹紫嫣红开遍，似这般付与断井颓垣。青春与生命如同凋落的春光一去不返，只能化作春泥滋养来年的春红，轻微的一叹似一汪对生命易逝的无奈和感伤的泪眼。从此，落花成了唐诗中

最凄美最伤情的场景，连情诗王子李商隐也对落花的摇落飘忽之感心生怜爱。

高阁客竟去，小园花乱飞。参差连曲陌，迢递送斜晖。
肠断未忍扫，眼穿仍欲稀。芳心向春尽，所得是沾衣。

李商隐《落花》

一生都因一个“情”字画地为牢的李商隐，这一次因暮春时节园中的飞花而感伤，落花与诗人的生命融合在一起。落花的飘飞和流连不止，是诗人对生命的执着与留恋；落花幻灭和飘落无迹，是诗人对生命归途的思考和哀叹。“芳心向春尽”，是落花的芳心，还是诗人的芳心？这是对生命无常的深刻体验。李商隐带着“夕阳无限好，只是近黄昏”的无限悲凉和感伤走到人生的迟暮之年，而越到人生的暮年，对生命的体验越深刻、越悲凉，那是一种对生命大限到来的无可奈何的感伤。

感伤乃是对美好事物一去不返的留念和追想，骨子里是对美好事物的赞赏、眷恋，只是这种感情因自然界和人世间两个方面不可抗拒的规律而无力挽回，令人升腾起一种无奈的哀悯。多情的李商隐在看罢满园衰败的景象时，也只有沾衣拭泪，让人唏嘘不已。

然而，自然的景象周而复始，诗人对花的理解也非一成不变，不论是刘希夷还是李商隐，抑或其他大唐的诗人们，他们用自己的眼睛看到了花之常态，却用心写出了动荡的灵魂。

春光冉冉归何处，更向花前把一杯。
尽日问花花不语，为谁零落为谁开。

严恽《落花》

共惜流年留不得，且环流水醉流杯。
无情红艳年年盛，不恨凋零却恨开。

杜牧《和严恽秀才落花》

唐代科举正月考试，二月放榜。春光虽好，奈何严恽屡试不第，是以问出花“为谁零落为谁开”一句。“零落”所代表的失意与“花开”所代表的得意恰成鲜明对比，诗人的苦涩溢于言表。而杜牧的诗感情色彩更为强烈，“不恨凋零却恨开”，人生的得意与失意各有体味，纵然是得以中举，又何尝就可以宏图大展呢？“浩荡离愁白日斜，吟鞭东指即天涯。落红不是无情物，化作春泥更护花。”龚自珍恐怕也可与严恽和杜牧互称知音了吧。

偏爱花的诗人实在太多，诗圣杜甫喜爱在江畔独步寻花，“不是爱花即欲死，只恐花尽老相催”，是他对自己心境的解释；“正是江南好风景，落花时节又逢君”，与当年名满京城的音乐家在江南落花中黯然相逢的场面，暗示着对于繁华盛世一去不返的深沉慨叹。

“一片花飞减却春，风飘万点正愁人”像是一个信号，不仅暗示唐朝盛世的衰落，也标志着中国诗人的情绪由高昂转向黯然。杜牧眼中的落花也是触目惊心：“日暮东风怨啼鸟，落花犹

似坠楼人”，飘摇欲坠的花朵竟也似那高楼上为情所困的觅死之人。落花与安史之乱后的大唐命运类似，前途渺茫，诗人的心境也在这风雨飘摇中动荡不安。是不是因为背负了太多的意义，每一朵花坠得才那么沉重？

花总以一种令人无法抗拒的姿态静静地站在世人面前，在脚下绽放给人们看，也衰败给人们看。婉曲的生命都脆弱易折，无论花还是人事；繁盛的景象都地久天长，无论诗还是人生。

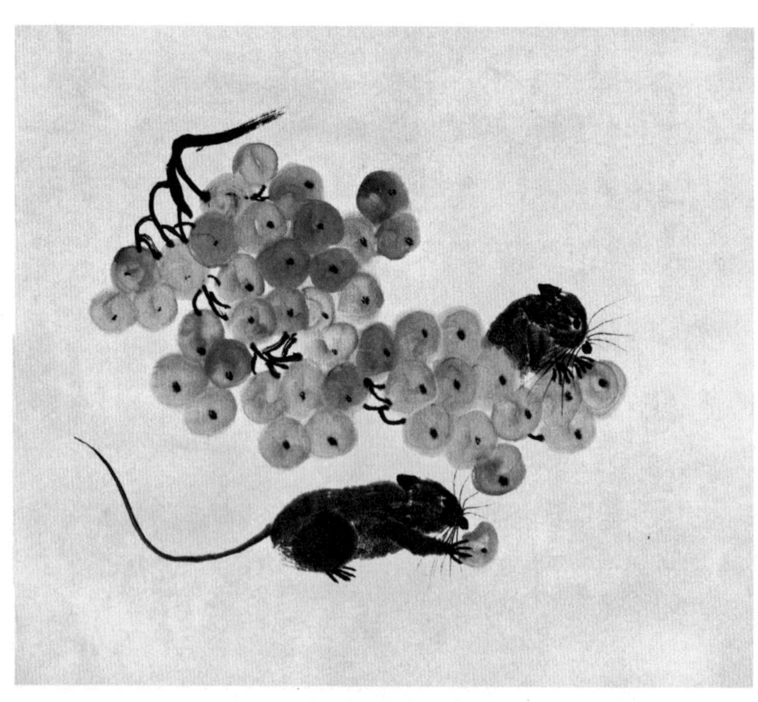

谁曾忆，上阳白发人

当追光灯洒在杨贵妃身上时，人们只能看到历史台前的这个明星，她为杨家带来了荣耀与权力，所以天下父母从此开始希望生女孩，加官晋爵，光宗耀祖，一朝得宠便是唾手可得的风光。她的“神话”令人眼光缭乱，让人误以为这可以是每个女孩子的命运。

历史是一个舞台，有闪烁的聚光灯，美丽的女主角，也一定会有很多龙套演员。在短暂的一生中，有人只有一两句台词，而有人连出场的机会都没有。她们终身都在为自己的亮相而准备，但年复一年，妆容已老，大幕却不曾拉开。她们甚至连舞台都还没有见过，就被告知演出已经结束，观众已经散场。在这场表演中，人们只记住了“三千宠爱于一身”的杨贵妃。她靓绝六宫粉黛，举手投足间都是大唐的富贵与丰盈。却很少有人想起，那三千佳丽，将如何寂寞并幽怨地度此残生。

上阳人，红颜暗老白发新。
绿衣监使守宫门，一闭上阳多少春。
玄宗末岁初选入，入时十六今六十。
同时采择百余人，零落年深残此身。

白居易《上阳白发人》（节选）

白居易作这首诗的时候，旁边加了小序，说是杨贵妃得到专宠后，后宫就再也没有人能够受到皇上的宠幸。但凡长得有几分姿色的妃嫔和宫女，都被送往别处幽居。“上阳宫”便是其中之一。白居易以老宫女的口吻解说上阳宫中的生活，字字寂寞、句句幽怨，如泣如诉，饱含岁月的血泪和辛酸。

红颜渐渐苍老，白发不断增多，入宫的时候仅仅十六岁，现在已经六十岁了。当年一起进宫的百余人，现在都逐渐凋零，在寂寞的深宫，只剩下我独自一个人。宫门被重重关上，寂寥的岁月无边无际。上阳宫并不是轻歌曼舞、欢声笑语的华美宫殿，而是一座禁锢青春、绞杀热情和希望的坟墓，是一座无情无义、无声无息的监牢。

在这首诗的结尾，上阳人说，现在我的年龄是宫中最大的了，皇帝恩典我，赐我为“女尚书”。但这空空的头衔对“我”来说，又有什么用？“我”依然还是穿着“小头鞋”“窄衣服”的过时的女人，根本不知道外面已经流行宽袍大袖了。外面的人看不到也就罢了，要是真的看到了，一定会笑话我的，因为我现在的装束还是天宝末年的打扮。

今日宫中年最老，大家遥赐尚书号。
小头鞋履窄衣裳，青黛点眉眉细长。
外人不见见应笑，天宝末年时世妆。

白居易《上阳白发人》（节选）

身为一个落伍者，她被人淘汰的岂止是衣着服饰，还有那四十年的青春、梦想和流年。面对无可挽回的明眸皓齿，上阳人并没有因为自己的不合时宜而羞涩，相反，她还自我嘲笑了一番。可是在这嘲笑中，似乎又带着深深的苦痛与悲愤。王夫之说：“以乐景写哀，以哀景写乐，一倍增其哀乐。”含泪的微笑、隐忍不发的情绪，才容易深深地把人感染。

三千佳丽，被深锁在上阳宫中，没有君王的召见，也无法与家人团圆。风霜雪雨，她们就这样不声不响地凋落，听凭命运的“清场”。就像一场繁华的春梦，未及沉浸其中，已经了无痕迹。空留下白发宫女，人老珠黄，在寂寞的日子里，倾听岁月的怀想。

寥落古行宫，宫花寂寞红。
白头宫女在，闲坐说玄宗。
元稹《行宫》

元稹的这首《行宫》和白居易的诗有着相似的内涵，也有共同的艺术指向和效果。“寥落”“寂寞”“闲坐”三个词，有白发宫女对岁月的感触，也有历史的变迁与

伤怀。她们回忆天宝旧事，说玄宗却不说玄宗的是非对错，令人不胜感慨。弱水三千，只取一瓢饮；佳丽三千，只专宠一人。青春都是一样的光鲜，却未必能够绽放自己的光彩。

“枯木逢春犹可发，人无两度少年时。”寒来暑往中，见宫花年年火红，而宫女们的黑发却日渐雪白。满怀希望入宫来，不料却被安置在上阳宫，除了遥想贵妃的丰腴，玄宗的恩宠，留在心里的记忆还能剩下什么呢？她们只能寂寞地打发时光，而时光又因为寂寞显得无比漫长。

银烛秋光冷画屏，轻罗小扇扑流萤。
天阶夜色凉如水，坐看牵牛织女星。

杜牧《秋夕》

杜牧的这首《秋夕》同样描绘了一幅深宫图景。白色的烛光让屏风上的画面更添幽冷，深深的夜色清凉如水，坐在这一片月光中，看着牵牛织女星，举着团扇的宫女正兴味盎然地扑打着“流萤”。

古人说腐烂的草容易化成流萤，而宫女居住的庭院却有飞来飞去的流萤，足见其荒凉。团扇本是夏天用来纳凉的，到了秋天，气候寒冷，扇子也就没有用了。所以，秋天的扇子常常用来比喻弃妇。而宫中的夜色与人情一样薄凉，宫女们只能凭借扑流萤来解闷。日子太漫长了，千篇一律的都是寂寞，甚至可以望见人生的尽头，也是寂寞堆砌的时光。

更为不幸的是，有的上阳宫人并不是天生就没有亲近皇帝的机会，而是受了宠幸后又遭遗弃。对她们来说，这日子就比普通宫女更加难熬。玄宗曾经宠爱的梅妃就遭遇了这样的尴尬。当年，玄宗受了杨贵妃的挑唆，将梅妃江采蘋发往上阳宫居住。相传，梅妃因忍受不住上阳宫的清冷，便写了一首《楼东赋》送给玄宗。玄宗看后心有所动，但怕杨贵妃生气，所以只偷偷地送去了些珍珠。梅妃大失所望，将珍珠退还，并增诗一首：

柳叶双眉久不描，残妆和泪污红绡。

长门尽日无梳洗，何必珍珠慰寂寥。

江采蘋《一谢赐珍珠》

从此，上阳宫中的梅妃再也不是玄宗的心上人，她和无数的白发宫女一样懒于画眉梳妆，孤独、寂寞地生活在冷宫中。安史之乱的时候，唐玄宗顾不上带走梅妃，便匆匆逃跑。有人说，梅妃被安禄山的士兵乱刀砍死；也有人说，她为保贞节，投井自尽。而那被玄宗带走的杨贵妃也终于还是死在了马嵬坡前。红颜薄命，大抵如此！

唐玄宗当年亡命天涯，后人只能在零星的资料中，读到这些宠妃们的结局，却无法猜测那深锁在上阳宫里的三千佳丽，魂归何处，逃往何方？但是，无论哪种结局，能够冲散那紧闭的宫门，逃出这幽闭的监牢，对于她们来说，都是一种解脱吧，总比闷死在寂寞的时光中要痛快得多！

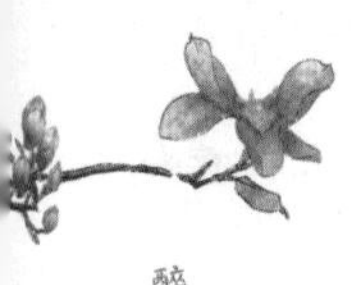

人世无常，只在一片夕阳

在中国传统的感情中，人们对清晨的喜爱要胜过黄昏，对春天的喜爱胜过秋天。因为“一日之计在于晨，一年之计在于春”。晨与春都象征一种开始，唯有欣欣向荣的时光才能带给人希望，催促人奋进。所以，那些送别、离愁多是在秋雨迷蒙的傍晚，似乎也只有这样的落幕，才能将时光交错、人世无常都融入一片夕阳之中。

昔人已乘黄鹤去，此地空余黄鹤楼。
黄鹤一去不复返，白云千载空悠悠。
晴川历历汉阳树，芳草萋萋鹦鹉洲。
日暮乡关何处是，烟波江上使人愁。

崔颢《黄鹤楼》

这首诗的大意是：曾经的仙人已经驾鹤远逝，这里只留下一座空空的黄鹤楼。黄鹤飞去后便再也没有回来，千百年来，只有朵朵白云依旧在楼前荡漾、飘浮。汉阳的树木在阳光下清晰可见，鹦鹉洲上，草木也无比丰盛。在这暮色降临的时候，我举目远眺，何处是我的故乡？江上，烟波荡漾，我无尽的愁绪随着这片暮霭弥散其中。

崔颢的《黄鹤楼》历来被尊为唐诗七律之首。相传，有一次李白来到黄鹤楼想要题诗，结果看到这首诗后十分佩服。珠玉在前，不得不暂时搁笔。

当然，这只是传闻，却足以说明这首诗渲染的感情，真实丰富，影响深远。在这片夕阳山色之中，景虽美，却依然抵不住对故乡的思念。“树高千丈叶落归根”，这是传统文人的家园理想。而此时，傍晚的余晖拉长了诗人的愁绪，白云悠悠，人生有限，无限苍凉尽收笔底，波浪壮阔时，很难分清这究竟是因为黄昏的惆怅还是故乡的渺茫。时光，在这昏黄的落日中，成了心底最深的烙印。

早晨是一天的开始，黄昏是一天的结束。在这晨昏之间，数不清的是似水流年。建功立业的人，告老还乡的人，打算一展雄才伟略的人，都在黄昏时分反思自我与人生。

山石荦确行径微，黄昏到寺蝙蝠飞。

……

铺床拂席置羹饭，疏粝亦足饱我饥。

夜深静卧百虫绝，清月出岭光入扉。

……

人生如此自可乐，岂必局束为人鞿。

嗟哉吾党二三子，安得至老不更归。

韩愈《山石》（节选）

山石荦确，山路狭窄，黄昏的时候来到寺庙，发现庙里有蝙蝠乱飞。僧人为自己准备好床铺和饭食，饭菜虽然粗粝，但足以填饱肚子。夜深的时候，静静地躺在寺庙中，万籁俱寂，连小虫的低鸣也听不到了，明月爬上了山头，清辉通过窗户水银般洒落在地上。随后，韩愈描写了清晨的美景，然后感叹，人生之事能够自得其乐就好，何必要受制于他人呢？我的那几个朋友，怎么已经年老却还不返乡呢？

韩愈这首诗从黄昏写起，写到深夜的寂静，清新的黎明。这与其他诗人常常从清晨起笔，看朝阳绚烂，观夕阳伤感大有不同。在韩愈的诗中，能够果腹、蔽体，便知足常乐，根本不用理会晨昏的区别。时间每分每秒都是一样的宝贵，“晨与昏”不过是人们用来计时的标准，“昏睡晨醒”也是轮回的一种，又何必太在意此刻是日出还是日暮！含着对生活的激情，无论清晨还是黄昏，都同样可以获得快乐与美感。

一道残阳铺水中，半江瑟瑟半江红。

可怜九月初三夜，露似真珠月似弓。

白居易《暮江吟》

白居易说，一道残阳铺洒在水面之上，波光粼粼的晃动下，一半是碧绿，一半是火红。最惹人怜爱的是这九月初三的月亮，月色下滴滴清露就像颗颗晶亮的珍珠，而那弯弯的月亮就像一张精巧的弓。恐怕再也没有人能把夕阳的美景写得如此安详。

有人说李商隐吟诵“只是近黄昏”，有仕途不顺的抱憾。但白居易同样遭遇政治立场的“牛李党争”，他请求外放后，欣然自得，写下如此淡定的篇章。可见，同样的黄昏也可以品咂出不同的况味；同样的夕阳，也可以装扮出不同的人生。所谓“人到中年万事休”不过是一句安于现状的托词。人无两度少年时，但夕阳的火红不也是一生仅有的一次吗？

盛世山水一场梦

有关秦淮的记忆，是一些诗句的散乱碎片。仿佛是昨夜刚刚读罢的一部书简，然后再次捧起温读却仍然恍若隔世。

山围故国周遭在，潮打空城寂寞回。

淮水东边旧时月，夜深还过女墙来。

刘禹锡《石头城》

这是唐诗里的秦淮河，是刘禹锡笔下的淮水。

唐诗里的秦淮河繁华并且寂寞，岁月如歌，悠悠秦淮，伤感是岸。远山还是那群远山，时光和潮水一起冲刷着古老的城池，多少诗人在不同的城池里做着相同的梦，又有多少梦里有着诗人魂牵梦绕的秦淮河。

是年，唐朝开始走向没落，朝堂上党羽之争越发严重，宦官当权已成风气，藩镇割据势力回温，种种现象让太多有着忧国忧民之心的文人叹足了气、操碎了心。刘禹锡也位列其中，这位桀骜不驯，被人戏称为“倔驴”的诗人此时也一筹莫展。

他在墙垛下低着头反反复复踱着步，周围寂寥无人，只能听见淮水拍打城墙的声音，皎洁的月光旁若无人地照耀着每一块石砖，无私地点亮着城墙里头。刘禹锡不禁心中郁结：这潮水这月光也曾光顾过六朝的大门，看过它们的繁盛和落寞，如今又要看我大唐的笑话了！想到这里，诗人心头一痛，摇摇头离去。

脉脉秦淮，铮铮金陵，见证了六朝更迭；车水马龙，纸醉金迷，见证了千古帝王的笑容和眼泪，也见证了大唐历尽风雨的起伏命运。而这诗，和淮水明月一样，都是历史的冷眼，静静地看着。

无论古人还是今人，不可否认的是，多数中国人都喜欢回忆，骨子里的念旧可以生发出一种情感：越是即将失去的，越发珍惜。

盛世的山山水水，却常常入不了诗人的眼，往往在易代换主之时，才有那么多的诗人从祖国的河山中看到自己的依恋。

放弃了也好，伤怀也罢，淮水还是那个淮水，一如既往地向远方奔去，把故事和历史都远远地抛在了脑后，徒留下诗人在岸边惘然。

烟笼寒水月笼沙，夜泊秦淮近酒家。

商女不知亡国恨，隔江犹唱后庭花。

杜牧《泊秦淮》

这是杜牧笔下的秦淮河，盛唐过后，只有在秦淮河，诗人才把兴国兴邦的担子放到了女子薄弱的肩膀之上。杜牧这天夜里乘船停靠在淮水畔，此时的大唐已每况愈下，虽距朝代更迭还有几十年，但敏感的诗人已经嗅到了一个时代消失的伤感。正在惆怅的杜牧此时却听见两岸的酒家里传来歌女的歌声，唱的正是陈后主的《玉树后庭花》。

南朝最后一个皇帝陈叔宝沉湎声色，他在后庭摆宴时，一定要叫上一些舞文弄墨的臣子，与贵妃及宫女调情。然后让文人作诗与曲，让宫人们一遍遍演唱，《玉树后庭花》是当时典型的宫体诗。南朝陈最终被隋朝灭掉，因此，《玉树后庭花》理所当然地被称为“亡国之音”。

联想到唐朝的岌岌可危，烦乱的杜牧只得将罪责落在了不懂政治和历史的歌女身上。但可怜的歌女和可悲的诗人的心情又有谁能懂呢？只有身边沉默的淮水，载着历史的幽怨，趁着月夜东流，汩汩好似一首呜咽的歌。

秦淮河每天都在这里，流淌着，守护着岸边的子民，无论是前代还是此朝，太多伤感的故事被记下，却没有留下名字。只有那些诗句中记录的发生在秦淮河上的事，让后人唏嘘不已。

这一天，卖花的姑娘照例从画舫经过，用她一贯的温软细语喊道：卖花，卖花。新摘的花儿在阳光下格外娇艳，露珠点点在花瓣上闪烁，晨光下仿佛是珍珠般的泪。

“咯吱——”一声悠然的响声，画舫的窗子被推开，小姐的头探了出来。

“都有什么花？”

“除了水里的荷花呀，全都有！”卖花姑娘指着河里的荷花独自咯咯地笑起来。桥下的流水潺潺，民家的乌篷船在桥下静静地泊着。卖花姑娘心情大好，立在桥边等生意，不由得哼起歌来：约郎约到时日出时，等郎等到时月偏西……

楼上的小姐在这时走下画舫，小姐是来买花的，可听了这样的歌唱，竟是久久无语。

有时候，别人的一句话足以让往事前尘回到眼前。

后来，庵堂就是秦淮河上的这个小姐的家了。往事如烟，一颗菩提的种子落到凡尘，结束了人间一段好姻缘，增加了一个虔诚的信徒。这是宿命，是秦淮河里的又一种伤感。

这是冯梦龙笔下的秦淮河，殊不知两个朝代之前，这河上的明月也曾照过伤怀的刘禹锡，诗人也曾在同一片城垛下踱着步子，抬头望着明月，吟着有关秦淮河的一首诗，做着有关古今的一场梦。

“楼台一望凄迷。算到底、空争是非。”人世间的是是非非纷纷扰扰，参不透的永远是当事人。古今多少功过兴衰、情深缘浅，透过眼前的迷雾仍难看清。所有的意义都不过是因了念旧，旧时王谢堂前的燕子不经意间又飞入了谁的窗子，惹了一地的留恋和惋惜。

而秦淮的生命远比每一个独立的生命个体长得多。当现在成为往事，一切的新又变成了旧，让后来人继续怀念、伤感，因果相生，永远轮回。

秦淮河就是这轮回的联结点，带着古今的大城小事，奔向下一个时代，奔向诗人的梦中。

宇宙的琴弦

一首诗，引领诗歌走向了一个新的时代；一个人，创造了一种新气象。从张若虚这里开始，诗步入了初唐阶段，开始了一个不平凡的历程。张若虚自己，却是一个名不见经传的神秘人物。关于他的生平，除了两首诗，几乎再没有留下半点痕迹，后人也只能从这曲神秘的“以孤篇压倒全唐”的《春江花月夜》里去暗自揣测他的经历和一生。

春江潮水连海平，海上明月共潮生。
滟滟随波千万里，何处春江无月明？
江流宛转绕芳甸，月照花林皆似霰。
空里流霜不觉飞，汀上白沙看不见。
江天一色无纤尘，皎皎空中孤月轮。
江畔何人初见月？江月何年初照人？
人生代代无穷已，江月年年只相似。
不知江月待何人，但见长江送流水。
白云一片去悠悠，青枫浦上不胜愁。
谁家今夜扁舟子？何处相思明月楼？
可怜楼上月徘徊，应照离人妆镜台。
玉户帘中卷不去，捣衣砧上拂还来。
此时相望不相闻，愿逐月华流照君。
鸿雁长飞光不度，鱼龙潜跃水成文。
昨夜闲潭梦落花，可怜春半不还家。
江水流春去欲尽，江潭落月复西斜。
斜月沉沉藏海雾，碣石潇湘无限路。
不知乘月几人归，落花摇情满江树。

张若虚《春江花月夜》

被雪藏了百年的张若虚因这首诗名动后世，它突破了六朝宫体诗的艳情奢靡，为唐诗盛况的来临打下了最初的根基。

春、花、月、夜，单看这四字，就已美感连连了。一轮皓月，照着古今离人，亘古不变地东升西落，却给张若虚带来了别样的思考：不再是建安时期“惊风飘白日，光景驰西流”对岁月流逝

的无奈，而是带来了“江畔何人初见月，江月何年初照人”人生宇宙的轮回感叹。

春江之畔，多少人在朗月之下，一代一代不停更迭。月色下迭出春江夜色，春江夜色中迭出个初唐胜景。人生便如此，多少柔情万种，多少凄美多情，在这如水般月华下，更迭着。

人生百年，急驰而过；唯有江月，淡泊尘埃，千古不变。

凄冷的月到底有多少谜，让诗人们好生迷恋？“人生自是有情痴，此恨不关风与月”，欧阳修一语道破多少诗人心中羞涩的秘密。在此景面前，张若虚也逃脱不过。“谁家今夜扁舟子，何处相思明月楼”一句，写出了诗人的心声。再美的风光景色，也不过是思念的铺垫罢了，只是诗人没有再多说一句，没有告诉世人他念的是哪家的良人，让他“相望不相闻”“愿逐月华流照君”，爱情恰似这轮江月也有圆缺，该拿什么延续爱情到永远？命运那只翻云覆雨的大手，捉弄了多少人，推倒了多少泪落的离人。

爱情也如人生，短暂而倍显珍贵。多少诗人为红颜折腰，而红颜最终也为这人事折腰断念。《春江花月夜》是诗，更是曲，是一曲为心爱的人演奏的情曲，也是一首对爱情缥缈无依的离曲：想留不能留才最寂寞，没说完温柔只剩离歌。身陷爱情中的人都渴望永恒，并不遗余力地为之努力着，可是爱一个人是寂寞的，无论对方是否回应，都始终是一个人的事。寂寞得如这当空的明月，不待任何人。

南唐李后主颇能理解张若虚的心，同样的月光照着同样难言的爱情：

无言独上西楼，月如钩，寂寞梧桐深院，锁清秋。

李煜《相见欢》（节选）

不同的是，张若虚身处初唐，怀着天真与浪漫，任性地做着人生的梦，憧憬着爱情，在无限美好中陶醉翩跹；而后主李煜却是尝尽了世间冷暖，爱恨盈缺，方知人世莫测，如月色一般冷酷无情。

张若虚的寂寞无处不在，诗中的几个问句吐露了玄机，“江畔何人初见月？江月何年初照人？”乍一看以为是屈原的遗迹，语气间满溢着《天问》的姿态，不过屈大夫是问天问地，问的是天下，而张若虚是问月问人，问的是自己。人生短暂，很难说到底哪里才是不朽的归属。

诗人的追问始终没有得到回答，于是只有重归春景，看看闲潭落花，赏赏落月西斜，留待后人解答。没想到，这一句无心的“江水流春去欲尽，江潭落月复西斜”正是最好的解答。

日复一日终成永恒，宇宙的每一颗尘埃都有去处，来日化成一种新气象。形式千般变化，月还是那个月，水依然奔腾。人生便在这反复的变化中永远前进，直至永恒。

卷四　寻梦云水间

于山水中，看见山水。于山水中，看见自己。于是，山山水水、欢欢喜喜、凄凄凉凉，便都化作了一颗心。这心中便也有了偌大的天地乾坤，也有了渺小的孤独个人。

孤独的垂钓者

孤独，是人类最原始的情感。太多的诗人在晚年选择独自乐山好水了此残生，山水之间似乎有太多让诗人向往的乐趣。陶渊明爱桃花源，王维爱终南山，李白云游四方不羁放浪，纵使世事百般辗转，也终不改他们悠游山水的意愿，于是一首首山水诗作就诞生了。

每一首诗的背后都有一位孤独的诗人，每一位诗人背后都有一段孤独的故事，或遭受谗言，或故国不再，抑或仕途不顺。每一位诗人归隐前都有着轰轰烈烈的理想，理想无望时，他们恋恋不舍地回归山水、回归田园，在自己的一方乐土中与孤独做伴。

千山鸟飞绝，万径人踪灭。

孤舟蓑笠翁，独钓寒江雪。

柳宗元《江雪》

一幅中国画般水墨点染的“雪中孤翁垂钓图”在眼前缓缓展开，千山万径连一只鸟一个人的踪迹都不见，只有一个身披破旧蓑衣头戴笠的老翁乘着一叶孤舟而来，独坐寒江边，在茫茫大雪中垂钓。这位孤独的老人就是唐宋八大家之一的柳宗元。

这首影响后世的诗作惹来了很多争议，因为它颠覆了山水诗给人一贯的流水葱茏的印象，构造了一幅孤寂寒冷的冬季雪景。有人争论柳宗元在隆冬垂钓能钓到什么，是鱼还是雪？其实都不然，柳宗元在渺无人烟的寒江边钓的不是鱼也不是雪，是寂寞。

唐代的大诗人中绝句写得好的有很多，擅长写山水的，柳宗元肯定是其中一个；唐代的大诗人中时运不济的有很多，当官被贬后寄情于山水的，柳宗元也是当中的一个。

柳宗元并不是一生都不被重用才自暴自弃成了一个以钓鱼为乐的老翁。他三十岁前后那几年，曾是政治界一颗冉冉新星，但他并没有沾沾自喜，而是愿意和百姓在一起。

被贬永州使柳宗元命运开始转折，注意力才开始转向山水，借山水一发内心的幽怨，他大部分悲情的诗作也创作于此时。“只应西涧水，寂寞但垂纶。”他的寂寞在于理想受挫，源于政治上的压迫；他的寂寞也在于不移白首的一片冰心被淹没与淡忘。于是只好孤独垂钓，钓上来的是雪，钓不上来的是官场的繁华。

渔翁夜傍西岩宿，晓汲清湘燃楚竹。
烟销日出不见人，欸乃一声山水绿。
回看天际下中流，岩上无心云相逐。

柳宗元《渔翁》

傍晚，渔翁把船停泊在西山下息宿；拂晓，他汲起湘江清水又燃起楚竹。烟消云散旭日初升，不见他的人影；听得欸乃一声橹响，忽见山清水秀。回身一看，他已驾舟行至天际中流；山岩顶上，只有无心白云相互追逐。

柳宗元在永州放情山水，或行歌坐钓，或涉足田园，生活恬淡。其实他心底仍然充满了悲伤，充满了不平。他本身是一个蓬勃热情、不甘寂寞的人，但他长期过着谪居闲适的生活，处于政治上被隔绝扼杀的状态，生活的寂寞、感情的热烈、现实的孤独斗争与远大的理想使柳宗元陷入深深的矛盾。他所写出的山水诗也就带着深沉、委屈的格调。苏轼评价柳宗元的诗说：“发纤浓于简古，寄至味于淡泊。”

此时再回头看《江雪》，不知柳宗元是有意为之还是偶然，将每句首字摘下，竟是“千万孤独”的藏头诗，越读越清冷，越看越沉重！但他仍在寒江独钓中苦苦支撑，也在静静地坚守着内心的理想，这种独钓寒江的峻洁山水情怀，他直至老去都在默默地守护着。

当一个人只能听见自己灵魂的声音，当脆弱的心跳都掷地有声，当过尽千帆皆不是，唯有归隐山林，于斜晖脉脉水悠悠中寻找无法在现实中实现的理想。与自然相伴，没有势利没有圆滑，有的只是一个人的独坐，淡忘过去的感情，用自

然之雪雨涤荡被世事污染的心灵。

相比来说，王维就更加释然一些，也更能意在山水、心存豁达。

空山新雨后，天气晚来秋。明月松间照，清泉石上流。

竹喧归浣女，莲动下渔舟。随意春芳歇，王孙自可留。

王维《山居秋暝》

一样是山山水水，这首五言律诗于诗情画意的明媚山水之中寄托了王维高洁的情怀，少了的是柳宗元的点点悲情。

王维不是没有理想，明月只在松间照，清石上才流得清泉，对浣女和渔舟的向往正是对官场黑暗的厌倦。表面上是赋的手法，实际通篇都是比兴，山水的高洁正是诗人人格高洁的象征。在功名利禄中摸爬滚打了一番之后，还是要一个人享受清寂，甘于孤独。山水不过是寄存理想的保险箱，你去那里找一找，总会找出一丝安慰和希望，因为寄存者不是别人，而是诗人自我的心灵。所以不要小看唐诗中这些貌似没有情感成分的山水诗，正所谓“笔笔眼前小景，笔笔天外奇情”。

水，流动就是命运；山，固守就是过往。自然山水雨露的恬淡方能涤去内心的污浊秽物，倘若冰炭难置的心事，终成不眠。一盏灯，一杯茶，喜笑悲哀镂入烟茗，谈一谈山高水远，笑一笑历尽千帆，微带一丝劫余的慰藉，就像命运中难得一场风雨。

无论古今，总有太多纷扰不尽如人意，无法释怀，醉心于争名夺利，往往徒劳而归。不妨给心灵做一次原始的按摩，或寄情山水，或回归自然。山花烂漫也好，寒江独钓也罢，都只为内心的宁静，与世无争。

不如，归去

寂寂竟何待，朝朝空自归。
欲寻芳草去，惜与故人违。
当路谁相假，知音世所稀。
只应守寂寞，还掩故园扉。

孟浩然《留别王维》

浅浅读罢，这是唐诗中很寻常的一首告别诗；细细玩味，才发觉诗中透露着归隐的意愿。这是孟浩然留下的眷恋，给友人王维，更给没有给他偏爱的朝堂。

“寂寂竟何待，朝朝空自归”给许多怀有相似心境的人带来了很大认同感，无论谁得不到认可和欣赏时想起这两句来，都会心有所感，或者想起自己的某段岁月来。“欲寻芳草去”一句露出了端倪。诗人开始有了归隐的动机，但又有些不舍，原因就是“惜与故人违”。“知音世所稀”一语双关：既对好友王维表示难舍，也是暗中叹息世上没有慧眼看到我孟浩然的才华啊！不如寂寞地守望，轻轻地掩上家园的柴扉。门，悄悄地关上了。

这一关，关上了对入仕的希冀与钟情。

出身于书香门第的孟浩然，中规中矩，考取功名吃朝廷俸禄是一家人都认为理应如此的事情，他自己也觉得应该走这样的路。但人到中年一直隐居在涧南园，过着性情山水的生活，迟迟没有参加科举。

四十岁这年，孟浩然终于动身进京赶考，这一路他结交了一批诗人，常赋诗作会，也因此声名大噪。连当时已为官的王维、张九龄等诗人也想见一见这位才子。当地郡守韩朝宗向众高官宣扬了孟浩然的才华，再和他约好时日与众官员诗人相见。

约定的日子很快到了，这天，孟浩然正与一群朋友喝酒作诗，俨然忘记了和韩公的约定。有好心的人提醒他说，你与韩公有约在先，还是快去赴约以免怠慢了那些官员吧。孟浩然笑笑摇头，举杯饮尽一杯酒后说，我与大家一起喝酒作诗好不快活，其他的事都先放在一边吧！就这样，一个求仕的机会在眼前溜掉了。

虽然机会失去了，但是孟浩然还是有缘与王维结交，他们的友谊有增无减，二人并称为唐代山水田园诗里的“双子星”。

不知是天遂人愿还是天妒英才。发榜这天，孟浩然信心百倍地去看榜，结果却名落孙山。原本在家隐居多年的孟浩然对功名本没有太大兴趣，只是这数月在京，能为诗文的名声已被远远传了出去。最后落了个榜上无名，让孟浩然心中愤愤不平，想上书给皇帝又徘徊不定，矛盾的心绪之下，感慨良多，作下了一首不平诗：

北阙休上书，南山归敝庐。
不才明主弃，多病故人疏。
白发催年老，青阳逼岁除。
永怀愁不寐，松月夜窗虚。

孟浩然《岁暮归南山》

诗中既有“不才明主弃”的不平不服，也有“南山归敝庐”的归隐之心。想来也真是让人痛心：半生与世无争，坐享山水的孤寂，临老不想再让家人失望，也就此证明一下自己，却失望而归。希望越高，失望也越大。四十岁的孟浩然从未觉得自己有多老，而这一刻，他才看见自己已成白发，岁月无多。这样的心情更加矛盾了：岁月相逼，再不入仕得功名，恐怕机会越来越少了；已生白发，不如与世无争，回归南山，一个人月夜怀愁去罢了！

仕与隐，其实是一个普遍困扰着古代知识分子的问题，几乎所有文人都在心里问过自己这个问题。但大多数人的归隐是因为朝廷的昏庸或不同党羽之间的排挤，而此时的孟浩然心里考量的是身与心不能同步的问题。

孔子说：“道不行，乘桴浮于海。”孟子也说：“穷则独善其身，达则兼济天下。”而独善其身的确是在乱世自保的好方法，归隐的文人大多出于此目的而回归田园，不是真的舍得放弃那一袭官袍。此时的孟浩然，进与退之间，只有一步之遥，这一步却那么难以迈出。想找朋友倾诉，一不小心却写成了诀别诗，此诗一出，反倒坚定了归隐的信念。

小隐隐于野，大隐隐于朝。隐逸是诗人特有的一种情怀，遁世之心背后的眷恋之情又有几人得知。一面狂唱着“众人皆醉我独醒”，一面忧国忧君忧民。仕与隐的这条分岔口，往左是帝王的垂怜、同僚的排挤、现实与理想的落差；往右是空幽的山林、物我两忘的和平、此生难以施展的抱负。这小小一步，难住了古今多少诗人、志士的心，让他们在进与退之间，举棋不定，拖沓难行。

不知是诗人伤了历史的心，还是历史伤了诗人的心。在仕与

隐这条路上，孟浩然归隐了，王维归隐了，陶潜也归隐了。

从隐向仕是一种决心，并不是因为他难以抉择，而是那一段漫长的经过。

从仕向隐是一种跋涉，并不是因为他经历了千山万水，而是过程的举步维艰。

世人皆知歧路多彷徨，却没想到，进与退之间的距离，这么近，那么远。这个决心，孟浩然思忖了半生；这次跋涉，却耗尽了他一生的时间。

门，是悄悄地掩上了，但心却给那个地方留了一道缝，长长久久，不近不远。

不如，归去。

心安处，是春暖花开时节

彼时的杜甫已经在成都浣花溪畔，建了一座草堂作为安身之地。经历了颠沛流离后，他更加珍惜这份来之不易的安定。春暖花开的时候，他的心情也变得异常轻快，来到江畔散步、赏花，并写下了这首著名的诗篇：

黄四娘家花满蹊，千朵万朵压枝低。
留连戏蝶时时舞，自在娇莺恰恰啼。

杜甫《江畔独步寻花》其六

杜甫的大部分诗歌，都凝结着浓重的哀愁，所以后人常觉得他“苦大仇深”。倒是这首小诗，笔调轻快流畅，一洗往日的愁怨，春天的喜悦也在字里行间不断迸发。黄四娘家的小路上开满了缤纷的花朵，千朵万朵把树枝压得很低。彩蝶在花间飞舞流连忘返，自在的黄莺在欢快地啼叫。在这条乡村的小路上，有繁花似锦、莺啼蝶舞、美不胜收的景色，也有愉快的心情。

桃红复含宿雨，柳绿更带朝烟。
花落家童未扫，莺啼山客犹眠。

王维《田园乐七首》其六

红红的桃花上还含着昨夜的雨露，绿色的柳条上也沾满清晨

的烟雾。落花满园，家童还没来得及清扫，黄莺在清脆地啼叫，山客还在睡梦中酣眠。在王维的这首诗中，桃红柳绿莺啼，都如美丽的画卷般徐徐展开。寂静的清晨里滑过黄莺的欢叫，而这一切都消融在客人甜美的梦境中。乡村的早晨，凝霜含雾，带着雨后土地新翻的气息，渐渐地在空气中弥散。

很多人都说自己往上查三代，祖先都一样是农民。作为农耕文明的代表，中国人似乎天生就和土地有着一种亲近。所以，很多生活在城里的人，都喜欢在放假的时候去郊外度假，既能在自然中放下平日的烦恼，也能在久违的乡村生活中寻得别样的经历和体会。于今于古，这样安详的田园生活，似乎都是人们最美的期盼。

斜光照墟落，穷巷牛羊归。
野老念牧童，倚杖候荆扉。
雉雊麦苗秀，蚕眠桑叶稀。
田夫荷锄至，相见语依依。
即此羡闲逸，怅然吟《式微》。

王维《渭川田家》

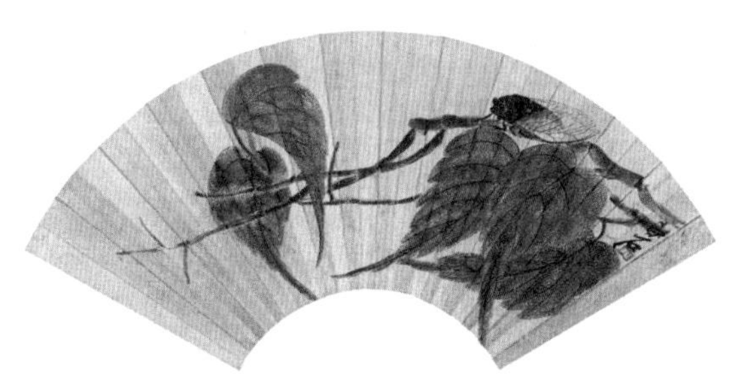

田园生活，在夕阳晚照映红的村落里，在放牧归来的牛羊走进的小巷中。老人惦念着放牧的孩子，拄着拐杖，倚着门扉，等着他们回来。野鸡在鸣叫，吃饱了桑叶的蚕也开始渐渐休眠，荷锄归来的农夫们彼此寒暄，悠游地聊着家常。一切都被夕阳镀上了金色。诗人也在这醉人的金色中，体会到一种闲适与安详。

在这美好的景致面前，诗人禁不住羡慕农村生活的悠闲与安逸，很多评论都说王维的这首诗表现了他的退隐精神。但纵观王维一生，他厌恶官场却又不能决然而去，所以始终过着半官半隐的生活。陶渊明说："误落尘网中，一去三十年。羁鸟恋旧林，池鱼思故渊。"开荒、守园，看似简单，其实都透着不寻常。繁华落尽，能够守着恬淡生活固然是好事；但能将这"淡而无味"的生活守到云开雾散、甘之如饴的地步，却并不是件容易事。这需要清净的思想，绝尘的灵魂。

而王维，站在世俗的拐角处，用佛学的理念来弥合了官与隐之间的缝隙，将田园的乐趣发挥到极致，建造了属于自己的"人间乐园"。古代如孟浩然、王维等诗人，都能将自己的情怀放置在山水田园间，呼吸自由的空气，感受生命的真实。

其实，真正能够让人放怀自在的乐园，都只存在于自己的内心。所谓的田园生活又何尝不是呢？游刃在官场，一样可以守住内心的宁静；纵横于江湖，同样可以心系天下苍生。寸心之间，知荣辱，可进退，就是人间最舒适的乐园。

碧水，青山，自有蓝天

据说，现在南方很多乡村仍然保留着中国社会传统的人际关系。只要家里有人，从最外面的一扇大门，一直到卧室的门都是敞开的。街坊邻居彼此并不设防，而且经常互相走访，今天张三家娶了媳妇，明天王五家生了小娃，消息都像长了腿一样，四处乱飞，很快就能传遍整个村落。在那遥远古老的乡村，口耳相传的都是故事，推杯换盏的都是宝贵的乡情。酒席未必丰厚，村舍也并不豪华，但就像孟浩然诗中倾诉的一样，只要能够相聚，这份默契便是心底涌起的最温暖的细流。

故人具鸡黍，邀我至田家。绿树村边合，青山郭外斜。

开轩面场圃，把酒话桑麻。待到重阳日，还来就菊花。

孟浩然《过故人庄》

诗的大意是，当老朋友准备好了饭菜，便邀请我到他们家做客。整个村子犹如被绿树所环抱，郊外的山上苍松翠柏，一片碧绿。打开窗子，映入眼帘的就是打谷场和菜园子，我和朋友都边喝酒，边聊着家长里短的琐事。宴罢归家，还不忘依依不舍并叮咛：等到重阳节的时候，再到这里赏菊饮酒，倾诉人生的酸甜苦辣。

这首诗写得很平淡，没有亭台楼阁的典雅，也没有奇花异草的神秘，甚至连山珍野味都没有，“鸡黍”说穿了也就是烧鸡和米饭。但就是在如此普通的农家小院里，孟浩然却和朋友开怀畅饮，聊着庄稼的收成、农村的生活。外面是菜园、谷场，应该还有小孩子在房前屋后跑来跑去，嬉笑欢闹。这是一幅普通的农家景象，但也因为这份朴素而显得格外动情。

老朋友在一起，有时候常会叙叙旧，吃得好与坏、家的贫与富也不重要，重要的只有一点，就是“聚首”。多年的情谊就这样汩汩流淌在彼此的身上，可以找到时间的倒影和剪影。小时候爬过同一座山，蹚过同一条河，在同一个池子里洗过墨……在绵长的光阴里，不断伸展的是田园的生活，也是岁月的快乐时光。所以，无论是去朋友家聚会，还是有朋友造访，都是一样的欢快、开心。

舍南舍北皆春水，但见群鸥日日来。
花径不曾缘客扫，蓬门今始为君开。
盘飧市远无兼味，樽酒家贫只旧醅。
肯与邻翁相对饮，隔篱呼取尽余杯。

杜甫《客至》

杜甫说，在我茅舍的南北两侧，都静静地流淌着春水，鸥群整日飞来飞去，环境幽雅静谧。我的花径已经很长时间没有清扫过了，落花无数，却并不曾有客来访。今天听说朋友要过来，紧闭的大门也将为你大开，酣畅淋漓的快意挥洒自如。

等朋友来后，又可见到杜甫频频劝酒：说自己家离菜市场太远，只能吃点简单的饭菜；买不起太昂贵的酒，也就只能喝点自己酿造的酒。虽然并不阔绰，但盛情与愧疚都显得十分纯朴。估计朋友也并不介意，所以酒酣处，竟然想到与邻居老翁对饮，隔着篱笆，高声呼唤邻居过来一起痛饮。

这是一个很有意思的场景，大诗人在家与朋友喝酒，酒兴正浓时，竟然向隔壁的老翁高呼："我的朋友来了，你也过来一起喝酒啊！"看似江湖英雄般的意气，却出现在老成、持重的诗人杜甫身上。诗作至此戛然而止，虽然没有写到后来的欢闹，但料定邻里乡情一定比杜甫停笔处更为热烈。

相较如今社会而言，曾经的呼朋引伴，早已远离我们的生活。城市化进程的加速，高楼大厦阻挡了人们的视野，没有青山绿树的陪伴，更休提落花满园的情致。杜甫那种隔着篱笆招呼邻居饮酒的乐趣，现代人恐怕没办法再体会了。而"街坊邻居"这样的词也将随着推土机的轰鸣，而被推进历史书，风干为一页书签，作为资料去珍藏。

中国有句俗话叫"远亲不如近邻，近邻不如对门"。住得近的邻居，常常可以彼此照顾。亲戚虽好，毕竟"远水解不了近渴"，反倒是邻居，可以彼此帮助照顾小孩、老人，甚至发生危险情况的时候，在第一时间里采取应急措施。

有人说，前世的五百次回眸才能换今生的一次擦肩而过，邻里乡亲，能够谈得拢，聊得来，也应该是一种缘分吧！能够像南方乡村中的人们那样，因袭古风，守着人类生存最初的乡村，静静地听大人们酒酣胸袒时回顾当年的雄壮，也是一种无比的幸福！

今天，虽然人们不用再体验"布衣暖，菜根香"的艰苦生活，也不用吃孟浩然、杜甫他们所说的粗米糙饭，但能够在这样朴素的生活理念下，守住自己对人对事的一片真诚，也算没有愧对有滋有味的人生！

守得自己，守得本真

白首何老人，蓑笠蔽其身。
避世长不仕，钓鱼清江滨。
浦沙明濯足，山月静垂纶。
寓宿湍与濑，行歌秋复春。
持竿湘岸竹，爇火芦洲薪。
绿水饭香稻，青荷包紫鳞。
于中还自乐，所欲全吾真。
而笑独醒者，临流多苦辛。

李颀《渔父歌》

李颀在这一首《渔父歌》中，塑造了一位白发老人，他披蓑戴笠，远避尘世，独自在江边垂钓。这位老翁持的是“湘岸竹”，烧的是“芦洲薪”，煮的是“香稻饭”，食的是“紫鳞鱼”，返璞归真，怡然自得。对于诗中的老翁来说，尘世的清与浊，醉与醒，都与他无关。他只消在这清静之中静享生活便足够了。这样不问世间事的人生境界，也是那时多数文人所追求的。

在唐朝诗人中，李颀诗歌的成就并不算很高。他年少时家境富裕，结识了不少富家子弟，挥霍无度，将家底挥霍一空。转而攻读诗书，寒窗十年之后，终于及第，考中进士，做了一个新乡县尉。

不过他才能有限，为官多年，一直未能升迁，仕途毫无起色。

在这样的生活中，李颀写出《渔父歌》这样基调淡薄的诗歌，也不是不可以理解的。此时的李颀已经萌生了退隐之意，既然仕途眼看是一条越走越窄的道路，何苦还要执着地走下去。

如何在入与出之中做出抉择，如何在成与败面前波澜不惊，如何在得与失之间达到平衡，这是李颀那时矛盾的焦点。不过，不管怎样，“矢志不渝，持守本真”是李颀一生都恪守的准则。

小来托身攀贵游，倾财破产无所忧。
暮拟经过石渠署，朝将出入铜龙楼。
结交杜陵轻薄子，谓言可生复可死。
一沉一浮会有时，弃我翻然如脱屣。
男儿立身须自强，十年闭户颍水阳。
业就功成见明主，击钟鼎食坐华堂。
二八蛾眉梳堕马，美酒清歌曲房下。
文昌宫中赐锦衣，长安陌上退朝归。
五陵宾从莫敢视，三省官僚揖者稀。
早知今日读书是，悔作从前任侠非。

李颀《缓歌行》

侠，既是唐人的人生追求，也是唐人的生活方式；既是唐人处事交友的原则，也是唐人精神满足的需要。侠义之风由来已久，并在盛世大唐达到顶峰。李颀早年狂放激昂，倜傥不群，热衷功名，追求达贵。他和当时很多年轻人一样追随富豪游侠四处漫游，广交朋友。

可当他发觉“结交杜陵轻薄子”“弃我翻然如脱屣”时，才恍然大悟“男儿立身须自强”“悔作从前任侠非”。世态炎凉，人情冷暖，可以是过往云烟，但过不去的是李颀自己心里的那道坎——“业就功成见明主，击钟鼎食坐华堂”。

在唐代，才子们对进士登科是趋之若鹜的，不通过进士而做大官终不为美。李颀也不甘落后，“小来好文耻学武，世上功名不解取”。尽管及第后只做了县尉这等小官，但他对仕途仍满怀信心。可在那个门第之风盛行的时代，一介寒门士子要如何才能争取到出头之日呢？李颀清高廉洁，不会趋炎附势，更不会攀附权贵。他虽然想在官场有一番作为，但他也绝对不会为此出卖自己的良心。

那时，李颀结交了王维、王昌龄、高适等人，众人在一起不是吟诗作对，便是畅谈国事，好不惬意。但这些人都是狂狷者，无一豪门人士。他们不求贵人举荐，不屑官场习气，李颀自然也无出头之日。“惭无匹夫志，悔与名山辞”，心灰意懒的他终于放下心中的犹豫，摘下官帽，脱下官服，回归故里，隐居山间。

三十不官亦不娶，时人焉识道高下。
房中唯有老氏经，枥上空余少游马。
往来嵩华与函秦，放歌一曲前山春。
西林独鹤引闲步，南涧飞泉清角巾。
前年上书不得意，归卧东窗兀然醉。
诸兄相继掌青史，第五之名齐骠骑。
烹葵摘果告我行，落日夏云纵复横。
闻道谢安掩口笑，知君不免为苍生。

李颀《送刘十》

尽管李颀一向被归为边塞诗人，他写出了“胡雁哀鸣夜夜飞，胡儿眼泪双双落”这等悲情豪迈的边塞诗句。尽管他从未到过边塞，却时刻关注边塞。但纵观其诗作，边塞诗仅寥寥数首，反而是赠答诗占了大半。

李颀的送别诗，极少言愁说苦，极少感时伤怀，要么勉人为善，要么催人进取。“房中唯有老氏经，枥上空余少游马”，他和刘十有同样的人生经历，怀才不遇，壮志难酬。“前年上书不得意，归卧东窗兀然醉”，归隐林间也归得不乐。他隐得不甘，满心惦念的还是君王和天下，还有民事与苍生。于是，他把希望与期冀都寄托在友人身上，殷切叮咛，深情嘱托，让他实现自己未完成的理想。

其实，归隐并不意味着要抛弃过往，抛弃信念，只要守住本真，守住自我，一样可以殊途同归。

草堂每多暇，时谒山僧门。

所对但群木，终朝无一言。
我心爱流水，此地临清源。
含吐山上日，蔽亏松外村。
孤峰隔身世，百衲老寒暄。
禅户积朝雪，花龛来暮猿。
顾余守耕稼，十载隐田园。
萝篠慰春汲，岩潭恣讨论。
泄云岂知限，至道莫探元。
且愿启关锁，于焉微尚存。

李颀《无尽上人东林禅居》

李颀的归隐与东晋诗人陶渊明的归隐有极大的不同。“少无适俗韵，性本爱丘山”，陶渊明对大自然是油然而生的喜爱；“所对但群木，终朝无一言”，李颀面对花草树木却有无言的忧伤。“采菊东篱下，悠然见南山”，陶渊明将身心都融入了山野田园中，有着冲破俗世藩篱后的超脱与自在；“且愿启关锁，于焉微尚存”，李颀旁观景物，无心流连，满是不得不归，不得不隐的无奈与愤懑。全妄归真，全事即理，不必执着于归隐之道。隐就隐，不隐就不隐，一切随缘。

“我心爱流水，此地临清源。”李颀对流水的喜爱，大概源于对道家思想的偏爱。老子的《道德经》有“上善若水，水善利万物而不争”。水的意境，简单、深远、丰富、坚韧；做人也如水一般，纯净、澄明、滋柔、谦卑，即使在喧闹中也能获得宁静之感，在纷扰中也能拥有淡泊之心。

矢志守真，虽难且苦，但回首仍觉可贵，回味亦觉甘美。

卷五　文人的风骨和菩提

文人，自当有一分心胸，一分情思，一分笔墨，一分诗句，一分酒气，一分茶水，一分画意，一分逍遥，一分禅修，一分风骨。

长安城中，一朵酒香青莲

中国古代文坛的一壶好酒，一半让魏晋文人就着寒食散干了，另一半被李白喝进诗里，些许化作率真，余下的遁入愁肠。

李白既是酒仙，又是诗仙，他的诗歌中始终洋溢着浓郁的酒香。

君不见黄河之水天上来，奔流到海不复回。
君不见高堂明镜悲白发，朝如青丝暮成雪。
人生得意须尽欢，莫使金樽空对月。
天生我材必有用，千金散尽还复来。
烹羊宰牛且为乐，会须一饮三百杯。
岑夫子，丹丘生，将进酒，杯莫停。
与君歌一曲，请君为我倾耳听。
钟鼓馔玉不足贵，但愿长醉不复醒。
古来圣贤皆寂寞，惟有饮者留其名。
陈王昔时宴平乐，斗酒十千恣欢谑。
主人何为言少钱，径须沽取对君酌。
五花马，千金裘，呼儿将出换美酒，与尔同销万古愁。

李白《将进酒》

这首诗作于李白离开长安之后。

不惑之年的太白应诏往长安任翰林院学士。本为布衣的他却让唐明皇李隆基“降辇步行，亲为调羹”，可见李白当时的人气。连李隆基自己也感叹这个李白不简单！朝堂的威严非但没有让他亦步亦趋，相反，天子的接见让这位仙人更加潇洒，喝酒赏月写诗，好不自在。酒喝多了，诗兴大发之时，管他天上地下，杨玉环也被招呼来磨墨，高力士为他脱靴！恐怕喝再多的酒，也只有李白一人敢如此狂妄洒脱。是的，之于李白，有什么值得畏惧的呢？大不了一走了之，仰天长笑倚剑天涯。

天真与浪漫的理想主义让李白与朝堂的处世哲学背道而驰，最终与曾热衷的政治理想渐行渐远。他以为李隆基好比汉武帝，于是便自比司马相如。哪知道，这时的李隆基沉溺美色，执政大权落入旁人手中，孤独的李白受尽排挤。眼里揉不进一粒沙的诗人怎能逆来顺受，“安能摧眉折腰事权贵，使我不得开心颜！”于是，李白又醉了，这一醉不

是累月却是经年。

不甘束缚的他重又开始漂游的生活，在开封，他和好朋友对酒当歌，写出了这首千载不朽的《将进酒》。诗中，岑夫子、丹丘生都是诗人的好朋友。酒逢知己千杯少，心中的愤慨不平也唯有此时才能毫无保留地流露。

黄河水一去无回，青丝成雪实难更改。诗的发端荡气回肠，带出的却是伤感的悲叹。李白的独特之处在于他没有将这悲伤继续太久，否则他就不是李白而成了李清照或秦观。他笔锋一转，纵情欢乐，“人生得意须尽欢，莫使金樽空对月”。金樽已满，烈酒入肠，强烈的自负之感和怀才不遇、受尽排挤之时运，让心中的情感涌动多时，喷薄而出，一句“天生我材必有用”字如洪钟，震惊了一代一代的诗人，直至今日仍余音绕梁。

欢愉是表面的，怀才不遇的心越隐藏越欲盖弥彰。“古来圣贤皆寂寞”是孤傲的李白为自己找的一个华美的借口。“惟有饮者留其名”，如若太白知道今日的他确实因为他的酒与诗而留名，定要再痛饮三千杯了吧！

酣梦之时，什么“五花马，千金裘”，什么功名什么金银尽情舍了去，换钱买酒，愿“与尔同销万古愁”。何等旷达的心胸能放下世间诱人的种种，怕是唯有太白不测的酒量方能容下这万古愁情。

醒，是一生；醉，亦一生。醒与醉之间，愁与乐之中，总要有个了断。醒不能济世，愁不能自救。于是一杯酒，一声笑，飘逸洒脱于醉梦中寻找一场人生的酣畅淋漓。

李白和古希腊神话中的酒神颇为相似。他和酒神狄奥尼索斯都是少年精神的代表，他们身上永远闪着人类童年时期的天真烂

漫和洒脱，借着酒的烈与甘，乐观不羁地回归自己的精神家园。不同的是，酒神是神，饮酒作乐再无怅惘；而酒仙是人，终要受世间羁绊，酒入愁肠化为传世诗篇。

弃我去者昨日之日不可留，
乱我心者今日之日多烦忧。
长风万里送秋雁，对此可以酣高楼。
蓬莱文章建安骨，中间小谢又清发。
俱怀逸兴壮思飞，欲上青天揽明月。
抽刀断水水更流，举杯销愁愁更愁。
人生在世不称意，明朝散发弄扁舟。

李白《宣州谢朓楼饯别校书叔云》

在宣州谢朓楼上，李白终于醒着一回。昨日之日是无数个弃他而去之日，那些逝去之日无可挽留，而所要面对的仍是无数不知来者的今日。人无法阻止水的流淌，抽刀断水总是徒劳。也许在这一点上李煜更加聪明，他将满怀愁绪投向东流的一江春水，没有举杯消愁也没有抽刀断水，但最终难逃厄运。

李白是幸运的，也是无奈的，他终于明白醉时可以逃避，但酒醒后的忧愁加倍乱人心，而散发弄舟无所顾忌让一切随风又颇有了苏东坡“回首向来萧瑟处，也无风雨也无晴”的放纵与达观。

太白的愁与寂寞无人能懂。他空有报国的热忱，却没有施展的机会。他以缥缈俊逸的姿态展现给世人看，豪迈给世人看。唯有一壶壶浊酒能走进他的内心，靠近他血脉里的那一分天真和赤诚。

酒和诗，花和月，山和水，失意与孤傲，成就了千古难就的一个李白。他嗜酒不是酗酒，他狂妄不是狂躁，他孤傲不是孤寂。诗是他的命，酒是诗的魂。仙人用一生酒杯泡出了自己的气质和哲学："天若不爱酒，酒星不在天。地若不爱酒，地应无酒泉。天地既爱酒，爱酒不愧天。"

醉与醒之间，隐与现之间，太多诗人在此长眠。

酒中乾坤，一半真睡，一半装醉

有人说，“青春、诗歌和酒”是李白诗篇中不断吟诵的主题，也是盛唐留给后世英姿勃发的倒影。于是，每每提起大唐，首先令人感叹的便是扑面的酒气。一杯清酒，让飞扬的青春更加浪漫；一杯烈酒，让灼热的胸怀更加激荡；英雄的壮烈、美人的惆怅，都化作清酒、美酒，陶醉了人心，也酿就了诗情。

大唐，永远是一副醉醺醺的模样。不过，也因为这氤氲的酒气，才更显性情。杜甫说唐朝最能喝酒的有八个人，他们嗜酒如命，笑傲权贵，是人间潇洒名士的极品，也是“饮中的八仙”。

知章骑马似乘船，眼花落井水底眠。
汝阳三斗始朝天，道逢麯车口流涎，恨不移封向酒泉。
左相日兴费万钱，饮如长鲸吸百川，衔杯乐圣称避贤。
宗之潇洒美少年，举觞白眼望青天，皎如玉树临风前。
苏晋长斋绣佛前，醉中往往爱逃禅。
李白一斗诗百篇，长安市上酒家眠。
天子呼来不上船，自称臣是酒中仙。
张旭三杯草圣传，脱帽露顶王公前，挥毫落纸如云烟。
焦遂五斗方卓然，高谈雄辩惊四筵。

杜甫《饮中八仙歌》

在这群醉八仙中，首先出场的是贺知章。杜甫说他喝醉酒后，

骑马就像坐船一样，摇摇晃晃。结果眼花缭乱的时候，失足落井，就在井底睡着了。

汝阳王李琎敢喝酒三斗再去朝拜天子，路遇卖酒的车垂涎三尺，恨不能把自己的封地移到“酒泉”。相传，那个地方，泉水清澈，甘甜如酒，日夜喷涌而出，故曰“酒泉”。假如真有这样一个好地方，恐怕不仅汝阳王会跑去定居，估计唐朝半数以上的诗人都会乐于在那里把酒言欢，醉卧红尘。

接着，杜甫写了丞相李適之酒量恢宏，如饮百川之水。风流名士崔宗之，酒后英俊潇洒，衣袂飘飘，玉树临风。而苏晋虽然吃斋礼佛，但还是喜欢在“酒”中逃避“佛”的束缚，宁愿用长久的修行换短暂一醉。“酒肉穿肠过，佛祖心中留”，大概就是苏晋这类名士的理想吧。

以草书著称的张旭，他喝醉的时候，不会顾及王公显贵在场，脱了帽子，奋笔疾书，笔走龙蛇，字迹如云卷云舒，潇洒自如。还有唐代著名布衣焦遂，五斗之后，便会高谈阔论，常常语惊四座。

当然，这八仙中，最著名的还是李白。

杜甫说："李白一斗诗百篇，长安市上酒家眠。天子呼来不上船，自称臣是酒中仙"。李白每次酒喝多了的时候，诗也就特别多。写了诗，干脆就睡在酒家里，醒了之后，还可以继续喝。这还不算什么，连天子叫他的时候都不上船，还说"我是酒中的神仙"，言外之意，可以不听你的号令，其酣然醉态彰显了不畏权贵的个性，也让他浪漫、可爱、无拘无束的形象深入人心。

然而，唐朝的气度和酒量，似乎在李白之外，还有许多佐证。那些诗名和酒名一样大的人，都对酒充满了感情。

子酌我复饮，子饮我还歌。

王建《泛水曲》（节选）

今朝有酒今朝醉，明日愁来明日愁。

罗隐《自遣》（节选）

葡萄美酒夜光杯，欲饮琵琶马上催。

王翰《凉州词》（节选）

一年明月今宵多，人生由命非由他。有酒不饮奈明何！

韩愈《八月十五日夜赠张功曹》（节选）

得意人生，要诗酒壮怀，化作满腔豪气，尽情地泼洒；失意之时，也可以自斟自饮，酒入愁肠，化作相思泪行。唐代的诗篇都是在酒坛子中泡开的，阳光之下，挥发出阵阵酒气。然而，酒气越重的人似乎越是风流快活。就如魏晋贤士们，常常于竹林深处抚琴吟诗，饮名酒，服五石散，然后散步于乡野田间，自由快乐。喝了酒，阮籍可以连月大醉不醒，躲避世俗的烦恼；李白目无王法，连天子传唤也敢抗旨不遵。所谓“酒壮英雄胆”，大概就是这个道理。

其实，酒中乾坤，一半是真睡，一半是装醉。“假作真时真亦假，无为有处有还无”，醉眼看人生，常常更能看到人间百态，亦真亦假，如梦如幻，云里雾里，在这虚境之中也能找到些生活真实的感受，释放出难得一见的激情。所以，白居易说：“酒狂又引诗魔发，日午悲吟到日西。”因为喝酒，所以引发了诗情，从日中到日落，一直在喝酒、作诗。酒需要借诗来“发狂”，诗得了酒气而愈发沉香。

一壶浊酒，千古心事，多少诗篇，如陈年美酒，似旷古佳酿。剑气、月光和着青春、诗歌与美酒，不断勾画着令人怀想的盛世大唐。

茶似人，人似茶

茶与酒一样，都是唐诗里不可或缺的角色，少了它，诗中的滋味恐怕要失了大半。唐人的茶诗从皎然这里提升了一个境界，变得豁然开朗。喝茶也不再只是为了解渴、提神，而是变成一种人生态度。

越人遗我剡溪茗，采得金牙爨金鼎。
素瓷雪色缥沫香，何似诸仙琼蕊浆。
一饮涤昏寐，情来朗爽满天地。
再饮清我神，忽如飞雨洒轻尘。
三饮便得道，何须苦心破烦恼。
此物清高世莫知，世人饮酒多自欺。
愁看毕卓瓮间夜，笑向陶潜篱下时。
崔侯啜之意不已，狂歌一曲惊人耳。
孰知茶道全尔真，唯有丹丘得如此。

皎然《饮茶歌诮崔石使君》

皎然将品茶分成了三个层次：涤昏寐、清我神、便得道。一般人喝茶常常只是前两个层次，喝罢茶后神清气爽便足矣。皎然却不然，他在此之上又飞升得“道”，看破世间一切烦恼，而“茶道”一词便是由此而来。

这里的“茶道”不是煮茶之道，也不是制茶之道，而是品茶

的人生之道。皎然将茶看作世间罕知的清高之物，嘲笑陶潜等人饮酒的“糊涂”。此话虽说得有些自大，但细细想来的确有一些味道在里面。

皎然乃唐代杰出诗僧，俗名谢清昼，是谢灵运的十世孙。自幼博览群书，汇集各家思想。中年后痴迷仙术，但因修炼仙术伤了身，从此皈依佛门。一个机缘，因茶与陆羽结下忘年之交，也让皎然对茶的执着更增进一步。二人是诗友兼茶友，年长的皎然常常邀上好友，摆上素瓷雪色的茶具，取多年埋藏的好水，泡一壶香茶，即兴作一首诗。

有时甚至并不说话，任香茗之气缭绕过眼，氤氲出一片醇厚的恬淡。虽不多言，情谊却也如这壶中的好茶，味道愈加深厚，个中滋味，“唯有丹丘得如此”。

这一茶一诗一友便是简单的茶道了，买茶、泡茶、品茶一系列的过程中，均需要细细参悟，方能领略茶之真味。

买茶，是买一斤还是一两？当然是一两，因为只有一两时，才会细细捏一小撮，慢慢品尝，方显其珍贵。泡茶是一次倒掉还是反复冲泡？当然要反复冲泡，一次太浓尝不出香味，太多次又太淡，失去了滋味。

茶诗的人性化，让诗人品茶更添了几分情趣。一诗一滋味，一茶一人生。每个人对茶都有自己的领悟，因此诗中也留下了异于皎然的人生感悟。

张文规品茶“凤辇寻春半醉回，仙蛾进水御帘开”，皮日休品茶“丞相长思煮茗时，郡侯催发只忧迟”，白居易品茶“坐酌泠泠水，看煎瑟瑟尘”。故晚唐诗人薛能说：“茶兴复诗心，一瓯还一吟。”

在诗人的眼中，茶中有人生，茶中更有情。茶有情，水有情，茶水相融便是一场热烈的友情，茶友恐怕是世间少有的纯粹友情了。可以想象，皎然与陆羽在终日清谈中，一定是促膝品茗。他们在品茗过程中也一定具有共同的乐趣和爱好。

九日山僧院，东篱菊也黄。
俗人多泛酒，谁解助茶香。

皎然《九日与陆处士羽饮茶》

九月，秋菊怒放，渴念茶香，诗僧皎然念友的心情也不亚于馋茶的心情。这一生当中，若有一懂茶知己，真是人生一大幸事。陆羽是幸福的，因他遇上了皎然。

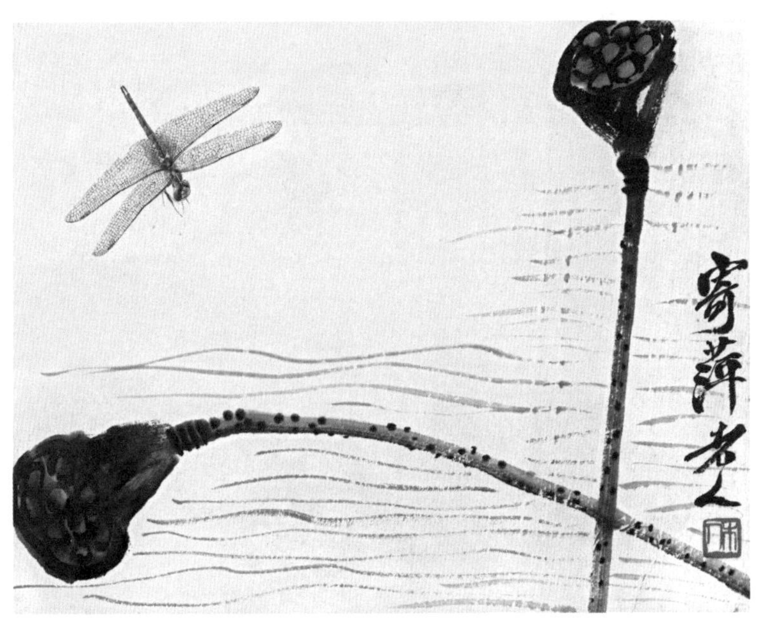

据说皎然对陆羽的感情甚是深厚，经常想念他。如果较长时间没有举行聚会的话，皎然会亲自跑去拜访陆羽。如果恰巧陆羽外出，没见着人，皎然就会非常懊恼，真是因茶动情。

每日饮茶的人，仿佛将生命也浸入了茶水中，浮浮沉沉，卷曲收放。一生便有如茶叶，时而干浮杯面，时而大如夏花般在杯底绽放。滤去的是浮躁的思绪，沉淀的是通透的思想。品茶有时品的是一种欲语还休的忧伤，有时品的是推杯换盏后的寂寞。人生不过如此，不可能永远沸腾，纵然有千般热闹总会有一天归于平静，而能享受热闹过后的寂寞方为一种境界。

有人在茶中得到了友情，有人在茶中收获了苦涩，有人在茶中看见了时光的倒影，这都是人生。茶是热的，有了热烈奔放；茶是淡的，有了淡泊明志；茶是苦的，有了苦中作乐。三五个文人雅士聚集一起，闲云野鹤，作诗酬唱。古今中外，那些自由的文人，正如这杯里的茶叶，上下翻转，哪怕最终要倒入花土，也不妨淋漓尽致走完一生。

茶冷了，再续上；诗冷了，就细细收藏。

画壁与文身，唐诗的两道刺青

开元年间的一天，冷风飕飕，雪花飘飘。王昌龄、高适、王之涣三人相约去酒楼饮酒。诗人们碰到一起自然就畅谈诗歌。聊着聊着，忽然见一群歌女登楼献唱。按照唐代的习俗，歌女们唱的都不是流行歌曲，而是七言或五言的流行唐诗。“凡有井水处，即能歌柳词”，人们通常只知道宋词是用来唱的，却很少有人注意，其实唐诗在唐代也是可以唱的，它本身就是流行乐曲的歌词。

三个诗人一看歌女上来，顿时来了雅兴，于是相约说，“咱们几个平素都觉得自己颇负诗名，你不服我，我也不服你，这次咱们较量一下。看这群歌女唱谁的作品多，就说明谁更有名，更受人喜欢”。不一会儿，有一个歌女起身唱道：

寒雨连江夜入吴，平明送客楚山孤。
洛阳亲友如相问，一片冰心在玉壶。

王昌龄《芙蓉楼送辛渐》

这首诗不像普通“送别诗”那样极力渲染离情，而是以寒雨、孤山来衬托自己的孤独。虽然没有直接描写思念朋友的心情，却想象了朋友们对自己的思念，而且叮嘱说：假如他们问起我的话，一定要告诉他们，我的心依然像冰一样纯洁，玉一样高贵。

王昌龄一听唱了他的作品，非常高兴。他就用手指在墙上画了一道记号，“一首了啊！”过了一会儿，又有一个歌女站起来

唱："开箧泪沾臆，见君前日书。夜台今寂寞，犹是子云居。"这是高适《哭单父梁九少府》五言诗中的前四句。高适一听很高兴，也在墙上画了一道。"有我一首了啊！"接着，第三个歌女站起来又唱了王昌龄的《长信秋词》，王昌龄赶紧又画了一道。

这时候，王之涣开始郁闷了。他本来觉得自己很出名，可这些歌女竟然没人唱他的作品，面子上有点挂不住了。他转头对高适和王昌龄说："你们不要高兴得太早，那个最漂亮的歌女不是还没唱吗？如果她要唱的话，还唱你们的，我就甘拜下风，再也不与你们争短长。要是唱我的，你们就得拜我为师。"话音刚落，王之涣说的那个最漂亮的歌女便站起来唱道：

黄河远上白云间，一片孤城万仞山。
羌笛何须怨杨柳，春风不度玉门关。

王之涣《凉州词》

这首《凉州词》虽是一首怀乡曲，却写得慷慨激昂、雄浑悲壮，毫无半点悲戚之音。"黄河远上白云间"，既有奔涌磅礴的气势，也有逆流而上的坚韧。一片孤城，羌笛何怨，将冷峭孤寂的情思脱口而出，却没有消极和颓废之感。万丈雄心与盛唐气象如水银泻地，流畅自如。

诗人们听到歌女果然唱了王之涣的诗后，都禁不住哈哈大笑。但是歌女们不明就里，赶紧跑过来问，"几位大人在笑什么呢？"三人高兴地说，你们唱的都是我们写的诗。歌女们纷纷施礼，"我们有眼不识泰山！"随后邀请他们去喝酒，大家又是作诗又是唱，非常愉快。这就是唐诗中著名的"旗亭画壁"的故事。

所谓“画壁”，就是像三位诗人一样，拿手指在墙上画一道。人们越是欣赏你的诗，说明你的诗普及程度越高，流行也越广。不过，说起流行来，诗坛之上，恐怕非白居易莫属。

白居易被贬江州后，曾经给好朋友元稹写信：“这一路从长安到江州，三四千里的路程，遇到了许多客栈和酒楼。墙上、柱上、船上，到处都有我的诗；男女老少人人都能够背诵我的诗。”白居易非常高兴自己的诗能博得大众的喜欢。而诗写得越好，名气也就越大，喜欢的人也就越多，流传得也就越广。这似乎是一个良性的循环。

在众多白居易的“发烧友”中，有一个人最为奇特，他的崇拜方式也非常疯狂。这个人叫葛清，就是《酉阳杂俎》中“白舍人行诗图”中的主角。现代年轻人常常为了买签名书、看首映场、听音乐会，不惜在寒冬腊月或三伏天排上几个小时的队。但和葛清比起来，这些实在是小巫见大巫。

葛清是白居易的忠实粉丝，忠实到什么程度呢？就是为白居易文身。

他的身上文的不是青龙白虎、麒麟貔貅什么的，而是前胸后背、手臂大腿上一共文了三十多首白居易的诗。而且他对这些诗的文身位置还特别熟悉，别人问起白居易的哪句诗，他都能指着自己的前胸或者后背说，你说的这首诗就在这里。别人一看，果然是在他指的那个地方。他这样走来走去，很像一块流动的诗板，所以大家就叫他“白舍人行诗图”。

古人讲究“身体发肤，受之父母，不敢毁伤”，葛清崇拜白居易竟然遍身刻字，体无完肤，可见他对白居易诗歌的狂热和痴迷。如果敢于大胆假设的话，或可推测他得到了父母妻儿的认可，全家都是白居易的“发烧友”也说不定。

无论是旗亭画壁的浪漫，还是葛清文身的震惊，唐代人对诗歌的喜爱，对诗人的崇拜，恐怕都是空前绝后的。时间，虽然可以消磨诗人们留在墙上的画痕，或将“白舍人行诗图”永远地留在唐朝的深处，但他们刻在历史深处的记忆却永不褪色。画壁也好，文身也罢，都没能被岁月的风沙所掩埋，它们犹如唐诗的两条图腾：既有写诗者的冲动，也有读诗者的激情，相得益彰，终令唐代诗歌风流婉转，万古飘香。

禅：浮云一散，皆是桃花源

如若不是王维，唐诗的浩荡卷帙上恐怕要少了淡然的一笔。就是这淡然一笔，勾勒出大唐的秀山青水，点染出心向菩提的禅境，晕拓出隐世幽独的画意诗情。

晚年的王维厌倦半官半隐的生活，终归南山。虽然没有出家，但他过的却是地地道道的僧人生活。粗茶淡饭，乐好参禅。“斋中无所有，唯茶铛、药臼、经案、绳床而已。”这哪里是居家，根本就是禅房的摆设。

大约三十岁时，王维的妻子便去世了，诗人亦不再娶，一生独居。平日生活“常蔬食，不茹荤血，晚年长斋，不衣文彩”。就这样，王维不食尘味地独自在他的世界里与佛亲近着。

人闲桂花落，夜静春山空。

月出惊出鸟，时鸣春涧中。

王维《鸟鸣涧》

和往常一样，又是一个闲适的夜晚。静谧的夜，使春山显得格外清幽，桂花悄无声息地败落。诗人抬头见东出的月亮刚刚惊起了山那边层层飞鸟，潺潺的林中涧水还伴着几声鸟儿的啼鸣声。

“人闲”“夜静”“山空”，似一幅静静的山水静夜图，纷繁世界，独取这一片空静的天地来欣赏，是心境亦是王维的处境。然而，这“静”又带着生命的脉动，在空旷宁静中，明月乍出，

明明是视觉而非听觉，却“惊”出山鸟，明月千古复万古，山鸟时鸣春涧中，亘古与时下连为一体，见心见性。

佛说：“世尊成道已，作是思惟，离欲静寂，是为最胜。”王维正是在这山水中体味出静与寂的妙谛，与佛家“心无所生，心无所动”的禅理暗暗契合却不动声色，他在山水中寻找空静乐趣，在进退之间找到了心灵安放的家园，于是最终放弃了亦官亦隐的生活，回归真正的自然。他的诗也因此充满禅的静寂。

浩荡开阔的盛唐气象过去后，朝晖夕阴、花开花落的生死明灭感渐入诗人之心。彼时的王维把身心还给自然，持戒安禅，褐衣蔬食，远离世界的尘嚣，他深知万物缘起缘灭，四季更迭交替，自然之中的一草一木、一花一果都暗藏明灭的禅机。

木末芙蓉花，山中发红萼。
涧户寂无人，纷纷开且落。

王维《辛夷坞》

荆溪白石出，天寒红叶稀。
山路元无雨，空翠湿人衣。

王维《山中》

枝头的芙蓉花静静地开，又悄悄地落，空寂的山涧没有人因它的绽放而赞美，也没有人因它的凋零而感伤。中年丧妻、安史之乱对于临老的王维，是一个沉重的打击。有知遇之情的老友张九龄的被贬也让他十分沮丧。唐朝开始进入一段黑暗的时光，他感到自己正如这涧户间孤独开且落的芙蓉，摇曳生姿却无人欣赏。

然而，遗憾之余，他似乎还略带丝丝希望。他从佛家于寂灭处寻涅槃而得到启发，回到终南别业，听“雨中山果落，灯下草虫鸣”。

王维的诗，读之微寒却总是让感官为之震动。“山中发红萼”的敏锐视觉让人似乎看见花在幽谷中静静生发的美态；“山路元无雨，空翠湿人衣”使人眼前出现一片翠绿欲滴的湿润。一个“湿”字，光影交错地将视觉转化为动作，“红叶稀”已不重要，重要的是时下的翠足以抹杀所有萧瑟，于空寂幽静的山中体味诗人那独有的灵动摇曳的心情。恰如一曲幽咽的古琴曲，抚弦的手是他的山水情思，而弦外之音却是点点禅意。

这内外透露寒冷和凋零之感的诗作正要告诉世人：涅槃，是禅，亦是诗。

禅是一种人生哲学，是一种心灵的存在方式。

在繁华仕宦的锦绣前程与诗意栖居的心灵净土间，所有文人似乎都面临两难选择。

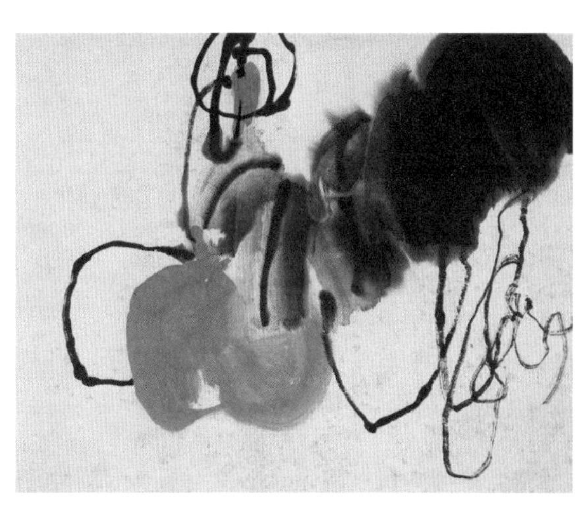

诗作有所不同，但人生的真谛大抵相同的苏轼，就曾对王维的诗大加赞赏。想必，苏轼应是与王维有着相似的心性，所以才写出同样禅意浓郁的诗来：

江上愁心千叠山，浮空积翠如云烟。山耶云耶远莫知，烟空云散山依然。

……

丹枫翻鸦伴水宿，长松落雪惊醉眠。桃花流水在人世，武陵岂必皆神仙。

苏轼《书王定国所藏烟江叠嶂图》（节选）

这一天，被贬黄州的苏轼刚刚领了月俸，和往常一样他又要盘算着把俸禄分成三十份，每天花一份才能果腹，想到自己漫漫人生路途坎坷，不由得远望重峦叠嶂如翠绿的浮云。看眼前这片景色生发出几缕哀愁，到底是山远还是云远谁能知道呢？烟消云散了，山还是那座山。他看见水畔的丹枫翻鸦、松叶上的落雪，又想到此时的自己，不由得感叹道：人世间浮云一散，处处皆是桃花源。

王维和苏轼这两位才子隔了时空却有惊人相似的人生态度和处世哲学。难怪苏轼在《书摩诘蓝田烟雨图》中对王维的诗赞不绝口："味摩诘之诗，诗中有画；观摩诘之画，画中有诗。"而苏轼的这两首诗无疑是王维的余音，云雾缭绕中，水依然，山依然；氤氲之中感慨世事无常，心游于玄冥，一花一叶皆天堂，让内心澄澈的地方就是桃花源。

细细品来，摩诘与东坡的诗又各自不同：摩诘诗将心置于山

水之中，一丝一缕化为绕指柔，眼到之处开出圣洁莲花；而东坡诗将心游于山水之外，几经轮转，蓦然回首，发现身已在菩提树下打坐多年。

寒鸟的孤影打翻了一弯残月，暮色覆盖了云烟，多少事，都成空。摩诘与东坡用写意的方式，定义了孤单，定义了禅。他们都是寂寞的，他们纵情于山水间，只不过为了寄托无处安放的信仰，他们都是达观的，无情的山水带给他们的是生命的微弱律动，这微小的动感体悟出的禅趣，便使他们纵在出与入的夹缝中粉身碎骨也了无遗憾。

历代诗人的园林里，在参禅中得到人生感悟的又何止这二位诗人呢？无论是“始知锁向金笼听，不及林间自在啼”的欧阳修，还是“栽培剪伐须勤力，花易凋零草易生”的苏舜钦，抑或是半僧半俗的贾岛，他们都将无法改变的命运融入诗境，而这诗境又真真切切是他们的处境。

禅毕竟是避世的，而诗是古往今来文人失意时的慰藉。禅思诗境让这些诗人的孤寂得以解脱，即便无人欣赏，也可独嗅暗香。在进与退、官与隐的夹缝中，还有一种信仰可以坚守，纵使身处庙堂是非地，心亦可清明如镜台。

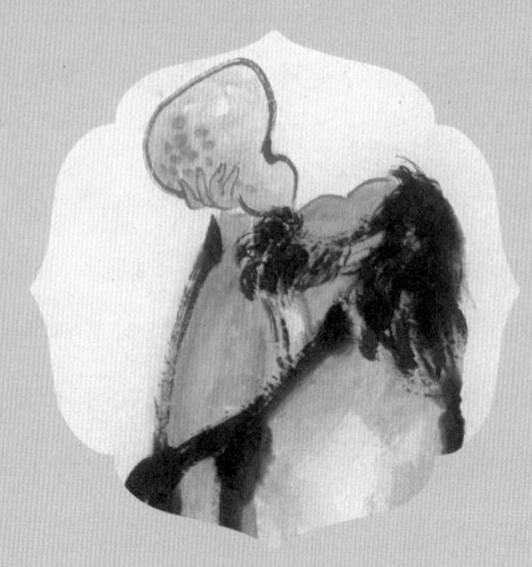

卷六　人生有味是清欢

人生短短数十载，无须回头，无须怅惘。当悲苦时悲苦，当欢喜时欢喜，当爱时爱，当恨时恨。看天地，看古今，看世间百态。

我本狂人

狂，是一种人格，狂狷人格。《论语》曰：“不得中行而与之，必也狂狷乎！狂者进取，狷者有所不为也。”这里的“狂”，孔子赋予它的性征是直、肆、荡。直，正见也；肆，敢言也；荡，无惧也。可见，所谓“狂”，即直陈正见，敢作敢为，积极进取，勇于开拓。

文人多狂人，唐代多诗狂。“四明有狂客，风流贺季真”，贺知章的狂是痴狂；“我本楚狂人，凤歌笑孔丘”，李白的狂是癫狂；“欲填沟壑惟疏放，自笑狂夫老更狂”，杜甫的狂是疏狂。可最负“疏狂”之名的并非杜工部，而是他的祖父——恃才且疏狂的杜审言。

杜甫在评价他爷爷的时候，一改其沉郁内敛之风，狂傲不羁地发出“诗是吾家事，吾祖诗冠古”的感叹，而杜审言对自己的文才又何尝不是信心百倍：“吾文章当得屈、宋作衙官，吾笔当得王羲之北面。”杜甫名垂千古，下笔有神，也跟其浓厚家学大有渊源。

独有宦游人，偏惊物候新。
云霞出海曙，梅柳渡江春。
淑气催黄鸟，晴光转绿蘋。
忽闻歌古调，归思欲沾巾。

杜审言《和晋陵陆丞早春游望》

初唐五言律，“独有宦游人”第一，后世曾这样评价。此诗能获此殊荣，应不是遣词、造字，抑或诗技、诗境之功，而是其内涵底蕴。全诗“惊新”而不快，赏心而不乐，涌上心头，满溢胸间的尽是诗人郁郁不得志的失望之情。这种不得志，并非无能，而是身处官场的无能为力。

杜审言在唐高宗中取进士后，仕途失意，一直充任县丞、县尉之类小官。可在那个时代，无论做人，还是为官，要不就同流合污，要不就清高平凡，二者怎可兼得？于是，失望也变作一种情操，一种能够“酒中堪累月，身外即浮云”的淡泊之情；于是，疏狂也成为兼善与独善的矛盾，介入与超然的矛盾，自由与约束的矛盾。

杜审言少时便与李峤、崔融、苏味道为“文章四友”，世号“崔李苏杜”。虽与苏味道同为朝廷的御用文人，可他出言狂妄：“味道必死。”人惊问故，答曰：“彼见吾判，且羞死。”可杜审言的狂，也只是口头上的轻狂，即便平日里总是嘲弄取笑苏味道，但在他给老苏的赠诗里，“舆驾还京邑，朋游满帝畿；方期来献凯，歌舞共春辉”，也是情深义重，看不出有半点调谑之笔。

疏狂应有度，否则便招来横祸，并不是所有人都能看到杜审言恃才傲物背后那份弥足珍贵的人文情怀。

迟日园林悲昔游，今春花鸟作边愁。
独怜京国人南窜，不似湘江水北流。

杜审言《渡湘江》

杜审言的诗，不乏宫廷应制之作，总觉得失去了诗的本真情趣，索然无味。可若读他的贬谪诗，却是字字精雕细琢，句句入人心扉。或许，他的狂傲正是建立在自己独特的所思所想、真挚的所感所悟上。

“今春花鸟作边愁”与其孙的“感时花溅泪，恨别鸟惊心”颇有异曲同工之妙。花与鸟本是平时观赏把玩之娱物，可这里却见之而泣，闻之而悲，足可反托出诗人的自怜与自悯。

“独怜京国人南窜”是全诗的中心。后半句以“水北流”来烘托“人南窜”，更加立体地表现了诗人远离京国、背井离乡的失意与失落。文人被贬后的怀归情结，在此诗中得到淋漓尽致的展现。尽管这漫不经心的诗句出自那个平日里总爱嬉笑怒骂的老杜笔下，但也因此愈发显得无比沉重、无比深刻。

这就是疏狂之人的魅力所在吧，喜欢在命运的舞台上戴着假笑的面具把活生生的现实撕裂给台下的观众看。

杜审言有过两次贬官的经历，皆因疏狂所致。这大概就是成也疏狂，败也疏狂。可他为疏狂所付出的代价却是亲人的鲜血和自己的尊严。

杜审言曾遭小人陷害，入狱待死。他的儿子杜并为把他从狱中救出，被乱刀砍死。这份感天动地的孝行也震慑了朝廷，杜审言得以免死，并受到武则天的召见。武皇问他："卿欢喜否？"爱子已逝，有何欢喜可言？但人在君王前，岂能不低头？杜审言唯有强颜欢笑，而后即赋一首《欢喜诗》敬献武则天，换得凤颜大悦，赐官升迁。可此后的漫漫长夜，那种切肤的丧子之痛和违心之伤也只有狂人自知。

今年游寓独游秦，愁思看春不当春。
上林苑里花徒发，细柳营前叶漫新。
公子南桥应尽兴，将军西第几留宾。
寄语洛城风日道，明年春色倍还人。

杜审言《春日京中有怀》

对洛阳，杜审言一直有种特别亲切的感情，或许因为在这片热土上，他的事业曾达到过顶峰。在回长安的第二年，他便作此诗来表达自己对洛阳迷人春色、城中万物的无比眷恋之情。诗贵出于心，言人所不言。"寄语洛城风日道，明年春色倍还人。"杜审言的感怀诗，忧中有喜，泪里含笑，诗意跌宕起伏，诗境峰回路转，这大概也源于他的疏狂吧。

杜审言晚景尚好，他也就将狂进行到底了。临终前也不忘幽默地调侃好友们一番：“甚为造化小儿相苦，尚何言？然吾在，久压公等，今且死，固大慰，但恨不见替人。”这应该是一个患了严重的狂妄病症的人才会说的话。可转念一想，人生短短数十载，生活的重压却往往把人压到变形，又有几个人能终其一生永葆顽童之心！

狂人也应该感到欣慰了，毕竟，能有一个以身救父的孝子和一个诗名满誉的贤孙，已经羡煞旁人。尽管他的抱负与鸿志未得圆满，可是能把傲然风骨、疏狂本色留给世人，也算功德一件。

唯有一个道理，狂人在世时还应该懂得：文人还是做好自己，写写诗文终归是正途，踏入政途实在是勉为其难。杜审言不是第一个，也不会是最后一个。

忧与忧兮相积，欢与欢兮两忘

卢照邻是“文不如人”的领衔者，纵观那篇一挥而就流芳百世的《长安古意》，想必他的人生也是绚烂多姿，纷繁多彩。可任谁都懂，精彩绝伦的人生大多是部血泪史，而非欢喜歌。

长安重游侠，洛阳富财雄。
玉剑浮云骑，金鞭明月弓。
斗鸡过渭北，走马向关东。
孙宾遥见待，郭解暗相通。
不受千金爵，谁论万里功。
将军下天上，虏骑入云中。
烽火夜似月，兵气晓成虹。
横行徇知己，负羽远从戎。
龙旌昏朔雾，鸟阵卷胡风。
追奔瀚海咽，战罢阴山空。
归来谢天子，何如马上翁。

卢照邻《结客少年场行》

少年不知愁滋味。卢照邻出身名门贵族，不仅衣食无忧，而且受教优良，在和风煦雨中茁壮成长。十岁时，他便开始南下游学，“斗鸡过渭北，走马向关东”。游学，是唐初文士体验社会，体察民生的大好契机。游学表面上是为增长学识，求教交流，实

则是为官宦之路铺石添沙，奠定根基，然后被一朝选在君王侧，才名官名两丰收。

卢照邻的游学是成功的，他成为初唐“下笔则烟飞云动，落纸则鸾凤回惊”的名动一时的才子。他的文，一摒六朝绮丽浮艳之风，从阴柔走向阳刚，从卑弱走向坚强；他的诗，转接汉魏风骨的苍劲雄壮，秉持豪迈潇洒的气度，直启盛唐之音。“不受千金爵，谁论万里功”，卢照邻满怀建功立业、光宗耀祖的远大志向，踏上了学而优则仕的道途。

中国古代文人在自觉或不自觉中，总遵循着这样一条生存法则：穷则独善其身，达则兼济天下。于是，他们便在儒、道之间犹豫不决，徘徊不定，最后亦儒亦道，极难两全，导致了他们的悲惨人生。

一鸟自北燕，飞来向西蜀。
单栖剑门上，独舞岷山足。
昂藏多古貌，哀怨有新曲。
群凤从之游，问之何所欲?
答言寒乡子，飘飖万余里。
不息恶木枝，不饮盗泉水。
常思稻粱遇，愿栖梧桐树。
智者不我邀，愚夫余不顾。
所以成独立，耿耿岁云暮。

卢照邻《赠益府群官》（节选）

诗中的北燕摇飖万里、奋力南翔、昂藏古貌、品性高洁、

渴望知音，却不为世俗所容，这正是诗人高标自洁、不随俗流的写照。

卢照邻一直企盼能凭借自己出众的才华而“拾青紫于俯仰，取公卿于朝夕”，可这个美梦终被现实中成为高祖之子——邓王李元裕府中的一名掌管文书的小官所粉碎。尽管邓王对他欣赏有余，器重有加，甚至称他为当朝的司马相如。但名如相如，实不如相如，文高而位卑，在那个“先器识而后文艺”的时代无疑是莫大的讽刺。

尽管卢照邻“不息恶木枝，不饮盗泉水”，却仍被小人栽赃，诬枉入狱。幸好得邓王眷顾，他才能平安出狱。此后，他便离开邓王府，另谋他职，这也是他最后一次出仕。

生不逢时，学无所用，这时卢照邻若能及早抽身，远离官场，归隐山林，他的命途或许就不至于惨淡收场。可人生就是一场赌博，不到最后，难分输赢。

尽管在任职地方政绩不佳，劳心劳力，但苦闷忧郁之时能得遇知己，得遇佳人，也算是卢照邻衰运人生中难得的幸事。

他与王勃在蜀中相遇，把酒言欢，高谈阔论，结下了“同是天涯沦落人，相逢何必曾相识”的千古友谊。他与一位姓郭的女子也在蜀地相遇，一见倾心，缔结良缘。这也是卢照邻一生之中唯一的一次婚姻，即便只是昙花一现，海市蜃楼；即便招来骆宾王《艳情代郭氏答卢照邻》的批驳痛斥；即便被世人责骂负心薄情，始乱终弃，他也算为孤单落寞的心灵找到过温情脉脉的依托。

在《五悲·悲昔游》中，他也曾吐露过自己对郭氏的思念之情：“忽忆扬州扬子津，遥思蜀道蜀桥人。鸳鸯渚兮罗绮月，茱

蒺湾兮杨柳春。”或许，对一个命途多舛的人来说，爱情就是奢侈品，只可远观，不可近赏；只能把玩，不能拥有。

独坐岩之曲，悠然无俗纷。
酌酒呈丹桂，思诗赠白云。
烟霞朝晚聚，猿鸟岁时闻。
水华竞秋色，山翠含夕曛。
高谈十二部，细核五千文。
如如数冥昧，生生理氛氲。
古人有糟粕，轮扁情未分。
且当事芝术，从吾所好云。

卢照邻《赤谷安禅师塔》

卢照邻决心归隐山林，一心向佛是源于他肉体和精神上承受了双重折磨。天有不测风云，正值壮年的卢照邻突然感染风疾，以致形体残损，手足无力，五官尽毁，嘴歪眼斜，寸步千里，咫尺山河，这让他痛苦不堪。可也正是病痛相缠，贫苦相伴，他才能过上“左手是药，右手是书”这种与世隔绝的日子，也才能冷静地对功名利禄进行返璞归真的思考。

回首往昔，在邓王府，俯仰谈笑，顾盼纵横；在蜀山间，纵情山水，呼朋引伴；而今遁入深山，形影相吊，人生变作截然相异的两重天地，也因此成为一场多彩的旅行。

名医孙思邈曾为卢照邻悉心医治风疾，并传授他“养性必先本慎，慎以畏为本”的养生要领，这正是卢照邻梦寐以求的保全自己的人生真谛，也极大地促使他离开长安，回归自然。“独坐岩之曲，悠然无俗纷”，生亦无常，死亦无常，超然物外，超脱生死才能到达永恒；“如如数冥昧，生生理氛氲”，人类对于死亡的恐惧，对于生存的忧虑，都应淡化为彼岸世界中虚无的他物。

卢照邻晚年自号“幽忧子”，足见其“幽”，也足见其“忧”，但他强忍病痛，坚持写作，留下了属于他的“死亡日记”——《五悲文》：悲才难，悲穷道，悲昔游，悲今日，悲人生。哀莫大于心死，当传来女皇武则天登基，好友骆宾王失踪，药王孙思邈离世这一系列噩耗时，卢照邻终于找到了解脱自己的方式——投江自尽。

“忧与忧兮相积，欢与欢兮两忘。”卢照邻应死而无憾了。毕竟，他有过“玉辇纵横过主第，金鞭络绎向侯家”的富贵黄粱梦；有过“北堂夜夜人如月，南陌朝朝骑似云”的宦游漂流夜；有过“得成比目何辞死，愿作鸳鸯不羡仙”的海誓山盟情；有过“寂寂寥寥扬子居，年年岁岁一床书”的孤寂寥落日。

至于最后，或走，或留，亦忘，非忘，只需问问自己的心。

啼笑因缘

北宋王安石写诗的时候，常常苦于无处下笔，他说，“世间好语言，已被老杜道尽”“世间俗语言，已被乐天道尽”。就是说，世界上好的语言都被杜甫说完了，而通俗的语言也被白居易写尽了，只要一提笔，便觉得自己的话都是多余。

确实，飘逸如李白，沉郁如杜甫，山水田园如王维、孟浩然，塞外风情如高适、岑参，每种风格在唐朝都有体现，每种经历和感受在唐朝都有描写。想要在此中寻求突破，标新立异，确立自己诗歌的特色，实在是非常艰难的事情。

但世事难料，偶尔也会有黑马出现。那些初生牛犊，并不知道河水深浅，只要勇敢，常常可以无意中闯开一番新世界，“不走寻常路”说的也就是这个道理。唐代诗人张打油就是个中翘楚。他凭借自己的勇气和才华，开创了另类唐诗的风采，也因此令自己名垂千古。其中最著名的一首，就是《咏雪》：

江山一笼统，井上黑窟窿。
黄狗身上白，白狗身上肿。

张打油《咏雪》

这首《咏雪》，通篇不着一个“雪”字，却将雪落大地给人们造成的视觉“误差”写得非常清楚。黄狗因身上的落雪而变成了白狗，白狗因为雪落在身上，看起来比原来更胖了。这首诗虽

然十分口语化，但如此构思奇特的诗句却的确要费一番心思才琢磨出来。

虽然这首“咏雪”是张打油的代表作，但打油诗得以推广，还得益于一次偶然的机会。

传说，某年冬天，一位大官到宗祠祭拜，结果发现大殿雪白的墙壁上写着一首诗：

六出九天雪飘飘，恰似玉女下琼瑶。
有朝一日天晴了，使扫帚的使扫帚，使锹的使锹。

官员一看就怒了，这是谁呀？胆敢写这种七扭八歪的诗，也不怕祖宗笑话，还写到这里来了。他命令周围的官兵前去缉拿此人，要捉回来治罪。

这个时候，师爷不慌不忙地说：“大人不用找了，除了张打油，谁会写这种诗啊！”于是，官员下令把张打油给抓来。等张打油听了官员的训斥后，摇头耸肩做无辜状说：“大人，我是喜欢胡诌，但是也不至于写出这么烂的诗来啊。不信的话，我愿意接受您的面试。”

官员说：“好啊，安禄山兵变，围困南阳郡，你不如以此为题来创作一首诗。”张打油清了清嗓子，“百万贼兵困南阳”。官员一听，好诗啊，开局气势非凡，于是捻须微笑，赞叹不已。

张打油继续道，“也无援救也无粮”。在场的人面面相觑，官员心说：“虽然有点怪异，但也算勉强可以接受。”于是，请他继续念。之后，历史发生了戏剧性的转折，张打油恐怕也没有想到，自己的诗又一次出了名。而这一切，似乎都得益于他在上

述那位大人面前即兴而作的那首诗。

百万贼兵困南阳，也无援救也无粮。

有朝一日城破了，哭爹的哭爹，喊娘的喊娘！

张打油得意扬扬地念完了自己的诗后，大家哄堂大笑。这“哭爹喊娘”和“使扫帚用锹”如出一辙，从精神实质到语言风格，都深深地打上了“张打油”的烙印。所以，张打油不但没有因此获罪，还从此名声远扬，成了打油诗的鼻祖！

很多人觉得打油诗都是一味通俗、不分平仄，方言、俚语都能入诗，其实并非如此。细看此类诗歌，便可以发现，“打油诗”的首句，一般写得都很“入眼”，有时候不但不低俗，还很有气势。只是这种力量和劲道常常不能持续在诗中，经常是上半句说得气贯长虹，下半句说得萎靡不振，虽然前后语意顺承，但意境截然不同，仿佛大帽子下面扣着个小脑袋，又像上身穿着名牌西装，下身却穿了条休闲短裤。但正是这种别样的“山寨情调”拉开了中国打油诗的序幕。

无论怎样，能够以另类诗风在“诗歌的朝代”中确立风格鲜明的路线，张打油天不怕地不怕、积极“冒充诗人”的勇气，都为大唐多彩、宽容、活泼的诗坛增添了欢笑和创作的灵动！

绝命易水别，悠悠千古思：骆宾王

此地别燕丹，壮士发冲冠。

昔时人已没，今日水犹寒。

骆宾王《于易水送人一绝》

寒风起，易水兴波。在河滨一岸，骆宾王和友人依依惜别，珍重道别。在历史的另一岸，太子丹和众将士为荆轲“慷慨倚长剑，高歌一送君”。这一古一今，一明一暗，一轻一重，一缓一急，既是抒怀，又是咏史，令人怀古伤今，引人千古幽思。易水之别，不知诗人所别何人，也不知分别的情景，却有陶渊明“其人虽已没，千载有余情”的动容之感。可见那所送之人，定是肝胆相照、同生共死的挚友。

骆宾王是“初唐四杰”之一，他的一生就如同他所生活的那个时代一样，充满了波澜壮阔。骆家本是名门望族，代代人才辈出，可惜显赫的家世无法代代传承，在骆宾王降生后，已经有些没落。

虽然家道中落，但诗书传家，清节自守的家风始终未变。骆宾王幼承庭训，少有诗才，被誉为“江南神童”。他七岁即兴而咏的那首“鹅，鹅，鹅，曲项向天歌，白毛浮绿水，红掌拨清波”至今广为流传，成为儿歌经典和他自身智慧的象征。

成年后，骆宾王决心奔赴仕途，从政为官，遵从祖父和父亲的遗愿。可世海泛浊，正道难行，迎接他的是一连串的波折与不

幸。罢官贬职，艰难归隐，边塞从军，诬赃下狱，他的经历可谓时运不济，命途多舛，壮志难酬。

西陆蝉声唱，南冠客思深。
不堪玄鬓影，来对白头吟。
露重飞难进，风多响易沉。
无人信高洁，谁为表予心。

骆宾王《在狱咏蝉》

唐高宗年间，骆宾王任侍御史，因上书触忤武后，遭人诬陷，以贪赃罪名下狱。在狱中，骆宾王看到两鬓乌玄的秋蝉后，再对照自己，发觉已是白发斑斑，不禁老大伤怀，回望少年时代。

想当初祖父与父亲为自己取名为宾王，字观光，用意在于“观国之光，利用宾于王”，期望自己将来能够辅佐君王，建功立业，造福黎民。可如今自己一事无成，还狼藉入狱，辜负了祖辈父辈久乱求治的心愿，望子成龙的期望。因为“露重”“风多”，所以“飞难进”“响易沉”，蝉如此，诗人亦如此。“羽弱”而“声微”，诗人有志难申，求助无力。“无人信高洁，谁为表予心”，这声哀叹，仿佛对苍天呼吁，又像在控诉奸佞，满腔愤懑倾泻而出。

这与李商隐的《蝉》中“烦君最相警，我亦举家清”两句颇为相似，一只是绝望呐喊之蝉，一只是窘迫无援之蝉，但都不因世俗更易秉性，宁饮坠露以葆高洁。

在狱中，骆宾王饱受折磨，一身硬气的他宁死不屈，想自己一直为官公正廉明，却偏偏得罪奸佞，遭受这场无妄之灾。骆宾王是

一个好诗人，是一个正直君子，不懂仕途规矩，他本就应该是一个自由流浪的诗人，却偏偏要为了生计，跻身黑暗复杂的官场。

此时，虽然大难不死，从狱中出来的骆宾王却是心如死灰。自己的生命所剩无几，大好年华就这样在惨淡时光中流逝得点滴不剩。但命运对他的折磨，还远远未到尽头。

唐高宗李治一命呜呼。中宗李显即位，其母武则天早已觊觎权位多时，没多久便改朝换代。武氏在政权掌控上绝对不手软，谁不服从，便是死路一条。支持李氏的大臣和文人，多被残害，天下顿时陷入人心惶惶、自顾不暇的局面。目睹了武则天的无所不用其极来巩固自己的皇位，骆宾王不齿与其为伍，他毅然南下，加入徐敬业组织的反武队伍中。

临行前，友人送他来到易水河畔，和老友依依惜别之际，骆宾王有感而发，吟出《于易水送人一绝》。此时，他内心的孤独与落寞宛如滔滔易水河般悠悠不尽地流向汪洋肆意的碧海，任自己的一片冰心、一世英才被淹没。

在河畔，他送别了过去的那个自己，也送别了那些为国之殇、己之梦而甘心献身的忠魂。

与武则天为敌，应该说是骆宾王人生转折的一个关键点。他不能接受武则天君临天下。

来到扬州，骆宾王豪情万丈，他自信肩上挑起了恢复李家王朝的重任。不过骆宾王并不是带兵打仗的行家，他拿起笔墨，写下了这篇《代李敬业传檄天下文》：

……

呜呼！霍子孟之不作，朱虚侯之已亡。燕啄皇孙，知汉祚之将尽；龙漦帝后，识夏庭之遽衰。

……

一抔之土未干，六尺之孤安在？倘能转祸为福，送往事居，共立勤王之勋，无废旧君之命，凡诸爵赏，同指山河。若其眷恋穷城，徘徊歧路，坐昧先几之兆，必贻后至之诛。请看今日之域中，竟是谁家之天下！移檄州郡，咸使知闻。

这篇檄文令人豪气陡增，骆宾王的确文采斐然，连武则天看过也是赞赏不已，甚至责备宰相失职："宰相安得失此人？"但战争并非一篇文章的气势能够左右。徐敬业的反武大军支持不过三月时日，便在武则天的军队打压下失败了。

兵败之后，骆宾王去向成谜，无人知晓。有人说他被武则天捉住杀害，因为他不肯投降武则天。还有种说法是他觉得生活已经毫无意义便投江自尽。也有人说他就此看破红尘天下事，躲进山林隐居，再不问世事了。

在那个不适宜他的年代，他的满腹才华，根本无从施展，他的忠肝义胆，根本无法显现。无论他归属于哪一种结局，最终能够得到心之所安，才最为重要。

有酒今朝醉，愁来明日愁

得即高歌失即休，多愁多恨亦悠悠。

今朝有酒今朝醉，明日愁来明日愁。

罗隐《自遣》

他满腹经纶，却十试不第。他一腔热血，却报国无门。他才华横溢，却无人赏识。他敢说敢做，却屡屡得罪权贵。他的一生跌宕起伏，却始终铁骨铮铮宁折不弯。他是罗隐，一个末世英雄，在唐朝末年那样一个风雨如晦、满目阴霾的时代，他以诗作为匕首，刺痛人间各种不平事。

年纪轻轻便学富五车，罗隐考中举人，意气风发，踌躇满志地离开家乡杭州，前往长安参加进士考试。在他看来，自己的人生不过才刚刚开始，他的仕途正要大放异彩。就在罗隐做着一举夺魁的美梦时，时局却悄悄改变。

晚唐时期政治腐败，朝廷上下已无人再为家国天下操心，人人考虑的都是自己的既得利益。科举在唐末已经不再是选贤取能的一项考试了，而是官员们敛财的工具。

少不更事的罗隐，自觉满腹才华，他笔走龙蛇答完考卷，信心满满地回到客栈等候中第的消息。可是他等来的是落榜的噩耗。别说状元，那红榜上密密麻麻的名字，压根就没有“罗隐”二字。

还想要重来的罗隐在长安住了下来，他坚信下一次考试，自

己定能够中第。为此他在备考的这一年间都停留在长安。因为自恃才高，罗隐不是到处游山玩水，就是结交朋友，以诗会友。很快，罗隐便在长安打出了名号。

不过，这名号不是美名，而是骂名。罗隐为人刚直，看不过眼的事情就要说，为此得罪了不少京城权贵。他们暗地里对罗隐十分恼恨，正巧罗隐第二次科考之后，他的试卷被唐昭宗看到了，觉得此人颇有才华，便想录用。

可被罗隐得罪过的官员暗地使坏，他们拿出罗隐曾经写过的一首诗《华清宫》给唐昭宗看。

楼殿层层佳气多，开元时节好笙歌。

也知道德胜尧舜，争奈杨妃解笑何。

罗隐《华清宫》

唐昭宗一看，这首诗暗讽唐玄宗，有对皇家大不敬之意，便将罗隐的名字画去了。二次科考落榜，罗隐此时身上的傲气已经

被磨损大半，本以为自己才高八斗，一定能够在仕途上有所作为，岂料这一两年下来，自己压根连进入仕途的机会都没有。想到这里，罗隐不禁有些心灰意冷。但他决心再接再厉，埋头准备第三次科考。

那年正好逢上天气大旱，百姓没有收成，各地出现了不少难民。唐昭宗对此束手无策，只能祈求于神灵，希望上苍能怜他一番赤诚之心，降下大雨。可惜，老天不肯帮他，雨水毫无落下的迹象。于是，唐昭宗再想办法，他将科考试卷中加了一道题目，就是问考生们如何防治雨旱灾害。罗隐看到这道题目，将他的真实见解写了下来。

他奉劝唐昭宗要未雨绸缪，勤政爱民，而不是祈求神灵，在试卷中，罗隐还提了几条具有时效的建议。这本是一份很好的建议，但唐昭宗看后，龙颜大怒。他认为罗隐是在质疑他的能力，便再次将罗隐从花名册上除名。就这样，罗隐第三次科考还是落榜了。

按说事不过三，既然已经三次落榜，罗隐应当知难而退，天

下之广阔，并非只有一条仕途之路可以走。但罗隐偏偏就要第四次、第五次地进行尝试，以至于当时的阅卷官员和监考官员都认识了他，知道长安内有这么一个“考疯子”。

罗隐虽然名声在外，无人不知，却始终未能遇上生命中的伯乐，一连考了十次，罗隐都未能及第。此时的罗隐早已心力交瘁，十年光阴，始终换不来一块敲响仕途大门的敲门砖。

终于，罗隐绝望了。他夜夜买醉，想用酒精麻痹自己。一日，罗隐喝得酩酊大醉，偶遇早年结识的一位烟花女子云英，云英看到他的样子，忍不住问道：“怎么还没有脱白呢？”

唐朝规定，只有官宦人家才可以穿带有颜色的衣服，普通百姓只能穿白色或者黑色的布衣，罗隐十年之前穿着布衣，而今依然布衣在身。云英的话令罗隐大受打击，他无从发泄，只能继续将自己泡在酒坛子中。“今朝有酒今朝醉，明日愁来明日愁。”吟罢此诗，罗隐便离开了长安，终身未回，时年五十岁。

可是，比起落榜的痛苦，失去家国成为罗隐心中更难抹去的伤痛。

黄巢起义后，唐朝陷入一片烽火之中，隐居的罗隐敏锐地感知到，山河将不复存在。

家国兴亡自有时，吴人何苦怨西施。

西施若解倾吴国，越国亡来又是谁？

罗隐《西施》

站在历史的废墟上，罗隐拨开层层迷雾，对把一朝一代的兴亡归咎于一人一事的谬论质疑。

对历史的兴废枯荣，罗隐极端敏感。可兴废有时，枯荣有时，人也力不从心，无力回天。于是，诗人心底那种对盛世王朝与大好江山兴替变迁的无奈，对丰功伟业和荣华富贵滔滔流逝的感伤，常常被牵引出来，伴着清醒的认识、痛苦的反思，延伸出对历史的反思与忧伤。

在这条路上会聆听到他对“可怜高祖清平业，留与闲人作是非”的悲鸣，会目睹到他对“霸主两忘时亦异，不知魂魄更无归”的哀悼，会感受到他对“君王忍把平陈业，只换雷塘数亩田”的愤慨……终归，他是对历史最公正严明，也是最有人情味的审判者。

站在社会的废墟上，罗隐横眉冷对，直指丑恶。

站在人生的废墟上，罗隐仰天长笑，纵情高歌。

卷七　不惧离别，不言沧桑

人，幸而有离别。于是，人生便有了重逢的快意和相聚的喜乐，便有了期盼和不归的愁绪。纵然不归，不聚，不再，于记忆中便也有了一人的『此去经年』。

和亲：一曲蛾眉成枯骨

白日登山望烽火，黄昏饮马傍交河。
行人刁斗风沙暗，公主琵琶幽怨多。
野营万里无城郭，雨雪纷纷连大漠。
胡雁哀鸣夜夜飞，胡儿眼泪双双落。
闻道玉门犹被遮，应将性命逐轻车。
年年战骨埋荒外，空见蒲桃入汉家。

李颀《古从军行》

李颀的这首《古从军行》非常经典。

诗的大意为：白天的时候在山上望四方的烽火，晚上在交河边饮马。行军之人，白天以刁斗煮饭，晚上用此来省更。黄沙漫天，漆黑的夜晚，只能听得到巡夜的更声，还有如泣如诉的公主弹着伤心的琵琶声。在军营的外面，万里之内，没有城郭，没有人烟，雨雪纷飞，苦寒之地，连着茫茫的大漠。胡雁、胡儿的哀鸣和眼泪，就这样双双落下。谁不想回家呢？可玉门被遮，只能轻取性命，和敌人决斗分出你死我活。年年战骨，埋在荒野之外，只为了换“蒲桃”种满汉家的庭院。

这首诗，让人们对汉武帝的穷兵黩武似乎有了更全面的认识。但很多人都忽略了一句深藏在诗中的落寞，“公主琵琶幽怨多”，它说的是汉代公主细君的故事。

刘细君本是江都王刘建的女儿，被汉武帝册封为公主，远嫁到乌孙王国做夫人。根据史书记载，她不但貌美且多才多艺，琴、筝等古乐更是无不精通。然而就是这样一位青春无敌、才华横溢的公主却被远嫁乌孙国。在那里，语言不同，习俗差异，爱情有无，这些似乎都变得不再重要。重要的只有一点，她是汉朝送来示好的一件“礼物”。

在宏大的家国话语下，没人能够想到她的幸福，也没人在意她的落寞与伤感。那幽怨日渐积累，郁结在心里，化不开散不去，结果嫁到乌孙国的第二年，细君就死了，只留下《汉书·西域传》里她写下的一段悲歌遗世回荡：“吾家嫁我兮天一方，远托异国兮乌孙王。穹庐为室兮旃为墙，以肉为食兮酪为浆。居常土思兮心内伤，愿为黄鹄兮归故乡。”

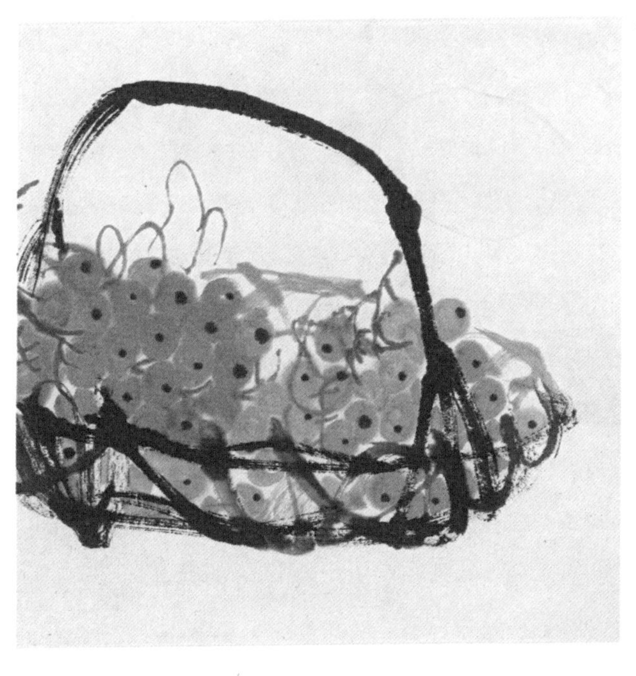

和亲与远嫁，似乎是许多公主难逃的命运。据统计，越是鼎盛的王朝，和亲的公主就越多，汉朝和唐朝都是如此。江山社稷，国泰民安，在这种伟大并昂扬的主题下，个人的情怀变得如此微不足道。一边是战死沙场，白骨累累的将军；一边是呜咽幽怨，丧命异邦的公主。这是对时代残酷而又悲怆的祭奠。在这条和亲的路上，留下的不仅有鼓乐喧天远嫁的欢歌，也有那些年轻公主们的泪水、屈辱、魂断故乡的执着。

出嫁辞乡国，由来此别难。圣恩愁远道，行路泣相看。

沙塞容颜尽，边隅粉黛残。妾心何所断，他日望长安。

宜芬公主《虚池驿题屏风》

从此远嫁异邦，不知何时再能回乡，绵绵的远道上，边走边哭，泪湿罗裙。塞外沙漠将磨尽所有的花容月貌，看年华老去，粉黛消残。这思乡的感情不知道什么时候才能中断，今生有缘，何时还能回望长安！

这首诗虽然称不上工巧，但出自一个远嫁公主之手，载着辞家别国的苦楚，所以读来字字心寒。然而更令人心寒的是，公主嫁过去大概仅仅过了半年，那些边界的胡人便起兵造反。深陷狼窝，宜芬公主定然做了叛军刀下第一个冤魂。

有的人翻唐诗，究唐史，想要考证宜芬公主的身世，说她并非“正牌”公主，十有八九只是皇室的旁系。实际上，宜芳到底是怎样的身份也许并不重要，一个花季少女带着和平的使命，最后惨死异邦，这本身就是一出悲剧。

在她死后，叛军作乱，会不会有好事者指手画脚，咒骂宜芬公主没能“伺候”好列国的勇士。当朝廷不得不再次派兵，会不会有人想起：同样的古道上，曾有婚车欢天喜地送去了大唐的公主。恐怕没人记得那碾碎在通往和亲路上如花般的女子，在硝烟弥漫的战场，人们只能记住那些热血神勇的将军，没有人会再想起那曾经哀叹的公主和幽怨的琵琶声。

“沙塞容颜尽，边隅粉黛残。”宜芬公主恐怕也曾想过老死他乡吧！可惜她没有王昭君幸运，能够千古留名，恩爱终老。当然也不如蔡文姬，毕竟曹操当年还愿以城池换回一个女子。算起来，从古至今，在这条和亲的路上，辞别父母家园，深尝骨肉离散之苦的公主还真不在少数。只可惜，盛世欢歌，掩盖了公主们低低的诉说！

泪，一半为江山一半为美人

就差那么一步，他便可以名垂千古；可惜就是那么一步，他将自己推入了“万劫不复”的深渊，被后代指为“昏君”。这个人就是唐玄宗。

没有人否认唐玄宗前期的英明神武。他自幼刚烈，青年雄心，壮年励精图治，不但稳固了动荡的唐初政局，还成功创造了“开元盛世”。无奈的是，后来的唐玄宗却变了一番模样。自古英雄，都是爱江山也爱美人的，但像他这样为了美人愿意拱手河山的却并不多见。

杜牧写诗说，从长安回望华清宫，茂盛的草木，华美的宫殿，看起来一片花团锦簇。山顶的宫门一层层地打开，杨贵妃看到有一骑快马飞奔而来，不禁开心地笑了。百姓们还以为这疾驰的驿马送的是紧要军情，只有杨贵妃知道送来的是自己爱吃的荔枝。

长安回望绣成堆，山顶千门次第开。
一骑红尘妃子笑，无人知是荔枝来。

杜牧《过华清宫绝句三首》（其一）

唐玄宗为了让杨贵妃吃上新鲜的荔枝，常常令官差快马加鞭、日夜不息地赶路。驿站处，疲惫的人、累死的马，不禁抱憾终生。身为一国之君，他缔造了盛世如莲的美梦，也亲手摧毁了所有成就。劳民伤财，只为博美人一笑。曾经英武果断，贤明天

下的君王，居然变得如此昏聩。

玄宗后期昏庸到什么程度？据说只要有人进谏“安禄山要谋反”的话，他就将这样的直谏臣子拿下，送给安禄山发落。可想而知，久了也便没有臣子再拿自己的性命“开玩笑”。也许在唐玄宗的意识里，不是安禄山会不会起兵的问题，而是压根就没瞧得起他。就那样一个小小的节度使，连文明还不懂的人，怎么可能会有谋反之心呢！就这样，盛世王朝的一场空前灾难，因为轻视而爆发。

历史学家通常喜欢用“盛衰拐点”形容安史之乱，其实，这也同样是唐玄宗一生辉煌与黯淡的拐点。就连那写过“忆昔开元全盛日，小邑犹藏万家室”，歌颂盛世王朝曾经“稻米流白，夜不闭户”的杜甫也时常对铁蹄践踏后的山河破碎发出慨叹：

国破山河在，城春草木深。感时花溅泪，恨别鸟惊心。
烽火连三月，家书抵万金。白头搔更短，浑欲不胜簪。

杜甫《春望》

长安沦陷后，国家一片破败。春天虽至，但毫无春色可言，满城荒草，看得人触目惊心。感叹家国沦丧的凄凉，眼泪溅在花上，花也落泪。生离死别令鸟儿都为之悲鸣。战火纷飞，长久不息，一封家书抵得上万两黄金。忧伤令人早生华发，而愁苦令头发越发稀少，甚至连簪子也戴不住了。战火连绵，不知道何时才是尽头，更不知道什么时候才能回到自己的家园。山河破碎，人如飘絮，此情此景，催人泪下。

然而同样的痛心，又何止杜甫一人。逃难后回到长安的玄宗，被尊为太上皇，在一个个孤枕难眠的日子，柔肠百结的爱情，都在孤独的夜晚缓缓地流淌在心中。尤其是一生挚爱杨玉环，如果不是那场安史之乱实在动荡军心，又如何忍心将她赐死。

美人香消玉殒，江山也没有保住，李唐王朝从安史之乱后便走上了下坡路。大概再没有帝王比玄宗更悲惨了吧！“平生只流两行泪，半为江山半美人。”不知道玄宗晚年，会不会也有同样的感慨！

战争：一首望断天涯的哀歌

人在这个世界上，最重要的一种感受之一就是归属感。没有归属感，人就没有安全感，更别说成就感。在这一点上，纵观古今，概莫能外。

《诗经·君子于役》说，“君子于役，不知其期。曷至哉？鸡栖于埘。日之夕矣，羊牛下来。君子于役，如之何勿思！”大意就是，“我的丈夫在外服兵役，不知道他什么时候才能回来？天色已晚，鸡都进窝了，牛羊也下山了。但此时，我的丈夫现在在哪里呢？我怎么能不想念他呢？”这幅关于家的图景，夕阳、妻子、牛羊鸡鸭，一切都安置妥当，但炊烟袅袅，却看不到丈夫的身影。

家，是归途的尽头，也是灵魂最终的依托与归宿。如果失去了这份守候，人世间的一切奋斗都变得毫无意义。

长安一片月，万户捣衣声。
秋风吹不尽，总是玉关情。
何日平胡虏，良人罢远征。

李白《子夜吴歌·秋歌》

长安一片皎洁的月色下，女子们捣衣的声音缓缓传来。秋风吹来，又到了给征人送“秋衣”的时候了。什么时候才能平定胡虏的叛乱呢？到时候自己的丈夫也就可以不用远征了吧！月色撩

人，也撩拨起这些妇女们的情思。

高适《燕歌行》中有诗云：“少妇城南欲断肠，征人蓟北空回首。”一边是征夫空望故乡的愁思，一边是留守妇女肝肠寸断的相思，盛世太平，流着男人的血，也洒满女人的泪。在这“血泪相合流”的地方，正是一首首望断天涯的哀歌。

车辚辚，马萧萧，行人弓箭各在腰。

耶娘妻子走相送，尘埃不见咸阳桥。

牵衣顿足拦道哭，哭声直上干云霄。

……

生女犹得嫁比邻，生男埋没随百草。

君不见，青海头，古来白骨无人收。

新鬼烦冤旧鬼哭，天阴雨湿声啾啾！

杜甫《兵车行》（节选）

战车在轰轰地前行，战马在萧萧地悲鸣，出征的人们，佩戴着各自的腰剑。爹娘、妻子、儿女都跑过来送别，尘土飞扬的路上，几乎看不到咸阳桥。亲人们牵着士兵们的衣服痛哭不止。哭声一直传到了天上，直冲云霄。

这是“诗圣”杜甫描绘的一幅图景，用这哭声、烟尘，写出了冲天的怨气和悲愤。战争，让人们流离失所，拆散了一个个美满的家庭，就像《诗经》中那守望丈夫的女子一般，每一次战争都增加了许多守候的背影。

诗作的后面写了许多士兵，离家的时候还是壮年，回家时已经两鬓斑白。所以，杜甫说，生男孩不好，以后随军打仗难说生

死，很多人空留一堆白骨在边境，没有人来收。所以，还是生女孩子好，还可以嫁给旁边的邻居，至少不用去从军打仗。

可是，杜甫的诗似乎没有料到另一种悲伤：在一个战争频繁的年代，女孩也一样没有幸福的生活。在连年的征战中，女子只有征夫，而永远没有丈夫。所谓家园，其实早已残缺不堪。很多女子就在这无边的等待中苍老，永远不知道何时才能看到丈夫回归家园。

泽国江山入战图，生民何计乐樵苏。

凭君莫话封侯事，一将功成万骨枯。

曹松《己亥岁二首》（其一）

自安史之乱后，战争开始蔓延到全国。加上唐末开始接连不断的农民起义，所以曹松说，举国的江山都绘入了战图，满目疮痍的时候不要再说什么生民乐于生计的话（樵为打柴，苏为割草，合为“生计”之意）。所谓“宁为太平犬，不为乱世民”说的就是这个道理。颠沛流离，家园离散，哪里还有什么活着的快乐可言。

看到人民如此艰难，曹松不免感叹，千万不要说什么封侯拜相的事情，哪一个将军的荣誉不是死伤千万条生命换来的。曹松的这首诗，揭示了所有战争的实质，“一将功成万骨枯”。那些累累的白骨，似乎还泛着淋淋的血迹。但是这掷地有声的哀号不是所有人都能够听到。

战争，让人们的脚步离开了家园，也让人们的灵魂无所依靠。那些堆积如山的白骨，那些望眼欲穿的思妇，都没办法再迎来人

间的团圆。“匈奴未灭，何以家为”的豪言壮语似乎还依稀回荡在人们耳畔，但是没有了完整的家园，还能有什么人生的希望和幸福呢！

非红颜误国，乃国误红颜

传说杨玉环刚进宫时，发现后宫美女如云，她根本无缘见到皇上，所以终日愁眉不展。

有一次，为了打发寂寞的春光，杨玉环便到御花园赏花，无意中触到了一片草叶，叶子立刻卷了起来。这种叶子其实就是含羞草，但唐朝人并不知道。宫女们都很惊讶，一致认为是杨玉环美若天仙，所以花草都自惭形秽了，见到她不得不低眉折腰。

唐玄宗听说后，马上召见了这位“羞花美人”，见其果然绝色倾城，立刻封为“贵妃”。从此，后宫佳丽三千，三千宠爱集于一身。

唐玄宗虽身为一国之君，面对如花美眷，也有着普通男人的七情六欲。他会嫉妒，杨贵妃吹了宁王的笛子令他深感嫉妒。他很重情，梅花飘落的时候，还会送一壶珍珠给曾经的宠妃江采蘋（梅妃），以慰她上阳冷宫中的寂寞时光。他也一样有“出妻献子”的虚荣，希望杨贵妃的美貌可以四海皆知，人人羡慕他有如此美妾。于是，他呼来“诗仙”为自己的女人和爱情写诗。

云想衣裳花想容，春风拂槛露华浓。
若非群玉山头见，会向瑶台月下逢。

一枝红艳露凝香，云雨巫山枉断肠。
借问汉宫谁得似？可怜飞燕倚新妆。

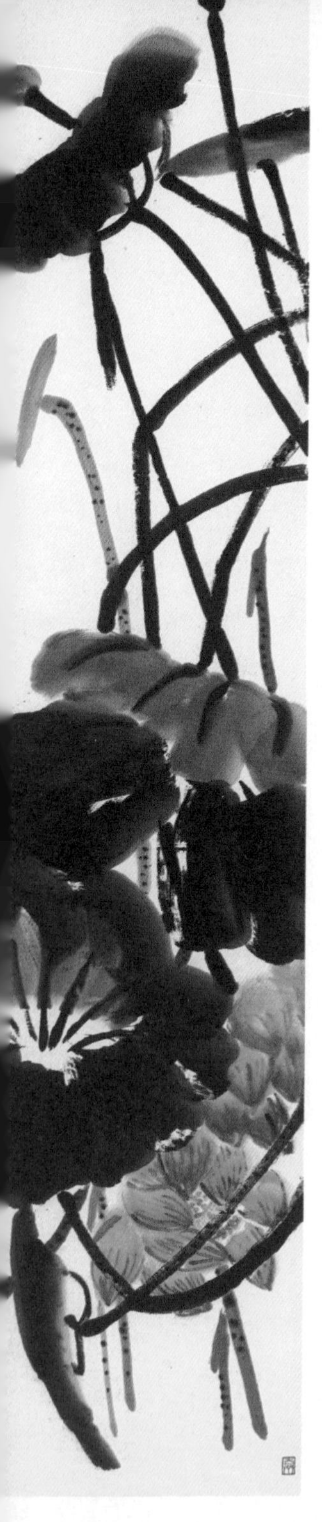

名花倾国两相欢，长得君王带笑看。

解释春风无限恨，沉香亭北倚阑干。

李白《清平调词三首》

李白的这三首《清平调》自问世起便好评如潮，虽为奉承之作，但句句浓艳，字字香软。诗作忽而写花，忽而写人，由识人而喜花，由爱花而赞人，语义平浅但含意深远。清代沈德潜在《唐诗别裁》中赞其："三章合花与人言之，风流旖旎，绝世丰神。"虽然没有直写贵妃的容貌，却也写尽了杨玉环如花似玉的气韵与风流。

的确，光彩生门户，被君王宠爱固然是一件幸事。可是，这份宠爱也有许多附加条件。她要遭受三宫六院七十二嫔妃的怨妒，遭受百姓的指责：为了吃荔枝竟然举国震动劳民伤财。最为凄惨的是，她还要在大灾难来临时，做男人的"遮羞布"。

在兵临城下的时候，唐玄宗率领一干人等，撇下百姓暗地逃走，毫无当年合力太平公主扫荡宫廷的威风。虎落平阳，将士们接受了历史的训导，"红颜祸水、奸妃误国"。杨玉环不死，军队便不再前行。与其说唐玄宗为了保全皇家名声，不如说他为了保住自己的性命。

他不愿意让玉环死，笙歌夜舞，有多少共

度的美好时光。但他又保不住玉环，贵妃不死，众怒难平。就这样，品尝了花容、凝香、春风，得到了皇上馈赠的人间无限风光后，杨贵妃又被心爱的三郎送上了西天。三尺白绫，一段深情，挽了一个死结，却挽留不住她的青春年华！

战乱的硝烟总会散去，激愤的群情也会渐渐地冷却。之后，所谓“红颜误国”的说辞也会发人深省。

马嵬山色翠依依，又见銮舆幸蜀归。
泉下阿蛮应有语，这回休更怨杨妃。

罗隐《帝幸蜀》

诗人罗隐说：“马嵬坡前，山色青翠依旧，这一次是黄巢攻入长安，唐僖宗仓皇出逃。唐玄宗泉下有知，恐怕会发出这样的感慨，这一回可不要再埋怨杨贵妃了。”言外之意，当年玄宗为堵众人之口，赐死杨贵妃，既是逼不得已，也是嫁祸于人。如今，罗隐假托玄宗的口气来劝告后辈，既有不平之怨气，又显辛辣与讽刺。没有杨贵妃，后代李氏子孙也一样难免出逃的厄运。

而唐明皇所赐给杨贵妃的幸福，也如刀锋上行走的爱情，锐利、锋芒，有夺人的目光，也含着一片杀气腾腾。可是，假如爱情只是一种恩赐，假如快乐的尽头是悲凉的牺牲，杨贵妃还会做出这样的选择吗？会不会愿意永远留在寿王府，做开心、快乐的寿王妃，然后白头到老，儿女成群？

但是，作为封建社会的弱女子，面对皇权，她别无选择。最可笑的是，连自己的命运都无法改变的人，却必须担着祸国殃民、改写历史的罪名。

说英雄谁是英雄

据说，黄巢写诗时，刚刚五岁，也有人说他已经八岁了。那年秋天，父亲和祖父在庭院里咏菊。结果，父亲和祖父还没有写好菊花诗的时候，黄巢就抢先说了这样一句："堪与百花为总首，自然天赐赭黄衣"。这句诗的意思是：能够与百花共存，而且被尊为花王，上天自然会赐我为王。赭黄衣是皇帝袍服的代称，象征着无上权贵。

彼时，他还仅仅是个学龄前儿童，应该和神童骆宾王一样，写些"白毛浮绿水"的句子，不料却吟诵了这样奇怪的诗。父亲生气了，刚要责打他不学无术，反倒是祖父替他解围，说让他再赋一首试试。思忖片刻，他高声吟诵出这样一首七绝：

飒飒西风满院栽，蕊寒香冷蝶难来。
他年我若为青帝，报与桃花一处开。

黄巢《题菊花》

秋风萧瑟中，满院秋菊赏心悦目。可是，在这寒冷的秋天，花蕊渗透着料峭秋意，冷韵幽香扑面而来，毕竟不是风和日丽的春天，连蝴蝶都很难过来采摘花蜜。如果有一天，我当了号令春天的花神，我定要让菊花和桃花，一起在盎然的春色中绽放。别的都先不说，小小年纪能够咏出“若为青帝”的诗句，黄巢在未来岁月“振臂一呼，应者云集”的态势，已然初露端倪。

说来也算一种历史巧合。似乎不仅黄巢喜欢写诗，历朝历代的政治领袖、神武将军、马上英雄、山寨大哥，都有类似的爱好。

梁山好汉宋江，在喝醉之后就曾题诗一首《西江月》，说：“他时若遂凌云志，敢笑黄巢不丈夫！”言外之意，“等我实现了自己的凌云壮志，人们就会知道，我宋江比黄巢还英勇，我的事业才是真的大丈夫所为”。这虽然是酒后疯话，却可以看出，作为农民起义的领袖，宋江不但不是文盲，还喜欢舞文弄墨。唐末诗人林宽有诗云：“莫言马上得天下，自古英雄皆解诗。”似乎也正应了这个道理。

胜者王侯败者寇，不管能否最终成就霸业，在起兵之时，皆有鸿鹄之志。刘邦、项羽、李世民等都如此，黄巢也一样。

待到秋来九月八，我花开后百花杀。
冲天香阵透长安，满城尽带黄金甲。

黄巢《菊花》

这首《菊花》，是黄巢流传最广、影响最深的一首诗，也称作《不第后赋菊》，说是在黄巢落第后，写了此诗表达强烈的反抗精神。但就诗中的气度来看，应该是他人生鼎盛时的作品，也

就是他率领数十万起义军围困长安时所作。黄巢在兵围长安之时，胸中止不住的豪情荡漾，想到未来将一鼓作气，以激越、湍急之势冲抵长安，更增添了对胜利的磅礴想象。

九月初九本为中国传统的重阳节，这一天里人们登高、赏菊，与亲人团聚。秋高气爽、心旷神怡，以登高来祝福生活的步步高升。既有节日的喜庆，也有一层成功的寓意。所以，黄巢说，九月初八的时候，当菊花开遍京城时，百花都已经凋落了。只有秋菊的香气，四处弥散，冲透长安，而遍地开放的，正是犹如黄金铠甲般的菊花！

此诗最为精妙处在于，虽然题为“菊花”，但全诗不着一个“菊”字，通过对色彩、气味、状态、场景的描绘，将菊花和起义军的气魄，合二为一，形神兼备，斗志昂扬。而那直逼长安、迫不及待的感情，也随着菊花的浓郁直冲云霄。历来，咏菊者甚众，但多为意境高远、避世消难的象征。唯有黄巢，以不可匹敌之势，改写了菊花的风采，令他在隐士的气质上，增添了战士的豪迈，也由此刷新了“咏菊诗”的主题。

关于黄巢的结局，始终众说纷纭。有人说他兵败后自尽，也有人说他削发为僧。出家的传说，来源于那首《自题像》：

记得当年草上飞，铁衣著尽著僧衣。
天津桥上无人识，独倚栏干看落晖。

黄巢《自题像》

全唐诗一共收录了黄巢三首诗，而这一首的真实性，常常因为他人生扑朔迷离的谢幕而变得富有争议。那些心如狂草的日子

已经一去不复返了，脱掉了铠甲换上了僧衣。从俗世入佛门，看似只是一步之遥，却是从戎马倥偬的波澜壮阔，变身为佛门清修的静如止水。“独立市桥人不识，一灯如豆看多时。”天津桥上，曾经叱咤历史舞台的风云人物，居然没人再认识。独自依着栏杆，看落日余晖，英雄迟暮的岁月，挽不住韶华流逝的悲哀。

其实，在所有的结局与想象中，对黄巢来说，“遁入空门”应该是最好的归宿。余晖散尽后，黄巢是否还能记得“他年青帝”的梦想、冲天香气的誓言，或者偶尔怀念起他那灿如金菊的光辉岁月？

黄巢起义后，唐王朝勉强维持了二十几年，便灭亡了。

卷八　一介书生家国梦

当一个人只是活成了一个人，太小了。人，应当活成山河，活成日月，活成边塞，活成刀剑，活成一个锋芒毕露、血泪流淌却又沉淀如金的故事。

纵死犹闻侠骨香

投笔从戎，将家国安危系于己身；听鼓角争鸣，望烽火边城，黄沙漫天的古道，闪烁着刀光剑影。策马扬鞭，一骑绝尘，青春的渴慕与热盼都是战死沙场，报答家国双重恩。这是王维的梦想，也是当年所有长安少年的渴望。

出身仕汉羽林郎，初随骠骑战渔阳。

孰知不向边庭苦，纵死犹闻侠骨香。

王维《少年行四首》其二

王维说，离开家不久便成了皇帝的御林军，随后就跟着骠骑将军辗转沙场，参加了渔阳大战。其实，谁不知道远赴边疆既辛苦又危险呢？但是保家卫国是每一个男人责无旁贷的使命，纵然战死疆场，留下一堆白骨，也同样飘着淡淡的清香。这是王维笔下的壮志，也是很多当年才俊的梦想。

古今中外，军营都是对男子汉的历练与考验。而王维，那时也正青春年少，热血沸腾，对杀敌报国自然也充满了向往。许多其他诗人笔下描绘的凄惨的离别、遥远的相思，王维都不曾在意。他所关注的只是尽自己的全力报效祖国。而这份报国之志，似乎也是所有有志青年的共同心声。

闻君为汉将，虏骑罢南侵。出塞清沙漠，还家拜羽林。
风霜臣节苦，岁月主恩深。为语西河使，知余报国心。

崔颢《赠梁州张都督》

这是崔颢写给边疆将士的赠诗。诗中说，听说你做了将军，从此胡虏的铁蹄就再也不敢南侵。这里的汉将，其实和王维“出身仕汉羽林郎”一样，都是以“汉”代“唐”的比喻。

大汉的风骨、气度、繁荣，以及天朝大国的霸气，似乎一直是唐代诗人所钦佩和羡慕的。以汉喻唐，追忆前朝的繁华，也倾注了对盛世王朝的仰慕。在这样的情怀下，能够杀敌报国，也是男人的一种荣幸。所以崔颢接着说，你出塞回来，还朝就拜为“羽林军”。扑面而来的风霜和风尘，令将士们都感到辛苦，但随着岁月的流逝，大家都将感激皇上的恩情。

这一点恐怕现代人是理解不了的。“我在艰苦的环境中冲

锋陷阵，班师回朝，还要感谢君王；而皇上坐镇朝堂，没有御驾亲征，没有深入军中体验生活，为什么感激他呢？”崔颢在诗歌的最后两句点明了这种感情：这首诗是为西河使所作，我知道你拳拳的报国之心。从这句话里，崔颢对西河使的勉励之情跃然纸上。

一个愿意驻守国家边陲，保社稷人民安康的将军，即便吃苦再多也会感激皇帝。没有“主恩”，便没有匹马戎装的机会，更没有施展豪情与斗志的战场。所以，“谢主隆恩”在将士们的心目中，确为发自肺腑的热忱。也因为这份铁血男儿的斗志昂扬，将书生们的爱国激情深深唤醒。

烽火照西京，心中自不平。牙璋辞凤阙，铁骑绕龙城。
雪暗凋旗画，风多杂鼓声。宁为百夫长，胜作一书生。

杨炯《从军行》

紧急的军情犹如燃烧的烽火，迅速传到了西京。“天下兴亡，匹夫有责”的感受将书生意气层层激荡，心中的英气突然翻滚，再也不想端坐书斋，消磨青春与人生。辞别皇宫，从皇帝的手中领到那支令箭，铁骑龙城，国人的希望都寄托在金戈铁马的沙场。大雪纷飞，军旗上的彩绘也在岁月的风尘里渐渐褪色，狂风怒号，鼓角争鸣的喧闹夹杂在风中。

诗作的最后两句，杨炯直抒胸臆，“宁为百夫长，胜作一书生”。哪怕只是当个小官，也好过在书房里静坐。急迫的冲动，如飞流直下，在山涧中激起阵阵轰鸣、气壮山河。

谁都知道，戍边难，从军苦，生死未卜，还要承受妻离子散的风险。明月当空，想起远方的家人，归家的想念也会油然而生。可是，这些似乎都只是军旅生活的插曲，而回荡在他们心中的主旋律，永远都是“征战”。

葡萄美酒夜光杯，欲饮琵琶马上催。

醉卧沙场君莫笑，古来征战几人回。

王翰《凉州词二首》（其一）

其实，谁都知道从军打仗总会有所死伤，那么不如开怀畅饮，醉卧沙场。就算是喝醉了，希望也不会有人笑话我们，自古征战，哪有几个人是活着回去的呢？这本是一个引人伤感的话题，将士们为了家园的安宁必须出来打仗，而战争的背后似乎又是更多死伤。但这一切似乎并没有动摇他们的志向。相反，在将生死置之度外后，他们显得更加豪迈。

甘甜的美酒，通透的夜光杯，断断续续传来的琵琶声，都汇

成了独特的音乐，流淌在他们的心里。功名利禄似乎并不重要，封侯拜相也不再计较，只有此刻盛宴的豪华、开怀畅饮的痛快，才是人生最可珍惜的经历。所以，诗人戴叔伦在《塞上曲》中说："愿得此身长报国，何须生入玉门关。"能够驰骋疆场，报国报民，又何必在乎自己的生死呢？可见，英雄之气，磊磊风骨，早已存于胸中，为国为民为众生，肝脑涂地，哪里还顾得上生死！

纵观历史，无论是岳飞、文天祥，还是王维口中大战渔阳的骠骑将军霍去病，他们精忠报国都不是为了功名利禄，加官晋爵，而是希望收复江山，还百姓以安宁。保家卫国，也只有这些放下个人得失的英雄，才能如诗中所说——"纵死犹闻侠骨香"。

塞外烽烟塞外香

曾经有人做过粗略的统计：唐代诗人中，无论著名与否，都写过至少一首边塞诗。朝堂高官，军队武将，甚至连文弱书生都能够写出豪放的边塞诗。“大漠孤烟直，长河落日圆”，盛唐的自信与自豪都消融在诗作里，化为一幅幅边塞美景，如烽火狼烟，从心底渐渐地腾起。

十里一走马，五里一扬鞭。
都护军书至，匈奴围酒泉。
关山正飞雪，烽火断无烟。

王维《陇西行》

诗作起笔，以走马扬鞭的急迫态势，展示了十万火急的军情。风驰电掣的军书，只有简洁的一条消息：匈奴迫近，已经围住了酒泉（地名）。可是，抬眼望去，关山飞雪，一片白茫，根本看不到传递消息的烽火。这飞马疾驰传来的消息，该如何继续传递出去？刻不容缓的军情遭遇连绵的飞雪……

这首《陇西行》犹如边塞生活的横断面，从天而降，切开了军旅生活紧张的节奏，便戛然而止，消失得无影无踪。至于后面的故事，犹如茫茫白雪，无迹可寻，却引人想象。

王维素以山水田园诗著称，其笔调清新优美，常常流淌着静静的禅意，被尊为“诗佛”。这首《陇西行》快马加鞭的急促，

风风火火的杀气，也算是对他早年积极进取的一种诠释。宋代严羽在《沧浪诗话》中曾说：“唐人好诗，多是征戍、迁谪、行旅、离别之作，往往能感动激发人意。”而在这些诗中，边塞诗无疑最具豪情。

青海长云暗雪山，孤城遥望玉门关。
黄沙百战穿金甲，不破楼兰终不还。

——王昌龄《从军行七首》其四

青海上空，长云漫卷，渐渐地遮住了雪山。站在孤城之上，

遥望远远的玉门关，不禁想起家乡和亲人。“黄沙百战穿金甲”，短短七个字中，深藏了战争的长久与艰苦，时间的流逝犹如滚滚黄沙，在身经百战中，渐渐地磨透了将士们身上厚重的铠甲。这漫长的军旅生活不知道什么时候才能结束。

可是，没有短暂分离也便没有长久相聚，只有打退了入侵的外族，才能回归田园，过幸福的日子。所以，还是要鼓励自己，激励同伴，并写下这豪言壮语，“不打败敌人绝不还家”。辛劳与责任，光荣与梦想，都在气势如虹的边塞诗中得到了充分展现。

有人说，唐朝是中国历史上最为意气风发的时代，因为强大，也因为壮美。辽阔的疆土、壮丽的河山，常常能令诗人们陡增豪迈之情；而这份冲天的志向，又以恢宏的诗篇丰富了大唐的雄壮。黄沙漫漫，白雪纷纷，边塞生活的劳苦与艰辛，恐怕是许多诗人早已料到的。

即便如此，他们依然争先恐后地涌向军营。辞家而去，跑到条件恶劣的前线去，不怕刀兵相见，流血与牺牲。究其原因，恐怕和唐朝战争频繁，且胜战较多有关。所以，岑参说：“功名只向马上取，真是英雄一丈夫。”只有金戈铁马的纵横，才能更好地泼洒青年人的赤诚。这份热烈的冲动，也燃烧了更多激情。

在理想主义和浪漫主义的交织下，苦寒之地的边塞荒凉，也常常变为诗人眼中的奇绝美景，散发着迷人也诱人的芬芳。

君不见走马川，雪海边，平沙莽莽黄入天。
轮台九月风夜吼，一川碎石大如斗，随风满地石乱走。
匈奴草黄马正肥，金山西见烟尘飞，汉家大将西出师。

将军金甲夜不脱，半夜军行戈相拨，风头如刀面如割。

马毛带雪汗气蒸，五花连钱旋作冰，幕中草檄砚水凝。

虏骑闻之应胆慑，料知短兵不敢接，车师西门伫献捷。

岑参《走马川行奉送出师西征》

岑参的边塞诗似乎都有一个共通的特点，就是语意新奇，壮烈而又瑰丽。

诗歌从茫茫黄沙写起，戈壁的荒漠与寂寞都在幕天席地的浑黄中展开。首先是狂风怒吼，那些像斗一样大的碎石，就随着狂风满地滚动，飞沙走石的险境历历在目。匈奴借着草黄马肥的机会，率领大军来侵犯大唐江山。将士们晚上都不脱盔甲，顶着如刀的狂风在暗夜里行军。

最为奇特的是那些同样劳累的战马，在寒冷的天气里，可以看到马毛上虽然沾着雪，却因连夜行军地奔跑而浑身冒着热气。但是天寒地冻，热气一遇到冷空气，反而形成了一串串冰花凝结在战马身上。军帐里起草檄文时，发现砚台里刚刚倒出来的墨水也凝成了冰。

在这呵气成霜的时候，诗人的笔墨却似乎更加酣畅淋漓。他说战士们顶风冒雪的姿态一定会吓倒敌军，料想连仗也不用打了，就可以胜利还朝。

虽然这只是岑参浪漫的幻想，但他对边塞生活细致入微的观察与描摹，却给人以蓬勃的激情、豪迈的气势，擦出了电光石火般的力量。

塞外风光的奇特与莫测，是大唐子民所无法料到的。如果不是亲历战争，恐怕岑参也很难从变幻莫测的气候中捕捉到灵感的火花。作为由南方而来的战士，岑参对北方的生活充满了好奇。北风吹，大雪飞，塞外苦寒美。当他以“发现新大陆”般的惊喜来描绘北方的风景时，一切都显得那么神奇。

北风卷地白草折，胡天八月即飞雪。

忽如一夜春风来，千树万树梨花开。

……

轮台东门送君去，去时雪满天山路。

山回路转不见君，雪上空留马行处。

岑参《白雪歌送武判官归京》（节选）

平地而起的北风，吹折了“白草”。八月秋高气爽之际，胡地竟然已经开始大雪纷飞。而大雪骤然降落，一夜春风，犹如千朵万朵的梨花沉沉地压在枝头。诗的末尾处，岑参送客来到路口，漫天飞雪，再也看不见行人。山回路转，只有雪上空空地留着马蹄的痕迹。在这歪歪斜斜的蹄印中，岑参看到了什么呢？苦寒之地的奇景、豪情，抑或是如白雪一般悠悠不尽的思乡与惆怅！

手中有剑，心中有和

自古以来，中国人就讲究中庸、守成，力求找到一种较为平和的方法来解决争端和纠纷。圆润与通达，似乎一直是中国文化如水般的底蕴。但“水随器而圆”，有清澈的池水、宁静的小溪，自然也有湍急的瀑布、拍岸的惊涛，就像中华民族虽然并不崇尚武力，但也从不害怕战争一样。所以，面对外敌犯境，很多诗人都表达了无所畏惧的信心。

秦时明月汉时关，万里长征人未还。
但使龙城飞将在，不教胡马度阴山。

王昌龄《出塞》

明代文学“后七子”的领袖李攀龙，将王昌龄的这首《出塞》评为“唐人七绝的压卷之作”，赞誉奇高。诗中说的“秦时明月汉时关”，秦、汉、明月、关塞，都融合在一起，叠加成各种不同的画面。

自秦汉以来，冷月边关，一切似乎都没有变化；而停在月下关口的征战似乎也从未停止。在辽远的时空里，战争似乎成了明月、关隘唯一的主题。万里征途，将士们此去还没有回来。假如镇守龙城的卫青还在，抗击匈奴的飞将军李广还在，便再也不会有外敌入侵边境。

实际上，龙城和飞将都不是指代某个人，而是暗含了对良将

名臣的呼唤。只要有这样勇猛的将军，便可以让人们过上和平的生活。其实不仅是秦汉，世世代代的人们所渴望的都不过是安居乐业的生活。

这首诗看似平常，写的是古代常见的边塞战争。实际上暗含了一个主题：和平。王昌龄说只要有奋勇杀敌的将军，为国捐躯的战斗精神，就可以抵御外族的侵扰，还百姓以安宁。这里，并没有“笑谈渴饮匈奴血”的胆魄，也没有“直捣黄龙”的野心，在他心里，只要能够镇守住边疆的平安、祥和，对敌人有震慑力就足够了，并无攻城略地，挥师抢占别国领土的意图。而这份“点到即止”的战争观，其实就来自传统文化的“平和”之气。

《论语》中说：“礼之用，和为贵，先王之道，斯为美。”翻译成现代文字，就是：礼的功用就是要以和为贵。而君王治理国家，最宝贵的地方也正在于此。

中国人向来性情温润如水，农耕文明的安定性也决定了这个民族不像游牧民族那样喜欢打仗。能够安安稳稳地过日子，是历代百姓的共同心愿。所以，中国古人的战争，绝少是为了征服，更多是希望以短暂的战争换取长久的和平。如此一来，“战”似乎就不再重要，而如何“战”，并快速结束战争就成了讨论的焦点。

挽弓当挽强，用箭当用长。射人先射马，擒贼先擒王。
杀人亦有限，列国自有疆。苟能制侵陵，岂在多杀伤？

杜甫《前出塞》

杜甫说，挽弓一定要挽强弓，用箭一定要用长箭。这是说在进行战争前，要先准备好自己的工具。强弓、长箭自然都是锐利

的武器，有助于战事的胜利。而射人的话，可以先射倒他的马，马倒了，人自然也就丧失战斗力了。如果擒贼的话，应该先把他们的头领抓住，这样的话，“人无头不走，鸟无头不飞”，敌军队伍一乱，自然就对我方战局有力。

为什么要射马、擒王呢？因为可以少杀人，而且快速地结束战争。所以，杜甫接着说，杀人是有限度的，每个国家都有自己的疆域。如果能够制服他们，不再忍受他们的欺凌和侵略，又何必多杀无辜的人呢？这似乎暗含了中国文化传统中“和为贵”的思想。

《孙子兵法》有云：“是故百战百胜，非善之善也；不战而屈人之兵，善之善者也。”说的就是百战百胜虽然值得庆祝，但并不是最好的事情；能够不经历战争就让对方投降，或者如飞将

军那样镇住敌兵，才是上上策，是最高的计谋和智慧。这种观点与杜甫的“守成”完成了一次思想内涵的对接，更将中国如水般的智慧演绎得淋漓尽致。

一条古时水，向我手心流。
临行泻赠君，勿薄细碎仇。

刘叉《姚秀才爱予小剑因赠》

古人常常以水喻剑，因其同样清澈、明亮。诗人说，我手里拿着的是一柄上古传下来的好剑，剑如流水藏在我的掌心。如今临行之时，我将这宝剑赠予你，它锐利的锋芒，如水泻般流畅。但请君记得，不要把它用在个人细小的恩仇上，要用在建功立业的大事上。

全诗清凉如水，婉转自如，“流”与“泻”二字有水的动感，也有剑的光芒。赠剑之时的叮咛更显水样哲思：不要为小事剑拔弩张，而应该用这宝剑行侠仗义，做一番惊天动地的大业。

而另一位诗人张祜也曾表达过类似的观念。

三十未封侯，颠狂遍九州。
平生镆铘剑，不报小人雠。

张祜《书愤》

诗人说，我有世所公认的镆铘宝剑，却从不会为报私仇而轻易动用。这虽然只是个人的理想，但也可以看出古人在“争斗”之事上的原则。个人恩怨上，不会因为小事而斗殴，那么民族大

事，更不会为了利益取舍而置国家安危于不顾。能够有良将镇守边关，能够有容人的气度和雅量，不触犯边界或尊严的底线，就是可以容忍的让渡。

毕竟，战争只是一时之事，装在人们心里的还是对和平与安宁的渴望。

男儿的血和情

有时候，对于渴望成功的男人来说，事业、情爱两者似乎同样重要。没有自己的事业，会折损男人的尊严；但缺少如花美眷、幸福婚姻，似乎人生也少了几分春色。“平生只流两行泪，半为苍生半美人”，古往今来，所有荡气回肠的故事大抵如此。匹马戎装虽然是每一个铁血男儿的梦想，但关河梦断，终究还是对平凡的家庭生活怀有一份深深的依恋。

男儿事长征，少小幽燕客。
赌胜马蹄下，由来轻七尺。
杀人莫敢前，须如猬毛磔。
黄云陇底白云飞，未得报恩不得归。
辽东小妇年十五，惯弹琵琶能歌舞。
今为羌笛出塞声，使我三军泪如雨。

李颀《古意》

幽燕一带自古多豪客，从小在那里长大的男子，注定会沾染慷慨悲歌的士气，便多了几分刚烈与彪悍；长大以后更是从军戍边，将勇武的气概泼洒在疆场之上。

文人间的逗趣常常是雅致清新，“摘花高处赌身轻，惯猜闲事为聪明”。而武将们的打赌恰好相反。他把最重的赌注压在战场上，争做杀敌英雄，为取胜甚至不惜付出生命的代价。刺一样

密密地直竖在脸上，强敌当前，居然不敢靠近他。身后，黄云卷着白云，在天边翻滚，胸中的激情陡然升起。“未报国恩，未立战功，怎可回还？”

假如这首诗就此结束，留在人们印象中的，就仅仅是一个彪形大汉，或者是勇猛的张飞，也可能是鲁莽的李逵。像陈列在历史博物馆中一个寻常的雕塑，栩栩如生，但很难血肉丰满。所以，李颀也像雕刻家般，对笔下的人物进行了补充：辽东少妇年方十五，善于弹琵琶也善歌舞，今天忽然用羌笛吹奏了出塞的歌曲，曲波荡漾下，三军将士挥泪如雨。如此写来，不仅将虎虎生威的硬汉写得柔肠百结，也勾起了离家多年的军人们浓浓的思乡之情。

在外征战多年，乡音是一段脆弱的往事，一经提起，就会令漂泊的心灵支离破碎。

当年项羽被围垓下，四面楚歌之声响起，军心动荡，思乡情切，部队再也无意征战，只盼着战争结束回归家园。这些曾经奋不顾身为功名、为事业甘洒热血的男子汉，苦、累、伤、痛，都不曾令他们落泪。但家乡的音乐温柔流转，像一股清泉漫过心田。

少时的同伴、老迈的爹娘、久别的妻子，那些流淌在岁月中的记忆被熟悉的旋律轻轻地唤醒。被刀光剑影磨出老茧的心渐渐地如剥了壳的荔枝，露出了内在的甜美和柔软。这一切不但没有损伤英雄的形象，反而使其更加立体。

一个只知道杀敌报国的男人固然值得尊敬，但丝毫不为儿女情长所牵绊的人，似乎也少了几分人性。反倒是李颀笔下的这些将士，有执着的血性，也同样有为父母妻儿动情的泪光，因此让人感到他们的铁血柔情，品出丰富的人性与人生。高适在《燕歌行》中也有诗云：“少妇城南欲断肠，征人蓟北空回首。”隔山

隔水，两两相望，挡得住彼此的身影，挡不住思念的深情。

烽火城西百尺楼，黄昏独坐海风秋。
更吹羌笛关山月，无那金闺万里愁。

——王昌龄《从军行七首》其一

琵琶起舞换新声，总是关山旧别情。
撩乱边愁听不尽，高高秋月照长城。

——王昌龄《从军行七首》其二

王昌龄的这两首《从军行》虽然写法各异，主旨却是同样的情绪：思乡。

第一首写烽火台上，孤独的城楼矗立在荒野上。举目四望，

秋意渐浓，凉风一起，更添寂寞之情。此时，忽然传来笛声，曲调悠扬，如泣如诉，很像亲人的叮咛。想起久别的妻子，这个时候，也一定坐在深闺里想念我吧。思及至此，不禁在心里深深叹息。这长长的思念如漫长的征途，又像茫茫的荒漠，不知何时才是尽头！

第二首描写的也是类似的情绪，只是角度更为新颖。诗人起笔本是一派歌舞欢腾的景象，音乐和舞蹈不断地变换，翻出新的曲调，但换来换去总是离别的伤情。这样的曲子总是能拨动人们的愁绪，而这愁绪又似乎总也听不尽。是乐曲不尽，还是曲尽人心愁绪不绝，诗人没有交代。但是，忘不了还是不想忘，似乎并不重要。唯一令人动容的是，原来欢宴的底色上早已涂抹了一层重重的伤痛。于是，忽然想起了长城，长城上高高的静静的秋月，苍茫悲凉，冷月无声。

这些烽火台上的征夫，歌舞欢庆的士兵，哪一个不是别家而来，谁能没有归家的渴望！平日战火纷飞，生死一念的战场让人无暇顾及内心的感情。唯有在寂静的秋风中，落日的余晖下，才能想起家的温暖。

岑参在《碛中作》一诗中说："走马西来欲到天，辞家见月两回圆。"离家多日，漫长的西征仿佛要走到天边，而天边辽远的景色一旦映入眼帘，天高地阔，又想到此时离家已经有两个月了。细细品来，思乡之情，皎洁如月光泻地，莹润，但也清冷。

其实，每个人的心里都有一处非常柔软的地方，存放着所谓的"儿女情长"。这份深情的牵挂，犹如放风筝的时候，握在手里的长线，虽然飘荡出很远很远，但你总是知道，一切都是为了最后的团圆。

大丈夫，豪情万丈

在生产力比较低下的古代，书生们常常因为寒窗苦读，无法参加田间劳动，而养成“肩不能挑担，手不能提篮”的文弱形象，虽然儒雅，却少了几分英武，更别说霸气了。书生意气充其量不过是一种精神上的支撑，实在太缺少战斗力。但常常又是因为他们的文字，激荡起人们心底的豪情。

荆卿重虚死，节烈书前史。我叹方寸心，谁论一时事。

至今易水桥，寒风兮萧萧。易水流得尽，荆卿名不消。

贾岛《易水怀古》

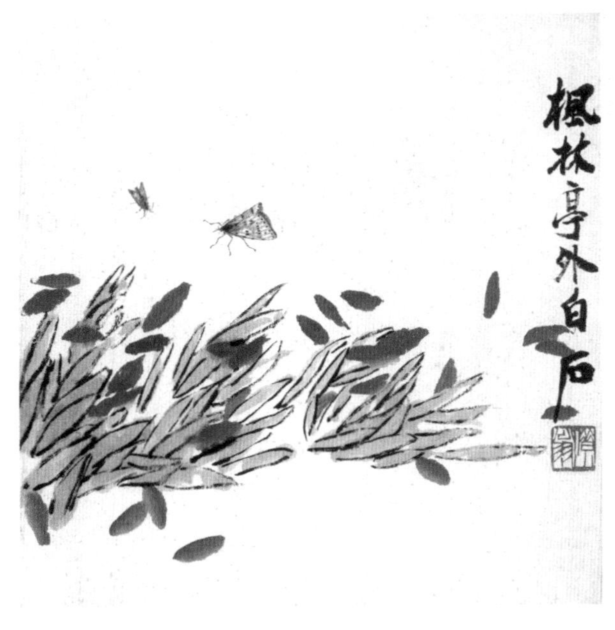

当年荆轲刺秦，行至易水，高渐离击筑，荆轲慷慨悲歌，“风萧萧兮易水寒，壮士一去兮不复还”。天地愁云，送行之人无不变色。后来荆轲虽不幸失手，但他肝脑涂地的热忱与忠诚，却被后世深深铭记。

贾岛在易水畔，想起荆轲的故事，便写作了这样一首诗。他说，荆轲用自己的节烈书写了历史，也为自己的人生写下了光辉的一笔。如今的易水桥上，寒风萧瑟，依然有当年的肃杀之气。易水东流，即便能有流尽的一天，荆轲的勇敢也将名留千古，丝毫不减。荆轲在走的时候已经想到了“一去不复还”，明知赴死也依然前往，这份侠气，震动了贾岛，被诗人赞为“虽死犹生”，即便海枯石烂，依然英名永存。

后人读诗，常常知道“郊寒岛瘦”，知道贾岛的专注与推敲，却并不知道，在贾岛的心里，也存着这样一份天地豪情，英雄气

度。读书人的心底，除了一声长叹，还有对壮士的悲鸣！

对英雄的呼唤，似乎是每个时代都有的渴望。李清照对英雄也有着深深的敬仰，“生当作人杰，死亦为鬼雄。至今思项羽，不肯过江东”。南宋朝廷偏安江南，苟且偷生，在李清照看来，没有收复河山的志向，与蝼蚁无异。在她的心里，项羽那样宁折不弯的精神，才是顶天立地的男子汉所应具备的品质。而投笔从戎，似乎也是每一位书生的心愿。

老当益壮，宁移白首之心。穷且益坚，不坠青云之志。酌贪泉而觉爽，处涸辙以犹欢。北海虽赊，扶摇可接；东隅已逝，桑榆非晚。孟尝高洁，空余报国之情；阮籍猖狂，岂效穷途之哭！勃，三尺微命，一介书生。无路请缨，等终军之弱冠；有怀投笔，慕宗悫之长风。

王勃《滕王阁序》（节选）

这段文字的大意是：一个人老了，但是志气应该更加健壮、旺盛，怎么能头发一白，就改变自己的志向呢？有时候人难免遭遇精神困苦，但不管如何艰难，都不能改变自己的冲天志向。即便喝了贪泉的水，也会觉得神清气爽；即使身处干涸的地方，也会觉得心境欢快。北海虽远，但乘风就可达到；早晨已经过去，但珍惜黄昏也为时不晚。孟尝君心地高洁，空怀一腔报国热忱；阮籍恃才傲物、放荡不羁，难道要像他那样穷途哭泣？

在经历了这些选择之后，王勃鼓励着别人也激励着自己。所以他说，我地位非常卑微，不过是“一介书生”，但已经二十岁了，却不能像终军一样去请缨杀敌。我羡慕宗悫长风万里的英雄

气概，同样怀有投笔从戎的志向。这就是作为“初唐四杰”之一的王勃，他虽然谦卑地说“三尺微命”，却志存高远，且丝毫没有倦怠生活之意。

大风起，云飞扬，得猛士，安四方。在古代文人的理念中，始终持有“修身、齐家、治国、平天下”的传统，为苍生谋福祉一直都是他们的执着追求。

天覆吾，地载吾，天地生吾有意无。
不然绝粒升天衢，不然鸣珂游帝都。
焉能不贵复不去，空作昂藏一丈夫。
一丈夫兮一丈夫，千生志气是良图。
请君看取百年事，业就扁舟泛五湖。

李泌《长歌行》

这首诗的大意是：天覆盖着我，地也承载着我。天地生养了我是有意还是无意？否则怎么会有人辟谷追求成仙，有人追求利禄游戏帝都。不然的话，难道让我既得不到富贵功名也不能修炼成神仙吗？这岂不是令我枉为七尺男儿，愧为大丈夫！大丈夫啊，就是要有志气有抱负，将理想都放在建功立业之上。诸君且看我这短短人生，百年之事，等到我功成身退的时候，就会乘一叶扁舟，到五湖四海中过逍遥快乐的日子！

看李泌的理想，似乎和春秋时的范蠡有所相似：治国平天下，我可以为国为民生死不惧，一旦成就霸业，反而功成身退，隐姓埋名，过隐居的日子去了。就像汉初的张良，他辅佐刘邦打败了项羽，为汉朝江山的巩固立下了汗马功劳。但是，他不领赏，放

弃了高官厚禄，跑去寻仙学道，求长生不老去了，实际上也是另一种隐居的生活。

这些人的身上都有一种共同的追求，就是“做一番大事业”！但是，他们并不是贪图荣华富贵，也不追求功名利禄，只是在家国有难之时，挺身而出，怀着“为万世开太平”的心愿，来改造时代！

所以，李泌有诗云“业就扁舟泛五湖”，成就了自己的人生价值，也完成了历史的转折与递进，功成身退时便了无遗憾了。从王勃一介书生的请缨，到贾岛易水怀古的慷慨悲歌，再到李泌建功立业后泛舟游湖的洒脱，似乎可以看到传统文人“安邦定国”的一种情结。这书生气中便有了指点江山的激昂、挥斥方遒的震荡，似乎凝聚了中国文化至柔至刚的精神内蕴。就像故事里的许仙，虽然温文尔雅，却能够在白娘子被镇压雷峰塔下后，坚持自己的信念，吃斋礼佛，为妻子祈福。

所谓英雄，既有荆轲的悲壮，也应该有许仙这种以柔克刚的坚韧。唯其如此，才能把手中的文化和力量，汇成刚柔相济的一潭活水，穿山过海，无往而不胜。